한국 육영사업의 어머니 최송설당

김창겸 편

景仁文化社

간 행 사

최송설당은 육영사업가와 자선사업가로 당대에 이미 이름이 높았다. 그리하여 일제강점기 사람들이 일컫기를 북쪽에는 平壤의 白善行이요 남쪽에는 金泉의 崔松雪堂이라 했다. 당시 언론 또한 누차에 걸쳐 송설당의 활동상을 대대적으로 다루었다. 金泉公立普通學校 설립을 통한 육영사업 또한 당시 사람들에게 깊은 감명을 주었다. 학교가 설립될 무렵 세계를 휩쓴 대공황은 식민지 조선에도 막대한 영향을 주었으며 그에 따른 소위 민생고는 더욱 가중되고 있었다.

이런 상황에서 조선의 마지막 황태자 英親王의 保姆로 잘 알려진 최송설당은 그의 전재산을 희사해 고향 김천에 인문계 중등교육기관을 설립한다는 소식을 타전한 것이다. 이는 근대적 교육에 목말라하던 사회활동가들을 흥분케 했다. 그가 이런 갈증을 풀기 위해 실천 방안으로 내세운 교육 기관을 '오아시스'에 견준 까닭이 이에서 말미암는다. 남존여비라는 구습이 여전함에도 외국인도 아닌 '조선의 보모'가 교육기관을 설립한 것이다. 더구나 최송설당이 조선총독부와 투쟁을 방불하는 질긴 협상 끝에 결국 인문계 학교 설립을 이끌어낸 일은 당시 조선의 교육기관이 이른바 실업교육 중심이었다는 점을 대비할 때 의미있는 사건이라 하겠다.

일찍이 夢陽 呂運亨은 '열차 편에 김천에 들어와서 생명탑이라 할 만한 김천고등보통학교가 뚜렷이 서 있음을 보니 오아시스를 만남과 같았다. 사막 가운데 이런 오아시스가 일개 부인의 피와 땀으로 건설된 것이라고 하니 동서고금 역사에 그 유례가 극히 드문 것'이라 극찬했다.

나아가 古下 宋鎭禹는 '최송설당의 사업이 굉장한 것은 더 말할 것이 없다. 우리가 千言萬語로 그 공덕을 말하지 않아도 사업 그 자체가 스스로 빛나게 될 것'이라 격찬하기도 했다.

한국 근대사, 특히 교육사와 사회사업에서 이처럼 위대한 족적을 남겼건만 그를 두고 구구한 野說만 넘쳤을 뿐이요, 그가 학문적 전문연구 대상으로 검토된 적은 거의 없다. 이에 우리는 野談의 늪에서 최송설당을 구출해 그의 면모를 다각도로 살피고자 했다. 구체적으로는 그의 생애와 교육사업 그리고 문학세계 등을 분석함으로써 그가 꾼 꿈과 그리고자 한 이상을 찾아보고자 했다. 이 책은 그 성과물이다.

첫 주제인 '최송설당 연구'에서는 그가 근대화 과정에서 여성이라는 한계와 몰락가문 출신이라는 굴레를 어떻게 극복하면서 근대 민족의 인재 양성에 어떠한 기여를 했는지를 추적하고 평가하고자 했다. 그간 근대 여성인물사 연구가 대체로 신식교육을 받은 인물들에 초점을 두었으나, 최송설당은 이른바 신식교육과는 거리가 먼 사람이고, 또 일반 여성과는 사뭇 다른 궤적을 밟았다. 송설당은 조선왕조와 식민지 조선인 전근대 사회에서 태어나 근대사회로 이행하는 단계를 살다 갔다. 그는 여성이었고 그를 배출한 집안 또한 가난하기 짝이 없었다. 이런 중첩된 한계를 그는 깨쳐 나갔다. 나아가 시대의 장벽을 넘어 평생 모은 모든 재산을 민족 인재 양성을 위한 교육기관 설립에 투자했다. 이 하나만으로도 최송설당이란 이름은 한국 근대 여성사의 한 장을 장식할 만하다.

우리가 탐구하고자 한 두 번째 주제는 '최송설당의 교육이념과 교육활동'이다. 최송설당은 일본제국의 식민지라는 시대적 아픔을 극복하는 방법은 영구히 사립학교를 일으켜 민족정신을 함양하는 일이라고 신념을 실천으로 옮겼다. 여기에는 '淨財를 育英에 쓰라'는 모친의 유훈과 애국지사 韓龍雲과 李仁의 권유, 김천 유지 등의 간청이라는 동인도 중요한 역할을 했다. 이에 식민지 조선 열한 번째 사립 중등교육기관인 김천고등보통학교가 마침내 모습을 드러냈다. 이 역사적 과정을 추적했다.

　세 번째 주제는 '최송설당 관련자료 분석과 전망'을 담았다. 김천고보 설립을 전후한 시기 이와 관련된 각종 기사라든가 그에 포함된 교주 동상제막식, 그의 사망 직후 이를 보도한 신문이나 잡지 등의 보도를 비롯한 최송설당 관련자료 수집과 주요 내용을 샅샅이 뒤져 그 내용을 분석하고, 나아가 그 활용방안까지도 정리하고자 했다.

　네 번째 주제 '최송설당의 漢詩槪觀'은 특히 의미가 있다고 자평한다. 흔히 爲堂 鄭寅普를 마지막 한문 작가로 들지만, 동시대에 한문으로써 왕성한 작품활동을 벌인 다른 작가, 더구나 여성작가가 있었다는 사실이 곧잘 망각되고 있다. 송설당은 이런 작품활동을 1922년 '송설당집'을 발간으로써 문단에 공개했다. 이 논문은 이 문집을 토대로 그의 인품과 시 세계를 재구축하고자 했다. 연구에 의하면 그의 시는 두 부류로 나눌 수 있다고 한다. 첫째가 현실에서 느낀 뜻(생각)을 의도적으로 드러낸 言志의 詩라면, 두 번째 유형은 자연의 이치가 시인의 성정과 일치하는 天機自發의 시가 그것이라 한다.

　다섯 번째 주제 '최송설당의 문학세계와 현실인식'에서는 최송설당이 가사 작품을 통하여 드러내고자 한 생각과 가치관을 밝혔다. 최송설당은 49편이라는 적지 않은 가사 작품과 167수에 이르는 한시를 남겼다. 가사 작품은 소재와 내용이 다양하다. 그리고 표현기교에서는 표현이 섬세하며 해박한 用事를 구사했고 언어구사 또한 적절하다. 이런 가사를 분석하면 崔松雪堂의 현실에 대한 인식, 곧 인생관과 세계관을 유추해 볼 수 있다. 崔松雪堂은 여러 작품에서 持節·信義, 나아가 忠孝를 기렸다. 대상에 대한 변치 않는 마음, 그것은 가까이는 자신의 은인이었던 嚴妃를 향한 마음이요, 나아가 민족과 국권을 상실한 조국을 향한 것이기도 했다.

여섯 번째 주제 '白水 鄭烈模의 생애와 어문민족주의'는 최송설당의 교육사업과 김천고등보통학교의 운명에 절대적인 영향을 끼친 鄭烈模에 대한 전문 탐구다. 이 글은 정열모에 대한 최초의 본격적인 연구라는 점이 중요하다. 정열모는 일제강점기 훌륭한 국어학자이자 교육자였으며, 1920년대와 1930년대에는 중등학교 교원과 교장으로 재임했다. 1940년대에는 조선어학회사건으로 고초를 겪었으며, 해방 이후 두 곳 신설 대학의 학장을 역임하다가 나중에는 북한에 넘어가서는 鄕歌 연구에 진력한 인물이다. 여기서는 이런 전반적인 생애 및 활동 정리는 물론 그가 1920년대에 이름 있는 아동문학가였다는 새로운 사실도 밝혔다.

말미에는 최송설당 연표를 실었다. 해당 시기 중요한 역사적 사건과 함께 그의 생애를 정리하면서, 정열모의 간단한 경력도 함께 포함했다.

첫 번째부터 다섯 번째 주제는 2004년 6월 26일 개최한 최송설당기념학술대회에서 발표되었던 연구논문이 토대가 되었으며, 여섯 번째 주제는 서강대학교 최기영 교수가 한국근현대사학회에서 발표한 글을 밑바탕으로 삼았다. 애초 원고를 각각 보완하고 다시 다듬고 전체적으로 체제를 통일했다. 이 과정에서 도와주신 최송설당 친족과 기념사업회 관계자 및 원고 수록을 허락해준 필자 분들께 고맙다는 말씀을 드린다.

한국학의 계승 발전이란 사명감 아래 출판을 도맡기로 한 경인문화사 한정희 사장님과 아담하게 편집해준 한정주씨께도 감사드린다.

2008. 3. 1.
편저자 김창겸 씀

목 차

崔松雪堂(1855~1939) 연구

김 희 곤*

1. 머리말

최송설당은 한말과 국권상실기에 걸쳐 커다란 족적을 남기고 간 여인이다. 누구나 그것이 號이므로 본래의 이름이 있으리라 생각한다. 그러나 본래 그의 이름을 찾을 길이 없을 뿐만 아니라, 1912년에 처음 작성된 호적에도 그의 이름은 '崔松雪堂'이라고 적혀 있을 따름이다. 따라서 그를 최송설당이란 이름으로 부를 수밖에 없다. 더러는 광무황제 고종이 지어준 것으로 전해지기도 하

* 안동대학교 교수.

지만, 정확한 근거는 알 길이 없다. 다만 그가 남긴 가사에 소나무와 눈을 노래한 「蒼松」과 「白雪」 즉 짙고 푸른 소나무와 흰 눈을 노래한 대목에서 그 연유를 짐작할 뿐이다.[1] 또 그가 처음으로 이 이름을 사용한 시기도 알 수 없다. 일단 호적 작성과 서울 무교동에 '송설당'이라는 당호를 붙인 집을 지은 시기가 모두 1912년이라는 사실에서, 최송설당이라는 이름이 늦어도 1912년 이전에 사용되기 시작했다는 점을 확인할 수 있다.

　최송설당, 그의 생존시기는 前近代에서 近代로 나아가는 역사적 전환기이면서도, 일본제국주의의 식민지라는 질곡 속을 거치는 과정과 겹쳤다. 따라서 그의 행로에는 보편적이고도 특수한 과제가 모두 풀어야 할 역사적 책무로 버티고 있었다. 근대화 과정에서 겪는 여성이 극복해야 하는 보편적 과제와 몰락한 집안의 후손이 풀어야 할 특수한 과제를 갖고 있었다. 또한 이 두 가지는 전통시대의 굴레이기도 했다. 이에 반하여 그가 엮어낸 김천고등보통학교(이하 김천고보) 설립은 자신이나 가문만의 과제가 아니라, 김천지역의 숙원 사업을 풀어낸 역사적 행보이자 민족교육사적인 의미를 가지는 것으로 평가되고 있다.

　이 연구는 근대화 과정에서 여성이라는 한계와 몰락가문 출신이라는 굴레를 극복하면서 근대 민족인재 양성에 기여한 최송설당의 생애를 추적하고 평가하는 데 목적을 둔다. 지금까지 대개 여성인물사는 신식교육을 받은 인물에 초점이 맞추어졌다. 그런 경우와 달리 최송설당은 신식교육과는 거리가 먼 사람이고, 또 일반여성과는 전혀 다른 삶을 살았던 사람이다. 출생부터 생애를 매듭지을 때까지 일반여성으로는 상상할 수 없는 길을 걸었다. 따라서 그에 대한 추적은 근대여성사 정리라는 면에서나 교육운동사에 도움을 주리라고 생각한다.

---

1) 「蒼松」·「白雪」『松雪堂集』.

2. 출생과 김천 생활

1) 김천에서 출생

송설당은 1855년(철종 6) 8월 29일 金山郡 郡內面 文山里, 지금의 김천시 문당동에서 아버지 崔昌煥(본관 和順)과 어머니 鄭玉瓊(본관 慶州, 鄭在成[2]의 딸) 사이에 딸 3자매 가운데 장녀로 태어났다. 선대의 고향은 평북 정주이지만, 그는 김천에서 태어났다.[3]

그의 집안과 김천이 인연을 맺은 계기는 1811년 평안도에서 터진 洪景來亂이었다. 증조부 崔鳳寬은 副護軍이었고, 당연히 홍경래 난군을 진압하는 임무를 맡았다. 그런데 최봉관의 외가 江陵劉氏가 오히려 난군에 가담하였고, 더구나 최봉관 자신 또한 평안도 선천군이 반군에 의해 함락될 때 이에 항전하지 않았다는 죄목으로, 체포되어 옥사하였다. 그리고 그의 맏아들 崔翔文(1785~1847)을 비롯한 4형제는 전라도 古阜로 유배되었다. 이는 역적의 집안으로 몰락해버렸음을 말한다. 최상문의 아들인 崔昌煥(1827~1886), 즉 송설당의 아버지는 고부에서 태어나 그곳에서 자랐다. 뒷날 김천지역에서 송설당이 '고부할매'라고 불린 이유도 바로 거기에 있었다.

최창환이 김천으로 이주한 시기는 1849년이나 1850년으로 추정된다. 그는 아버지 최상문이 1847년에 사망하자 장례를 치른 뒤, 홀로된 모친 海州盧氏를 모시고 김천으로 이주하였다고 전해진다. 그래서 그 시기가 대개 1849~1850년 무렵이라 추정된다. 먼저 이곳으로 이동한 숙부와 종형제를 찾아 이동한 것이고, 8대조 이상 선조의 세거지를 찾아 옮긴 것이기도 하다.

---

2) 호적에는 鄭台浩로 기재되어 있다.
3) 송설당의 11대조는 南冥 曺植의 수제자인 守愚堂 崔永慶이요, 6대조인 崔世浩 (1685~1729)는 禮曹佐郎, 5대조 崔重寔(1703~1750)은 折衝將軍 行龍讓衛 副護軍, 고조부인 崔天成(1729~1776)은 咸興中軍을, 그리고 증조부 崔鳳寬(1758~1812)도 副護軍을 지냈다.

송설당은 1855년 8월 29일에 김천에서 태어났다. 부친 최창환이 김천으로 이주한 지 5년 정도 지난 무렵이었다. 송설당은 첫 딸이었고, 그 아래로 두 명의 딸이 더 태어났다. 유배지에서 태어나 부친을 잃고 김천으로 이주한 최창환의 삶은 고달픔 그 자체였다. 멸문의 화를 당한 처지에서 伸寃되지 않는다면 집안을 다시 일으킬 수 없었다. 더구나 주손인 최창환에게는 아들조차 없으니, 신원되더라도 가문을 다시 세울 수가 없었다.

송설당의 부친 최창환은 신원과 가문계승이라는 두 가지 숙제를 가졌다. 양자 즉, 송설당에게는 養弟를 들이게 된 것도 이러한 이유 때문이다. 최창환은 사망하기 4년 앞선 1882년에 사촌 동생 崔昌福(崔鬻文의 아들)의 아들 崔光翼을 들여 양자로 삼았다. 송설당에게는 종숙부의 아들이니 재종제, 즉 6촌 동생을 친동생으로 맞아들인 것이다. 두 가지 큰 과제 가운데 하나는 해결된 셈이다.

2) 김천 생활

송설당이 김천에 거주한 시기는 전후 두 차례로 나뉜다. 첫 시기가 1855년에 태어나서 1894년에 상경하기까지 약 40년 정도이다. 이후 서울에 정착하고서 1930년까지 김천을 오가며 30여 년을 지냈다. 그리고 김천으로 돌아와 정착한 1930년 이후 1939년 사망할 때까지 10년 정도 김천에서 살았다. 그러므로 결국 송설당의 삶은 서울로 상경하기 이전 김천시절과 서울 체류시기 및 귀향시기로 나뉘며, 84년 일생 가운데 전반부 40년과 마지막 10년 등 모두 50년 정도를 김천에서 보낸 셈이다.

송설당은 김천에서 부친으로부터 한학과 한글을 배웠다. 그가 남긴 문집『松雪堂集』에 담긴 漢詩나 歌辭를 보노라면, 송설당이 한문과 한글을 공부한 사실만은 확실하다. 특히 여자라는 조건에서 그 정도의 글을 남길 수 있었다면 마음먹고 가르치고 배운 것임에 틀림없고, 능력도 만만치 않음을 알 수 있다. 그리고 만 27세에 재종제 최광익을 들여 아버지의 대를 잇게 한 사실도 김천

거주시절의 일이다. 그러다가 31세 되던 1886년 6월 19일에 부친이 사망하자, 전라도 咸平 新光面 三泉洞까지 운구하여 안장하였다. '선산 아래에 안장'했다는 점에서 그곳에 유배되었다가 사망한 송설당의 조부 최상문의 묘소가 있음을 알 수 있다.

송설당을 이야기할 때 제기되는 대표적인 주제 가운데 하나가 혼인문제이다. 두 동생은 모두 결혼하여 자식을 두었는데,[4] 송설당은 자녀가 없어서 결혼한 일이 없는 것처럼 여겨져 왔다. 또 자신도 혼인에 대해 그리 드러내놓고 말하기를 좋아하지 않았다. 그런데 전해지는 이야기에는 배우자로 말해지는 인물이 있기도 하다.[5]

다음 주제가 송설당이 김천에 거주할 무렵 살림살이 규모인데, 상경하기 앞서 이미 재산을 형성하기 시작했다. 물론 1910년대만큼 거부는 아니더라도 어렵지 않을 만큼 재산을 쌓기 시작했다는 뜻이다. 그런데 아버지의 서당 훈도 생활이 그리 돈벌이가 되는 일이 아님은 물론이다. 또 부친이 사망한 1886년은 송설당이 만 31세가 되는 시기인데, 단순하게 근검절약했다거나 바느질이나 농사만으로 유족할 만큼 재산을 만든다는 것은 불가능했다. 그런 상황에서 그가 재산을 증식시킬 수 있던 데에는 일반적인 행로를 걷지 않았을 것이라는 점은 자명하다. 이런 형편은 1930년 5월에 발간된 『三千里』잡지에 발표된 金壽吉의 글에서 "빈한한 書生의 가정에 태어나서 … 직접 商路에 나서서(밑줄 ; 필자 주) 여러 방면으로 千辛萬苦를 하여서…"라는 대목이 이를 뒷받침해준다.[6]

---

4) 둘째는 文鎭源(본관 ; 南平)과 결혼하여 아들 文孝永과 文友永을 두었고, 셋째는 曺宇永(본관 ; 昌寧)과 결혼하여 아들 曺相傑을 두었다.

5) 鄭煥德이 지은 「南柯夢」은 송설당과 부부의 연을 가진 인물로 김천의 裵文玉과 상주 출신으로 오위장을 지낸 李瑢敎 등 두 사람을 알려준다(朴成壽, 『조선의 부정부패, 그 멸망에 이른 역사』, 규장각, 1999, 131~132쪽). 鄭煥德은 경북 영천 출신으로, 김천의 봉계 남전에 우거하다가, 1890년대부터 1908년까지 고종의 측근이면서 侍從院 副卿을 역임하였다. 그가 쓴 「南柯夢」은 제목이 풍기듯이 소설적인 색채를 띠고 있어 믿기 어려운 내용도 있지만, 당시 고종과 덕수궁을 중심으로 벌어지는 망국의 과정을 전해주는 장면도 있어 모두 허구로 돌려버릴 자료는 아닌 것 같다.

6) 金壽吉, 「崔松雪堂女史一代記－三十萬圓을 敎育에」, 『三千里』初夏號, 1930.

3. 上京과 入宮

1) 상 경

송설당의 일생에서 최대 승부수가 바로 서울행이었다. 그의 상경은 오직 문중의 숙원 과제를 푸는 데 목표를 둔 것이었다. 그것을 해결하는 길이야말로 門戶 보전, 분묘수축, 자손충효 相傳, 화순최씨 번창 등이며, 이것이 일생의 축원이자 과업이라고 송설당 스스로가 밝혔다.[7]

송설당의 상경 시기에 대해서는 자료에 따라 1894년에서 1896년 사이로 말해진다. 대개 1895년 후반이기나 1896년 초 정도로 보면 무리가 없을 것 같다. "東學亂에 살 수가 없어 난을 피해왔지요"라는 대담기사나,[8] 병신년(1896년)에 상경했다는 기사가 그를 뒷받침해준다.[9]

서울에 도착한 뒤, 그는 積善洞에 자리 잡았다.[10] 상경한 뒤 송설당은 오직 조상 伸冤問題 해결에 몰두했다. 그래서 고종이 러시아공사관에서 1897년 2월에 慶運宮(현 덕수궁)으로 옮길 무렵으로 짐작되는 시기에 송설당은 덕수궁의 '李某 과장'으로 알려지는 인물의 부인(엄상궁의 친동생)과 친교관계를 맺었다.[11]

5, 48쪽.
7) 「ㅈ술自述」 선대 묘소 찾아 봉축하는 일을 "십세전에 새긴 마음"이라 표현하였다.
8) 『조선일보』 1931년 1월 1일 「교육사업에 희생한 / 최송설당 일생 / 전재산 삼십이만원으로 / 김천에 고보설치」.
9) 『동아일보』 1939년 8월 15일 「故崔松雪堂女史의 四十九日祭에 當하야」 3.
10) 金壽吉, 「崔松雪堂女史一代記 — 三十萬圓을 敎育에」 『三千里』 初夏號, 1930. 5, 49쪽.
　　그가 무교동에 살았다고 전해지는 시기는 1907~1908년, 즉 궁궐에 들어갔다가 나온 직후의 일이라고 생각된다. 1908년에 그의 거처가 麴洞, 즉 무교동이라는 사실은 당시 신문기사에서 확인된다(『大韓每日申報』 1908년 1월 18일 「文明女士」).
11) 崔恩喜, 『한국일보』 1962년 5월 24일 「잊지못할 女流名人들」 18.
　　이 기사에 나오는 엄상궁 동생의 남편 李某 과장은 당시 전화과장으로서 고종의 측근으로 지낸 李圭讚인 것 같다. 관보에는 李圭贊으로 등장하고, 언제 첫 발령을 송설당의 삶을 완전히 바꿔 놓은 일대 사건은 뭐니뭐니해도 '영친왕 보모'가 된 사실이다. 그래서 송설당이라면 키워드(key word)로 단연 '영친왕 보모'라 말해진다. 그렇다면 어떻게 하여 그가 영친왕의 보모라는 신분이 되었을까? 영친왕이 1897년 10월 20일생이고, 태어난 장소는 덕수궁이었으니, 송설당의 입궁도 이 시기 덕수궁이었을 것은 당연하다.

전해지는 송설당의 입궁 전말은 두 가지가 있다. 우선 하나는 송설당이 강남에 있는 奉恩寺에 드나들며 엄상궁의 여동생과 가까웠는데, 엄상궁의 잉태 소식을 들은 송설당이 왕자를 점지해달라고 백일기도를 올렸고, 남다른 그의 정성이 엄상궁의 귀에까지 들어갔다는 이야기이다. 게다가 산후용품을 최고급으로 준비해 두었다가, 영친왕이 태어나자마자 엄상궁에게 바쳐서 이를 높게 평가받아 입궁하게 되고 영친왕의 보모가 되었다는 것이다.

또 다른 한 가지는 송설당이 영친왕의 출생을 現夢했다는 것이다.

상경한 송설당은 엄상궁의 거처에 드나드는 문상궁을 알게 되었다. 그리고 그로부터 아들이라는 胎占을 쳐줄 사람을 구한다는 이야기를 들은 송설당은 자신이 엄상궁의 生男에 대한 꿈을 꾸었다고 알렸다. 그러면서 자신이 엄상궁이 해산 때 필요한 모든 물건을 장만하여 올리려고 하니 받아 주도록 주선하여 달라고 부탁하였다. 이 소식은 엄상궁을 거쳐 고종에게 알려지고, 그것이 받아들여졌다. 그리고 영친왕 출산 이후 품계가 오른 엄귀인이 송설당을 불러 소원을 물었고, 이것을 계기로 하여 송설당은 입궁한 것으로 보인다.[12]

왕자 잉태에 대한 기원에 젖어 있는 엄상궁에게는 아들 잉태를 현몽했다는 사실만으로도 대단한 소식이었을 것이고, 더군다나 덧붙여 산후용품 일체를 장만하여 바치니 그에 대한 보답이 있었을 것이다.

송설당이 '황세자 보모'가 된 과정에 대한 이야기는 뒷날 여류기자 崔恩喜에 의해 자세하게 정리되기도 했다.[13] 최은희 기자의 글은 송설당이 최고 인물

받은지 알 수 없으나, 1899년 6월에 通信司電話課長이었다(『官報』 1298호 1899년 6월 27일).

12) 박성수, 앞의 책, 140~146쪽.

인 고종에게로 다가가는 '계단정책'을 단계별로 설명한 글이다. 엄상궁이 잉태하였다는 소식을 들은 송설당이 왕자 탄생을 위해 백일 불공을 드렸고, 그 사실이 엄상궁의 동생을 통해 엄상궁에게 전해졌으며, 출산 예정일이 다가옴에 출산에 필요한 물품 일체를 고급품으로 장만하여 진상하였고, 그 결과 영친왕의 보모가 되었다는 사실이 골자이다.

두 가지 이야기 가운데 어느 것이든 송설당이 입궁하기 위해 노력한 사실만은 공통된다. 목표지점이 엄상궁이고, 접근루트가 엄상궁의 동생이며, 접근방법이 엄상궁의 生男을 기원하는 것과 최고의 출산용품을 바친 것이다. 왕자의 잉태를 학수고대하던 엄상궁과 고관과의 연결을 목표로 삼은 송설당 사이에 절묘한 만남이 이루어졌고, 마침내 송설당은 덕수궁으로 입궐하여 영친왕 李垠의 保姆가 된 것이다.

덕수궁에 들어간 송설당이 잠시도 잊지 않은 문제가 조상 伸冤이었다. 그것은 바로 입궐한 지 4년 만에 이루어진 復權이 그것을 증명해주고도 남는다. 즉 1901년 11월에 고종황제가 '沒籍의 復權'을 내려준 것이다. 선조의 죄가 씻겨진 것이요, 89년 만에 세상을 제대로 볼 수 있는 기회를 찾은 것이다. 그것만이 아니었다. 가문 중흥을 위한 송설당의 노력은 養弟 崔光翼을 英陵 참봉으로 만들었고, 뒤에 정3품으로 승격시켰다. 게다가 종형제 崔漢翼과 崔海翼도 6품 관직에 오를 정도였다.[14]

일단 조상을 신원시키자마자, 바로 증조부의 허묘를 만들었다. 고향땅 정주 어디에 묻혀 있을 증조부의 원혼을 달래고자 김천군 松雲洞(송정 뒷산)에 허묘를 만든 것이다. 그가 남긴 가사 한 편이 한 맺힌 심정을 헤아리게 만든다.

"우리 증조 철천지원 자자손손 遺恨터니, 天日이 照臨하사 광무오년 신원되니, 冥冥幽魂 봉안코자 衣帶棺槨 갖추어서 金泉郡 松雲洞에 緬奉하야 뫼셧세라."[15]

---

13) 崔恩喜, 『한국일보』 1962년 5월 24일 「잊지못할 女流名人들」 18.
14) 「自述」.
15) 「松雲洞運石」.

송설당에 대해 풀어야 할 다음 과제는 덕수궁에서 나온 시기다. 송설당이 궁 밖으로 나와 활동하던 모습은 1912년에 무교동 94번지에 '松雪堂'이란 집을 지은 일이 대표적이다. 그런데 그가 궁 밖으로 나온 시기는 이보다 훨씬 앞인 것으로 생각된다. 일단 그가 1911년 이전에 궁궐에서 나온 사실은 그가 지은 가사「感恩」에서 확인된다. 엄비가 세상을 떠났을 때에 장례에 참여하지 못하였고, 엄비의 大喪에 맞춰 김천에서 상경하여 엄비의 묘소인 청량리 永徽園을 찾아 참배하였던 것이다.[16]

그렇다면 송설당이 덕수궁을 나온 시기는 언제까지로 소급될 수 있을까? 이 문제는 일제의 침략과 관계된 것으로 세 가지 점에서 추정해 볼 수 있다.

첫째, '영친왕의 보모'라는 직책이 소멸된 일이다. 1907년 6월에 헤이그밀사 문제가 터져 나오고, 9월 17일에 고종황제가 퇴위하였으며, 순종이 그 뒤를 이어 등극하였다. 그리고서 일제의 강요로 말미암아 12월 5일에 영친왕이 이토오 히로부미에 이끌려 서울을 출발하였으니, 이것이 어머니 엄비와의 영원한 이별이었고,[17] 송설당으로서는 '영친왕 보모'의 종결점이었다.

둘째, 일제가 통감부를 설치한 뒤로 정부조직에 대한 대대적인 정리 작업을 기획하고 나서면서 궁내부 조직을 축소한 일이다. 1907년 11월 27일 궁내부 신관제의 발포로 경리원을 비롯한 다수의 궁내부 소속 院·司들을 폐지하고 관리도 대폭 감축하는 한편, 일본인을 궁내부 수뇌에 배치하였다. 궁내부에 대한 대대적인 정리 작업 속에 女官들도 당연히 축소되었을 터였기 때문이다.

셋째, 1908년 1월『大韓每日申報』기사에서 그의 거처가 서울 麴洞으로 확인된다.[18] 따라서 송설당의 궁궐 생활은 늦어도 1907년 말, 즉 영친왕이 일본으로 가던 시기에는 끝이 난 것으로 가늠된다.

그렇다면 송설당의 궁중생활은 10년 정도라는 말이 된다. 그 10년 사이에 송설당의 인생은 완전히 바뀌었다. 80년 동안 내려온 가문의 숙원이던 문제가

---

16)「感恩」『松雪堂集』.
17) 李王垠傳記刊行會,『英親王李垠傳』, 共榮書房(東京), 1978, 71~72쪽.
18)『大韓每日申報』1908년 1월 18일「文明女士」.

해결된 것이고, 다른 하나는 사회경제적인 그의 위상이 완전히 바뀐 것이다.

4. 재산 축적과 가문 중흥

1) 거부가 된 전말

송설당이 대단한 재력을 가진 시점은 궁궐에서 나오던 전후로 보인다. 재산 규모가 확인된 시기는 김천고보를 설립하고자 재단에 재산을 등록하는 과정에서 목록이 작성된 1930년이다. 하지만 그러한 재력이 갖추어진 시기는 궁궐에서 나오던 무렵이 아닌가 짐작된다. 1912년에 무교동 94번지에 '松雪堂'이라는 큰집을 지었다던가, 이 무렵에 곳곳에 많은 義捐金을 내놓은 것도 그를 의미한다.

여기에서 주목되는 점은 입궁 이전과 이후에 그의 경제적인 삶이 크게 바뀌었다는 사실인데, 그렇다면 궁궐 생활이 결정적인 변화를 가져왔다는 의미가 된다. 여기에는 두 가지 설명이 가능하다. 하나는 궁중에 머물던 시기나 궁궐에서 나오면서 엄비로부터 토지를 받았을 것이라는 것과, 다른 하나는 이용교가 창원과 김해 및 진주군수로 지내던 시기에 확보한 것일 수 있다는 점이다.

두 가지 가능성 가운데 우선 엄비와의 관계부터 살펴보기로 한다. 엄비는 영친왕을 낳고서 慶善宮이라는 궁호를 받았는데, 그곳에 많은 토지가 주어졌다. 따라서 경선궁 소속 궁방전이 전국에 걸쳐 무수히 많을 뿐만 아니라, 영친왕궁에 속한 토지도 대단히 많았다. 엄비가 교육에 뜻을 두고 학교를 설립하고 나섰을 때 기부한 땅들이 그러한 것의 일부였다. 이런 정황은 송설당에게도 적용이 매우 가능하다. 송설당이 궁중에 머물던 시절이나 궁궐을 나오면서 엄비로부터 상당한 양의 토지를 받았으리라는 짐작은 잘못된 것이 아닐 것이다. 더구나 당시에 토지를 둘러싸고 문제도 많았다. 1907년에 영친왕궁 소속 토지와 문서가 경선궁으로 이관되었다가 다시 東宮으로 이관되는 변화가 있기도 했다.

일제가 황실재산을 국유재산으로 정리하여 황실의 재정적 기초를 해체시키려 드는 과정에서 이에 맞서는 저항도 만만치 않았던 것이다. 그렇지만 일제는 이를 그냥 두지 않았고, 끝내 궁내부 및 경선궁 소속의 토지들을 이관시켜 나갔다. 이러한 틈바구니에서 엄비는 경선궁과 영친왕궁 소유 토지를 교육사업에 투입하기도 했지만, 다른 용도로 변경시키기도 하였다. 이러한 정황이 송설당의 토지 소유와 관련이 있지 않을까 추정해 본다.

두 번째 추정이 이용교의 경남지역 군수 재임과 관련된 것이다. 이용교는 1897년 4월에 창원군수가 되고,[19] 1899년 8월에 김해군수,[20] 1903년에 진주군수가 되었다.[21] 재임기간으로 보면 김해군수 재임기간이 만 4년 정도로 가장 길었다.[22] 이러한 이용교의 군수 재임은 송설당에게도 토지소유에 대한 기회로 작용했으리라 짐작된다. 송설당의 재산형성 과정에서 이용교와의 관련을 말해주는 자료도 있다. 즉 이용교가 창원군수가 되어 부임함에 따라 그는 '內位'의 지위로 수행하였고, 이어서 김해군수와 진주군수를 역임하는 동안 저축하여 재산을 모을 수 있었으며, 그러다가 이용교가 관직을 떠나고 사망하자, 송설당이 그 재화를 간직하게 된 것이라는 보도 내용이 그것이다.[23]

송설당이 소유한 토지는 몇 지역에 집중되었다. 김천이 대표적이고, 청원과 대전지역, 그리고 멀리 경남의 김해지역 등이었다. 이 가운데 특히 송설당이 소유했다가 송설교육재단에 넘긴 김해지역 토지를 확인한 결과, 김해면·장유면·진영면·주촌면 등 지금의 김해지역 전반에 걸쳐 토지가 분포했고, 논과 밭, 잡종지, 대지 가운데 논이 가장 많았다. 재단에 남아있는 자료에서 김해지역 토지는 모두 154필지이지만, 그 가운데 극히 일부의 필지인 10필지만을 선정하여 舊登記를 열람한 결과를 보면 다음 표와 같다.

---

19) 『고종실록』 1897년 4월 20일 "受勅 昌原郡守四月三十日到任."
20) 『官報』 1333호 1899년 8월 7일.
21) 『官報』 2402호 1903년 1월 29일.
22) 『고종실록』 1905년 2월 10일 ; 『官報』 3618호 1905년 2월 21일 ; 『官報』 3327호 1905년 12월 19일.
23) 『동아일보』 1939년 8월 15일 「故崔松雪堂女史의 四十九日祭를 當하야」.

〈표 1〉 김해지역 소유지 내역(일부 표본 조사)

면	동리	지번	지목	地積(평)	등기시기	등기목적	비고
김해면	어방리	193	답	2,380	1913.10.	소유권 보존등기	餘慶坊後 麴洞
	어방리	224	답	449	1913.10.	보존등기	위와 같음
	외동리	658	답	2,436	1909.6.	사후증명	
	내동리	855	답	2,158	1909.6.	사후증명	
	풍류리	268	잡종	1,417	1917.5.	매매등기	소유권 등기직후
	화목리	14	잡종	7,062	1919.10.	보존등기	
장유면	웅달리	115	답	2,120	1909.6.	分事로 轉字	
	수가리	384	답	13,876	1909.10.	分事로 轉字	
	수가리	440	답	6,756	1918.11.	분할등기	
진례면	송현리	129	답	1,199	1918.5.	보존등기	

어기에서 보이는 등기 시기는 1909년이 4건, 1913년이 2건, 1917년 1건, 1918년 3건 등이다. 그런데 이들 시기가 송설당의 토지취득시기라고 생각되지는 않는다. 왜냐하면 등기부의 첫 항목에 기재된 이유를 보면 모두 토지를 당시에 처음으로 매입한 것이라기보다는, 실제로 소유한 뒤 시간적인 공백이 있은 다음 뒤늦게 소유권을 보존하려고 등기한 것으로 보이기 때문이다.

그렇다면 특히 김해지역의 경우는 황실재산 처분 과정에서 엄비의 경선궁 소유지 양여와도 관련이 있을 가능성도 크고, 아울러 이용교의 김해군수 재임과 관련이 있을 듯하다.

그러므로 송설당이 대토지 소유자로 변신한 동기가 엄비의 양여에 의해 이루어진 것과 자신이 취득한 토지를 아우른 것이 아닌가 추정된다. 그렇지 않다면 1909년 혹은 1910년 무렵에 갑자기 그렇게 많은 토지 소유자로 변신할 수는 없기 때문이다.

한편 송설당의 재산형성과 왕실의 관계를 음미해 볼 수 있는 자료로서 송설당이 지은 가사와 신문보도가 있다. 우선 송설당이 지은 가사에서 엄비의 은혜에 감복하는 내용이 그것이다. 1913년 엄비의 대상을 맞아 김천에서 기차로 상경하여 영휘원을 참배하면서 남긴 「感恩」이 그러하고, 육순을 맞아 지은 「自述」, 「追感」, 「重陽」, 「純獻貴妃輓」 등에서 한결같다. 송설당은 「自述」에서 엄비의 은혜가 태산같이 높고, 바다처럼 깊다는 것을 표현하였다. 그러면서 송설당은 그 은혜를 來世에서 반드시 갚겠다는 의지를 거듭 다짐하고 있었던 것이다. 엄비가 베푼 은혜는 여러 가지였을 것이다. 당연히 가문의 회복이 가장 앞서는 것이고, 거기에다가 재정의 도움이 컸으리라는 짐작도 가능하다. 조카들을 앞세우거나 혼자서 엄비의 묘소 永徽園을 자주 참배한 이유도 거기에 있었던 것 같다.[24] 「追感」에서 "永徽園을 향해 가서 鞠躬하고 배례한 후 …" 라고 읊었다. 또 1913년(육순) 7월 엄비의 大朞를 맞아 김천에서 기차로 상경하였는데, 그 장면을 「感恩」이란 가사에도 담아냈다.[25] 또한 「重陽」이란 글도 마찬가지다. "洪陵 永徽 두 능원에 展拜하고 물러 나와, 錫胄 錫台 錫斗 輩와 산보하여 돌아오니"라고 하였다. 즉 명성황후와 엄비의 능원에 참배하는데, 조카들을 대동하여 방문하였음을 전하고 있는 것이다.

그리고 1926년에 「崔松雪堂의 美擧」라는 기사도 송설당의 재산형성과 왕실과의 관련성을 보여준다. "高宗太皇帝의 무한한 총애를 밧던 중"이라거나 "거룩하신 은혜를 입어서 모흔 재산을"(밑줄 ; 필자 주)이라는 구절이 대표적인 내용이다.[26] 송설당이 근검치산으로 수십만 원의 재산을 모았다고 하면서도 거룩하신 은혜로 모은 것이라고 덧붙인 보도 내용은 송설당의 재산형성에 왕실 재산과의 관련성을 말해주는 대목으로 이해하는 데에는 결코 무리가 없을 것이다.

2) 가문 바로 세우기

(1) '송설당' 건축과 양자 입양

송설당은 1901년에 궁중에서 증조부의 죄를 씻고 가문을 다시 일으킬 기초

---

24) 「重陽」, "洪陵(명성황후 ; 필자 주) 永徽(엄비 ; 필자 주) 두 능원에 展拜하고 물러나와 錫胄 錫台 錫斗輩와 산보하여 돌아오니."
25) 「感恩」.
26) 『조선일보』 1926년 11월 16일 「崔松雪堂의 美擧」.

를 마련했다. 양제와 사촌들에게 관직까지 안겨준 송설당은 가문을 현창하는
사업에 힘을 쏟았다. 아마 궁궐에서 나온 직후라고 추정되는 1908년 5월에 그
는 우선 부친의 묘소를 다시 손질하고 돌을 세웠다. 그리고 花樹會를 열고, 가
문을 번듯하게 세우고자 원근 宗親에게 토지와 學資金을 주었다.[27]

그는 서울에서 확고하게 자리를 잡았다. 1912년 8월에 서울 武橋洞 94번지
(현 무교동 코오롱빌딩 자리)에 저택을 건립하고 松雪堂이라는 당호를 내건 것
이다. "서북창문 열어놓고 인왕 북악 바라보니"라는 글도 바로 송설당에서 지
어진 것임을 쉽게 알 수 있다.[28]

당시의 송설당 건물을 확인할 자료가 없어 정확한 규모나 형태를 알 수 없
다. 그러나 토지등기부에서 1935년에 행정구획변경과 분할등기로 인하여 94번
지가 8개 필지로 나뉜 것을 알 수 있다. 12평에서 40평 사이에 잘게 분할된
토지의 지목은 모두 垈地이고, 전체가 234평이었다. 따라서 송설당이 들어선
대지가 234평이며, 그 어느 부분에 기와집이 들어선 것으로 짐작된다.[29]

그는 '송설당' 건물을 짓기 바로 앞서 1912년 9월에 양자를 맞아들였다.
1882년에 養弟로 맞아들였던 崔光翼에게서 만 11세가 된 둘째 아들 崔錫斗
를 입양한 것이니, 양제를 받아들인 뒤 30년 만에 '養弟의 아들'을 양자로 삼
은 셈이다. 앞서는 양제를 받아들여 아버지의 근심을 해결했다면, 이번에는 자
신의 허전한 미래를 채운 것이다. 하지만 이 입양은 오래가지 않았다. 입양한
지 14년 지난 1926년 4월에 정식으로 '協議離緣', 즉 법적으로 입양사실을 취
소한 것이다.[30] 주된 이유가 양자 錫斗의 생활태도 때문이었다고 전해진다. 일
본으로 유학시켰는데, 우에노(上野)음악학교를 다닌 양자가 예술을 전공한 사

---

27) 「自述」; 崔恩喜, 『한국일보』1962년 5월 24일 「잊지 못할 女流名人들」18, '詩
文集을 最初로 펴낸 崔松雪堂女士'하.
28) 「偶吟」.
29) 이렇게 분할된 토지는 모두 1935년과 1936년 사이에 매매된 것으로 등기부에 정리
되었다.
30) 양자였던 석두는 최송설당의 호적에서 삭제되고 김천군 김천면 황금정 76번지 12
호 崔錫斗에게로 復籍되었다(「제적등본」).

람으로서 형식에 얽매이지 않고 자유분방하게 움직이는 생활자세를 보이게 되
자, 철저하게 계산하고 꼼꼼하게 챙기며 살아온 송설당으로서는 이를 받아들이
는 데 한계가 있었던 모양이다. 송설당으로서는 가슴 아픈 일이 아닐 수 없었
을 것이다.[31]

(2) 조상 묘소 확인과 단장 사업

송설당이 상경하여 가문의 '伸寃'을 달성했으니, 다음 과제는 조상 묘소를
찾는 일이었다. 회갑이 되던 1914년(갑인)을 맞아 2월(음)에 양제 최광익의 맏
아들인 崔錫台를 정주와 선천으로 보냈고, 그 결과 104년 동안 잊어버리고 내
려온 8대조까지의 선조 묘소를 찾게 되었다.[32] 그 낭보를 받자, 송설당은 서울
加佐洞에 있던 석물 공장에 부탁하여 석물 제작에 들어갔다. 송설당은 이를
기차에 싣고서 선조 묘소로 향해 서울을 출발하였다.[33]

그는 宣川 梧木洞에 자리 잡은 고조부(崔天成)의 분묘를 찾아 魂遊石·香
爐石·望柱石·長大石을 모셨다. 이어서 동네 노인들을 모셔 접대하고, 일
가친척인 崔德弘에게 묘를 수호해달라고 부탁하기도 했다. 이어서 8대조부터
6대조 묘소를 찾아 五里亭을 거쳐 定州驛으로 갔다. 白峴에 자리 잡은 8대조
와 7대조의 묘소 앞에 석물을 안치하고, 제수 음식을 진설한 뒤 절을 올렸다.
이어서 6대조(崔世浩)가 계신 鳳鶴山 묘소를 찾고 석물을 안치하였다.[34] 또
한 蛾眉山으로 향했으니, 아마 5대조의 묘소가 거기에 있었던 때문인 것 같
다.[35] 이로써 송설당은 조상의 죄를 씻고 가문을 일으키면서 조상의 묘소를 찾
아 석물을 안치하는 전통적인 문중의 현창사업을 하나도 빠짐없이 마쳤는데,
마침 그해가 육순이 되던 1914년이었다. 어릴 때부터 切齒腐心 한스럽게 가슴

---

31) 송설당 묘소 상석 옆면에는 양자의 이름을 새겼다가 파양한 뒤에 그것을 파낸 자국
이 남아있다.
32) 「自述」 ; 「累代先墓奉審及立石記事 送錫台之定州宣川先墓奉審」.
33) 「先墓立石經營」.
34) 「白峴及鳳鶴山省墓」.
35) 「葛峴省墓」.

에 담아 온 숙원사업을 인생을 정리할 만한 나이인 육순에 이르러 모두 달성한
것이다.

3) 지극한 佛心과 자선사업

(1) 지극한 佛心과 施主

송설당은 독실한 불교신자요, 전국 사찰에 시주를 많이 한 것으로 알려지고
있다. 그가 불교에 귀의한 시기를 명확하게 알 수는 없으나, 대개 서울에 올라
간 이후이고, 특히 그 과정에서 엄비의 동생과 만나면서 궁궐로 들어가는 계기
가 마련된 것으로 알려지고 있다. 그렇다면 사찰에 대한 시주는 역시 궁궐로
들어간 이후이며, 특히 궁궐에서 나온 뒤에 집중된 것으로 보는 것이 옳겠다.
입궁하기 전에 그가 다닌 사찰은 서울 강남 무역회관 바로 뒤편에 있는 奉恩
寺로 알려진다.

송설당의 佛心은 상당히 깊었다. 그러한 내용을 보여주는 단적인 사례는
1930년 2월에 김천고보 설립 계획을 확정하면서 작성한 계약서에서 찾을 수
있다. 자신이 죽으면 장례를 불교식으로 치르고, 시신을 화장하여 석함에 안치
하여 미리 만들어 둔 묘소에 안장할 것이며, 貞傑齋 대청마루에 불상을 봉안
하라는 내용이 그를 말해준다.[36] 특히 불상을 봉안하라는 대목은 정걸재를 법
당으로 꾸미고 불상과 함께 자신을 봉안하라는 말이다. 사찰에서 자신의 영생
을 기원하는 것 대신에 자신이 살던 정걸재 자체를 사후에 法堂 형식의 祠堂
으로 만들라는 것이니, 바로 뒤편에 자리잡은 묘소와 그 앞의 법당, 그리고 그
아래 김천고보라는 講堂을 두는 구도인 셈이다. 한 가지 흥미로운 사실은 불상
을 봉안하면서 그 좌우에 '李王殿下'와 '李王妃殿下', 즉 영친왕의 내외와 송
설당 자신의 尊位를 봉안하고, 養弟 최광익 및 여동생의 위패를 모시라고 규
정한 부분이다.[37] 영친왕과의 관련성과 가계 계승을 위한 종손으로서 養弟, 그

---

36) 「契約書」『松雪六十年史』, 1991, 257쪽.
37) 「契約書」『松雪六十年史』, 1991, 257쪽.

리고 자매들의 관계를 보여주는 대목이다.

송설당의 사진 자료 가운데 盛裝한 것이 눈에 띈다. 늦어도 1926년 이전에 촬영된 이 사진을 보면,[38] 머리에 족두리를 쓰고, 한복으로 치장했는데, 보통 한복이 아님을 쉽게 알 수 있다. 梵語로 가득 장식된 긴 옷고름을 앞에 드리운 이 사진은 전통 한복에다가 불교식 장식을 가미한 것임을 보여준다. 이 사진은 그와 불교와의 관계를 말해 주는 것인데, 일반적으로 사찰에서 승도들을 부르는 '보살님'이 아니라 실제 '보살'의 경지에 오른 인물인 것처럼 여겨진 것일지도 모르겠고, '活佛'이라 평가되던 일이 우연이 아닌 듯하다.[39]

그는 전국의 많은 사찰에 시주했는데, 규모도 상당했던 모양이다. 1911~1912년에 전국 30개 本山 사찰에 많은 금액을 시주했다고 보도된 것도 그러한 정황을 말해주는 사례 가운데 하나다.[40] 육순이 되던 1914년에 약을 복용하기 위해 청암사를 방문했다거나,[41] 동문 밖 永導寺를 방문한 이야기나,[42] 1915년에 경남 창녕군의 화왕산 기슭에 있는 道成庵 아래 거대한 바위에 큼직한 글씨로 '崔松雪堂'이라고 새겨진 각석도 마찬가지다.[43] 송설당의 시주는 이것만으로 그치지 않는다. 다만 일일이 확인할 수 없을 뿐인데, 법주사의 福泉庵의 경우도 그러하다. 복천암에 송설당이 시주한 80cm 높이의 두 개의 큰 燭臺와 명문이 새겨진 冥器도 그런 것 가운데 하나이다. 또 북한산에 남아있는 각석도 그러한 결과 가운데 하나가 아닌가 짐작된다.

그런데 한 가지 눈여겨볼 만한 것은 청암계곡의 각석이나, 창녕 火旺山 道

---

38) 이 사진이 『조선일보』 1926년 11월 16일자 기사에 등장하는 것으로 보아 그 이전에 찍어둔 것임을 알 수 있다.

39) 『동아일보』 1939년 8월 12일 「故崔松雪堂女史의 四十九日祭를 當하야」 1.

40) 『동아일보』 1939년 8월 15일 「故崔松雪堂女史의 四十九日祭를 當하야」.

41) 「청암수」 ; 「靑嚴寺」.

42) 「永導寺賞蓮花」.

43) 창녕 화왕산 도성암 아래에 있는 바위 글씨 "최송설당" 글자 옆에 조그만 글씨로 "大正乙卯春 李東魯"가 새겨져 있다. 한편 이 지역에서는 최송설당이 명성황후의 총애를 받던 무당으로 전해지고, 그래서 그 바위는 무속인들이 치성 드리는 곳이 되었다고 전해진다(河正求, 前창녕문화원장, 창녕읍 말홀리 산1-2 거주).

成庵, 북한산의 '최송설당'이라는 각석의 글씨는 가로이든 세로이든 대개 1m 정도의 길이인데, 그 서체가 거의 동일하다는 점이다. 그렇다면 이 모든 것이 평소 송설당과 관련된 글씨를 도맡았던 惺堂 金敦熙의 작품이 아닐까 생각되기도 하고, 혹은 도성암 각석에 덧붙여 새겨져 있는 李東魯의 글씨일 수 있다는 생각도 든다. 그리고 금강산에도 '崔松雪堂'이라는 대형 글자가 새겨진 각석이 남아있다는 이야기가 전해지는데,44) 이것도 그가 楡岾寺·表訓寺·正陽寺에 대한 漢詩를 남긴 점이나,45) 평남 안변의 釋王寺도 모두 시주와 관계된 사찰로 여겨진다.46)

송설당의 시주 이야기에 김천의 淸巖寺에 대한 시주가 가장 대표적이다. 금세기에 들어 청암사가 새로운 면모를 보인 계기는 大雲堂의 활약에 의한 것이다. 즉 바로 이 대운당과 송설당의 만남이 오늘의 청암사를 가져온 결정적인 계기로 여겨진다.

> "고종(광무가 옳다 ; 필자 주) 9년(1905) 당시 주지 대운당 스님이 잠결에 빨간 주머니를 얻는 꿈을 꾼 후 한양에 가니, 어느 노보살님 한 분이 자신이 죽은 후에도 3년 동안 염불해달라고 부탁하며 대시주를 하였습니다. 이리하여 대운당 스님은 쇠락한 극락전을 다시 중건하고 萬日會를 결성하여 극락전을 염불당으로서 염불소리가 끊어지지 않았다고 합니다."47)(밑줄 ; 필자 주)

여기에 나타나는 '어느 노보살님'은 송설당임이 거의 확실하다. 왜냐하면 청암사 일주문을 들어서기 전 200여 미터 앞에 세워진 시주비가 그 사실을 증명하고도 남기 때문이다. 높이 1미터가 약간 넘는 자연석 표면을 갈아서 비문을 새겨 넣을 직사각형의 반듯한 공간을 만든 뒤 '大施主 崔松雪堂'을 새겨 넣었다. 제작 시기를 경신년 暮春이라 했으니 1920년 늦은 봄이다.48)

---

44) 『松雪六十年史』, 1991, 256쪽.
45) 「表訓寺凌波樓」·「楡岾寺山映樓」·「正陽寺歇惺樓」.
46) 「釋王寺」.
47) 「청암사소개」, http://chungamsa.org.
48) 대운과 송설당이 만난 시기가 언제인지 정확하지 않다. 청암사 인터넷에 제공된 자

(2) 자선사업

송설당의 자선사업은 널리 알려져 왔지만, 그것이 언제부터 시작되었는지 확실하게 알 수 없다. 다만 기록에는 그의 첫 의연금 납부가 1908년 1월에 있었던 것으로 확인된다. 덕수궁을 나온 직후라고 생각되는 이 시기에 그가 의연금을 납부한 소식이 『大韓每日申報』에 「文明女士」라는 제목으로 보도될 정도였다.

> 麯洞居하난 有志婦人 崔松雪堂이 共立新報를 購覽하다가 其慷慨激切한 議論을 恒常感歎不已하더니 今番 平壤에서 諸婦人이 共立新報捐助金 募集하는 趣旨書를 傳布하매 崔婦人이 同情을 表하기 위하야 本社에 金四圓을 傳致하얏스니 該婦人의 文明에 有志는 참 感歎할만 하더라.[49]

그리고 1910년대 초반에 송설당은 김천 校洞의 주민을 구휼하기 위해 벼 50석을 희사하여 소작인들로부터 慈母로 추앙을 받았다고 전해진다.[50] 또 1915년에는 京城婦人會에 거금을 기부하고 日本赤十字社 특별회원이 되었다고 전해진다. 이어서 1917년(63세)에 어머니 鄭氏가 사망하였는데, "淨財를 育英에 써라"라고 당부하였다고 한다. 그리고 이 해에 金泉公立普通學校에 기부함에 따라 총독이 포상한 일이 있고, 금릉유치원과 금릉학원에도 유지비를 기부한 것으로 전해진다.[51]

료에는 그 시기가 1905년인 것처럼 표현했지만, 시주 공덕을 기리는 각석은 1920년에 세워졌으므로 차이가 있다. 청암사가 대화재를 입은 마지막 시기가 1911년 9월 21일 밤이다. 따라서 1920년에 세워진 공덕비는 1905년 시주에 대한 것이 아니라, 1911년 대화재 이후에 투입된 거금의 '대시주'에 대한 보답일 가능성이 크다. 혹은 1905년 무렵에 1차 시주가 있고, 1910년대 중후반에 다시 대규모 시주가 있던 것으로 이해할 수도 있다. 청암계곡 암벽에 새겨진 '崔松雪堂'이라는 글씨도 그러한 사연을 담고 있는 것 같다. 뒷날 송설당이 김천고보 설립의 뜻을 밝힘에 따라 후원회가 결성될 때, 大雲이 참가한 사실도 그 인연에서 나온 것 같다.

49) 『大韓每日申報』 1908년 1월 18일 「文明女士」.
50) 『松雪六十年史』, 1991, 322쪽.

송설당이 본격적으로 사회사업에 나서려던 계획이 일반인들에게 알려진 사실은 1926년 신문기사를 통해 확인된다. 「崔松雪堂의 美擧」라는 표제로 보도된 기사는 "國恩을 報答코자 社會事業에 投資", "자긔가 모흔 재산을 푸러 고아원 등을 설립하랴고"라는 부제를 달았다. 이 기사 끝 부분에서 송설당이 평소 소작인들에게 너그러웠고, 그래서 친부모와 다름없이 칭송을 받았다는 사실이 확인된다. 그리고 '남자도 아닌 여자'가 72세의 고령임에도 불구하고 자신의 전재산을 사회사업에 투자하기로 결심한 사실을 전하는 이 글은 송설당의 계획이 고아원이나 유치원 설립에 있다는 점도 알려주고 있다. 아울러 이 기사는 '거룩하신 은혜를 입어서 모은 재산을 은혜롭게 사용하여 국은을 갚겠다'는 그의 다짐도 담고 있다.52)

그렇다면 송설당이 1920년대 중반을 넘어서면서 일생을 정리하는 작업 가운데 마지막 일이라고 할 수 있는 재산정리 방법으로 사회사업과 육영사업을 염두에 두고 있었고, 일단 그러한 계획을 실행에 옮기려 했던 시기가 1926년 말이라 짐작된다. 1929년에 김천의 금릉학원과 금릉유치원에 일백 원씩 기부금을 냈던 일은 그러한 연장선에서 있었던 조그만 사례에 지나지 않을 것 같다.53)

5. 晩年 정리 작업과 육영사업 구상

1) 晩年 정리 작업

송설당은 서울에서 자리 잡았지만 김천과 서울을 여러 차례 거듭 내왕하였다. 1907년 말 덕수궁을 나온 그가 국동(무교동)에 거주하던 사실이 1908년 1월에 확인된다. 이후 서울의 거처를 확고하게 만든 것이 1912년 국동, 즉 무교동 94번지에 세운 '송설당'이었다. 이곳을 주된 거처로 삼은 그는 부지런히

---

51) 『松雪六十年史』, 1991, 322쪽.
52) 『朝鮮日報』 1926년 11월 16일 「崔松雪堂의 美擧」.
53) 『동아일보』 1929년 9월 18일.

서울과 김천을 오르내렸다. 그러면서 그는 점차 만년을 맞을 준비에 들어갔다.

우선 만년을 보낼 거처를 김천에 마련한다는 생각을 굳혀 나갔다. 만 65세가 되던 1919년에 그가 김천시 부곡동 뒷동산 고성산록에 古阜齋室 '貞傑齋'를 지은 이유도 거기에 있었다. 정걸재는 正寢과 翠白軒이라는 부속건물로 구성되었다.

정걸재는 ' ㄱ ' 형태의 1층 기와집이다. 북쪽을 바라보는 산기슭에 북향으로 세워진 이 집은 중앙에 마루가 있고, 양편에 대칭으로 방과 마루를 각각 하나씩 두었다. 왼편 안쪽 방이 송설당의 안방이고, 그 앞은 응접실이었으며, 반대편은 주로 서재로 사용되었다. 지금까지 남아있다면 대단히 귀중한 유형문화재가 되었을 이 건물이 불행하게도 한국전쟁 당시에 화재로 소실되었다. 겨우 사진이 그 모습을, 또 주춧돌이 규모와 형태를 알려주고 있을 따름이다.[54]

한편 1935년에 지어진 취백헌은 안채이면서 송설당이 식사하던 곳이고, 그의 일상생활을 뒷바라지하던 가족들이 살던 곳이기도 하다.

송설당은 정걸재를 세운 그 다음해, 즉 1920년에 그 정걸재 바로 뒤편에 자신이 묻힐 假墓를 설치함으로써 일생을 마무리하는 手順을 일단 마친 셈이었다. 가묘에 石函을 준비한 사실은 불교식 화장을 전제로 한 것이니, 장례 방법까지 스스로 결정하였던 것이다. 1919년에 건립한 정걸재가 만년을 보낼 고향의 陽宅이라면, 가묘 준비는 이승을 떠난 뒤 머물 영원한 안식처인 陰宅을 마련한 셈이었다. 이제 마지막 행보가 자신의 글을 정리한 사업인데, 그의 삶을 회상하며 노래하거나 유명 인사들에게 부탁하여 받은 글을 모두 담아 문집을 펴냈다. 1922년 12월 1일에 3권 3책으로 발간된 『松雪堂集』이 그것인데,[55] 국내만이 아니라 외국의 유명 도서관에도 발송되었다고 전해진다.

그렇다면 이제 남은 일은 오직 한 가지이다. 엄청난 재산을 처리하는 것이

---

54) 이 건물에 사용된 돌은 황경석이며, 벽돌은 평양에서 제작된 것이고, 건축비가 5만 원이었다고 전해진다. 김천고보 설립시에 본관 건물 건축비가 5만 원이었던 것을 비교해 보면, 대단히 거금을 들인 공사임을 알 수 있다(이근구 증언).

55) 1권은 漢詩, 2권은 가사, 3권은 부록으로 구성되었다.

바로 마지막 과제였다. 조상의 묘소를 정비하고 섬기는 사업을 마무리했고, 자선사업에도 기여했으며, 많은 사찰에 시주하기도 했다. 그리고서 60대 중반을 넘기던 그에게 1920년대는 재산을 정리하는 마지막 남은 과제를 남겨둔 것이었다. 김천고보 설립이 마지막 단계이지만, 1920년대까지는 아직 그의 뇌리에 그것이 확실하게 자리 잡지는 않았던 것 같다.

2) 1920년대 전반의 육영사업계획

송설당이 학교를 건립하겠다는 계획을 확정한 시기는 1930년이다. 그렇다면 그가 언제부터 그러한 계획을 마음에 담기 시작했는지 궁금하지 않을 수 없다. 일단 그가 김천고보 설립을 나짐하고 李漢騻와 계약을 맺은 날이 1930년 2월 23일이니, 여기에서 소급해 볼 수 있겠다.

송설당이 본격적으로 교육사업에 관심을 가진 시기는 1920년대였다. 물론 그 이전에 교육에 관심을 전혀 가지지 않았다는 말은 아니다. 교육에 남다른 관심을 갖고 투자했던 엄비와 그의 관련성을 생각해 보더라도, 일단 그가 교육문제에 얼마간 관심을 가진 것은 사실일 것이다. 그런데 그는 우선 조상의 위상을 살려내는 일에 매달렸고, 이어서 사찰 시주와 자선사업에 주목하였다. 그런 뒤에 그가 고향에 교육기관을 설립하겠다는 의견을 마음속으로나마 가지게 된 시기는 일단 1920년대에 들어서 가능해 보인다.

1920년대에 그가 가진 육영사업 계획은 고아원이나 유치원을 설립하는 것이었다. 1926년에 "재산 전부를 사회적 사업에 투입하기로 결심하고 고아원 혹은 유치원을 설립하여 부모 없고 가엾은 아이들을 교양하기 위해 늙은 몸을 바치고 가진 물질을 희생한다"는 계획을 담아낸 기사내용이 그를 말해준다.[56] 그렇다면 일단 1926년까지는 그가 김천고보 설립에 뜻을 두지 않았다는 말이 되고, 1926년 이후 1930년 사이에 전기가 마련되었다는 말이 된다.

---

56) 『朝鮮日報』 1926년 11월 16일 「崔松雪堂의 美擧」.

송설당의 김천고보에 대한 인식과 자세는 3단계로 변화해 갔다. 김천고보 설립운동에 대한 이야기를 전해 듣고, 또 이에 기부할 것을 요구받은 것이 첫 단계요, 이에 대해 회의한 것이 두 번째 단계이며, 단안을 내린 것이 마지막 세 번째 단계이다.

3) 김천고보 설립 권유에 대한 고민

1920년대에 들어 주요 도시에서는 고등보통학교를 설립하려는 운동이 일어 났다. 1900년대에 신교육을 표방하는 학숙 · 학당 · 학교가 설립되고, 1910년 대에 보통학교로 편제되면서 1면 1교제로 나아가게 되고, 1920년대에 들어 고 등보통학교 설립운동이 일어났다. 그러나 대개 일제측의 방해공작으로 주저앉 고 말았으니, 안동의 경우가 대표적이다. 경북 북부지역 8개군이 협력하여 안 동고보를 설립하자는 운동이 안동군청의 방해공작으로 마감된 것이다.

김천에서도 1923년 1월에 고등보통학교설립기성회가 논의되기 시작했다. 일시 중단되다가 1924년에는 발기인회를 재개하여 30만 원이라는 기금목표를 내걸고 활동하였으나 성과를 거두지 못했다. 이어서 1925년에도 고덕환을 비 롯한 중심인물들이 기성회를 추진하다가 중단되었는데, 1928년 3월 29일에 가 서야 비로소 김천고등보통학교기성회가 창립총회를 가질 수 있었다. 하지만 학 교설립에 대한 이들의 열망과는 달리 자금력은 턱없이 부족한 것이었다. 뜻만 있고, 실행력이 없는 형편이었다. 그러니 이들이 김천출신으로서 재산이 많다 고 알려졌을 송설당을 주목한 것은 당연한 일이었다. 동향 출신이자 거부로 알 려진 그에게 동참을 호소하거나 사업 자체를 권유하는 일은 지극히 자연스러 운 것이다. 그렇지만 당초 송설당은 김천고보 설립에 대한 적극적인 의도가 없 었다. 육영사업에 대한 뜻이 없던 것이 아니라, 고아원과 유치원 설립 정도로 생각하고 있었기 때문이다. 그 이유 가운데 하나가 자신의 자금력이 거기에 미 치지 못한 것으로 판단한 것이라 짐작된다. 왜냐하면 송설당은 김천고보 설립 에 필요한 금액을 30만 원이라 생각하고, 미리 자신의 재산이 여기에 미치지 않는다고 판단한 것 같다.

　그렇다면 30만 원이라는 금액은 어디에서 나왔을까. 1924년에 김천고등보통학교설립기성회를 준비할 때 기금목표로 세워진 금액이 30만 원이었다. 이것은 1922년 11월 12일에 세워진 100평 규모의 금릉청년회관을 세우는 데 1만원이 들었던 점을 감안하여 산출된 금액이었다.[57] 30만 원을 산정했다는 사실은 3천평 규모의 학교를 세우겠다는 계획이라는 말이다. 송설당이 김천고보 설립이 자신의 능력을 넘는 것이라 짐작하고 고개를 저었을 때는 이미 30만 원으로 추산되던 이야기를 들은 뒤였을 것이다.

　송설당이 김천지역 인사들의 의사를 물리친 데에는 또 다른 두 가지의 이유가 있었다. 하나는 1928년, 즉 김천지역에서 고보설립운동이 절정기를 지난 시기에 송설당이 자신의 재산을 해인사에 시주하겠다고 약속했다고 전해지는 것이 바로 그 내용이다. 남다른 佛心으로 일찍부터 전국의 사찰에 시주해 왔던 송설당이 인생을 정리하면서 전재산을 들여 해인사에 시주한다는 계획은 충분히 가능한 이야기이다.[58] 또 다른 한 가지 이유는 송설당이 1928년에 유치원과 여자보통학교를 설립하겠다는 뜻을 가지고 있었기 때문이다. 이러한 사실은 당시 김천에서 사법서사로 활동하던 李漢騏에게 유치원과 여자보통학교 설립과 경영에 대한 내용을 조사해달라고 부탁했다는 이야기에서 드러난다.[59]

　이상의 이야기를 종합하면, 송설당은 1928년까지 자신의 재산을 해인사에 시주하는 것과 유치원·여자보통학교를 설립하는 두 가지 방향으로 가닥을 잡고 있었다는 말이 된다. 그러다가 변화가 나타난 것이 1929년 8월이었다. 신임하던 이한기를 비밀리에 상경시켜 자신의 재산을 조사하여 평가해 보라고 주문하였다. 이한기는 평가에 앞서 그 목적이 궁금하였고, 이를 탐문하던 끝에 해인사에 시주하기 위한 행보라는 사실을 알았다.

---

57) 金陵靑年會館落成及創立紀念式(壬戌年　11월　12일자) 사진(『松雪六十年史』, 1991, 255쪽).
58) 당시 해인사의 주지는 李晦光으로, 일본의 曹洞宗을 끌어 들여 우리의 불교를 거기에 병합시키려는 계획을 세우고 밀고 나간 인물이다.
59) 『松雪六十年史』, 1991, 256쪽.

6. 김천고보 건립

1) 재단 설립 결정

송설당이 해인사 시주에서 김천고보 설립으로 방향을 전환한 시기는 1930
년 새해 벽두라고 짐작된다. 그렇다면 무엇이 그로 하여금 마지막 결단을 가져
왔을까? 무엇보다 자신의 정확한 재산평가 결과가 중요하게 작용한 것으로 보
인다. 그가 김천고보 설립에 반대한 것이 아니라 30만 원이라는 필요경비를 듣
고 자신의 역량 밖이라고 생각했던 터였는데, 평가 결과가 30만 원을 넘는다는
사실에 급선회한 것이라 여겨진다.

여기에 주요 인사들의 설득작업도 주효하였던 것 같다. 당초 이한기가 송설
당으로부터 재산조사와 평가 작업을 부탁 받고서 조사 작업에 들어가는 한편으
로, 해인사 시주를 목적으로 재산조사 작업에 들어간다는 사실을 김천고보 설
립운동에 앞장서고 있던 高德煥에게 알렸고, 자금전환의 방안 모색에도 들어
간 것이다. 그 결과 송설당과 인연을 가진 유력인사들이 거의 총동원되다시피
하였는데, 이때 활약한 인물로 卍海 韓龍雲과 변호사 李仁이 대표적이다.[60]

이처럼 송설당이 김천고보 설립을 작정하고 나선 시기는 1929년 말에서
1930년 초 사이였다. 1929년 전반기까지는 김천고보를 설립하는 데 자신의 전
재산을 투입한다는 계산을 갖고 있지 않다가, 1929년 후반기에 해인사 시주를
단행하기 위해 재산 조사와 평가 작업에 들어간 도중에 변화가 나타난 것이다.
그러면서 김천고보 설립을 도모하던 인사들이 산정한 필요금액 30만 원을 넘
는다는 사실에 송설당이 고무되고, 특히 믿을 만한 인사들이 설득해 오자 방향
을 선회한 것으로 정리된다.

송설당은 1930년 2월 23일자로 이한기와 계약서를 작성하였다. 30만 원의
금액으로 '金泉高等普通學校'를 경영할 목적으로 법인을 구성한다는 방침과

---

60) 『松雪六十年史』, 1991, 256쪽.

그 임무를 이한기에게 위임한다는 전제 아래 9개 항목으로 된 「계약서」를 작성한 것이다. 내용의 골자는 송설당 생계비 지급, 사후 장례와 제사 및 재단 명칭 등을 규정하는 것이다. 양자를 받아들여 제사를 받들게 하려다가 罷養함에 따라 제사 지낼 주체가 없어졌는데, 설립될 재단법인과 학교가 그것을 담당하라는 뜻이다. 그리고 전재산을 희사하는 형편이므로 재단이 생계비를 지급한다는 항목도 들어갔다.[61]

이어서 「約定書」도 작성되었다. 302,100원이라는 총액과 세부내역이 제시되었는데, 예금된 자금 10만 원과 전국에 산재한 논과 밭, 그리고 임야 등 부동산 202,100원이 골자이다. 이 계약서에 이사(감사)진도 포함되었다. 崔錫台 · 崔東烈 · 高德煥 · 李漢騏 · 金鍾鎬 · 曺相傑 · 文昌永 등 7명이 그들이다.[62]

최석태는 양동생의 아들이니 친가의 종손이고, 고모인 송설당을 가장 가까이에서 모신 인물이다. 앞에서 본 것처럼, 송설당이 최석태로 하여금 선조들의 죄가 풀린 뒤에 평북 정주로 보내 선조들의 묘소를 찾게 만들기도 했다. 특히 최석태는 종손이라는 위치와 서울 시절부터 임종시까지 송설당을 모신 처지였으므로 재단이사들 가운데서도 집안을 대표하는 위치에 있었다고 생각된다. 그리고 최동렬은 재종질(7촌 조카)이고, 조상걸과 문창영은 여동생의 아들이니, 모두 친인척인 셈이다. 나머지 3명은 모두 지역 유지였으니, 고덕환이 김천고보 설립을 위해 일찍부터 활약하던 대표적인 인물이요, 이한기는 이미 송설당의 신임을 받아 온 인물이며, 김종호는 경성의전을 졸업하고 김천에서 回生醫院을 경영하던 의사였다.

이 사실이 중앙 일간지를 통해 바로 세상에 알려졌고, 칭송의 소리가 전국으로 확산되었다. 양대 일간지는 2월 26일자로 그 소식을 보도하였고, 의미를 찬양하는 논설을 연거푸 실었다. 이어서 2월 23일자로 작성된, 전재산 302,100원을 희사한다는 최송설당의 「성명서」와 3월 1일자로 발표된 '재단법인 송설당

---

61) 「契約書」(김천중 · 고등학교 소장).
62) 「約定書」에는 文昌永이, 재단정관에는 文穆永이 이사 혹은 감사로 기록되어 있는데, 같은 사람이다.

교육재단 김천고등보통학교 창립사무집행자' 7인 이름의 「포고문」全文이 함께 보도되었다.[63] 그러자 김천에서는 4월 1일에 김천고등보통학교후원회가 결성되었다. 1920년대를 줄곧 풀지 못한 채 넘어 온 숙원사업이 바야흐로 눈앞에 현실로 나타나는 단계가 된 셈이다. 김천고보 설립운동 본부를 이한기의 주소 (대화정 299-1)에 두고 본격적으로 밀고 나갔다. 그러나 好事多魔라는 말처럼, 장애가 나타났다. 총독부가 반대하고 나선 것이다.

2) 日帝 반대를 극복

일제는 인문계 학교 증설을 억제하는 정책을 폈다. 이에 따라 경상북도 학무과는 김천고보 설립 신청에 대해 김천고등보통학교가 아닌 상업이나 농업학교, 즉 실업학교로 방향을 잡으라고 요구하고 나선 것이다.

여기에서 송설당의 자세는 결정적인 것으로 여겨진다. 인문계 고등보통학교가 아니라 실업계 학교라면, 아예 기부 사실 자체를 취소하겠다고 배수진을 치고 나온 것이다. "고보학제 변경에 절대 불응 결의"라거나 "고보가 아니면 기부 취소할 터"라고 보도된 내용이 그 사실을 전해준다.[64] 일을 추진하던 인물 가운데에는 더러 이를 받아들이자는 타협책을 들고 나왔지만, 송설당의 자세는 단호했다. 민족을 살려낼 인재를 양성하자면 실업학교가 아니라 인문계 학교를 설립해야만 한다는 것이 송설당의 확고부동한 생각이었던 것이다.

5월에서 6월 사이에 추진세력과 경상북도 사이에 공방전이 펼쳐졌다. 학교 설립을 위한 공식적인 발표가 나온 뒤 한 달 만인 3월 24일자로 「설립허가원」을 경상북도에 제출하였다. 이어서 受任理事, 즉 임무를 부여받은 이사들이 부지런히 경상북도 학무과와 씨름을 벌였다. 그러나 일은 쉽게 진척되지 않고, 진정하는 사람과 이를 거부하는 경상북도 사이에 갈등마저 벌어졌다. 그러는 사이에 송설당은 고향에서 살겠다며 1930년 6월 29일 김천으로 내려왔다. 김

---

63) 『동아일보』 1930년 3월 5일자.
64) 『조선일보』 1930년 5월 18일, 6월 5일자.

천역 앞에는 화환과 취주악대를 앞세운 환영인파가 인산인해를 이루었다. 그가 김천고보 건설 예정지 뒤편에 자리 잡은 정걸재로 향하는 연도에는 사람의 물결이 넘실댔다.[65]

송설당이 정걸재에 定住한 사실 자체가 수임이사들로 하여금 분발하게 만든 모양이다. 본질적으로 총독부의 방침을 고치지 않고서는 목표를 달성할 수 없다는 판단에 이른 송설당은 결국 사이토오 마코토(齋藤實) 총독의 아내 사이토오 하루코(齋藤春子)를 만나 협상을 벌였다.[66]

그리하여 1930년 후반에 들면서 점차 다시 희망이 나타나기 시작했다. 총독부가 기존 고등보통학교 제도를 일부 수정한 뒤에 김천고보를 여기에 맞추어 설립시킨다는 방안을 들고 나온 것이다. 그리하여 총독부는 1930년 10월 말에 들어 김천고보 설립을 허가하는 쪽으로 방향을 선회하였고, 1931년 1월에 고등보통학교 규정 일부를 개정하여 인문계학교에 실업과목을 교과과정에 첨가하였다.

그런데 밀고 밀리는 과정에서 송설당이 기부한 금액에 차이가 나타났다. 당초 제시했던 재산이 302,100원인데, 필요 경비가 320,000원으로 증액된 것이다. 설립이 1년 밀리게 되자 기본금 302,100원에다가 1930년도 수익예상금 26,000원을 합친 예산안을 마련했는데, 물가 저락과 곡물 감소로 16,000원 부족분이 생겼다면서 총독부 학무국이 제동을 걸고 나왔다. 이에 송설당은 자신의 서울 처소인 '송설당' 집을 내놓는다고 선언하고 나섰다. 그 평가액이 23,000원이므로 총독부의 이의제기를 막아내는 데 충분한 것이었다.[67] 이것은 송설당의 결연한 의지를 보여주는 대목이다.

---

65) 바로 이 길이 김천고보 설립 50주년을 맞은 1981년에 '松雪路'라는 이름을 가지게 된다.

66) 1939년 6월 16일에 송설당이 별세하자, 齋藤實(당시 총독과 내각총리대신 역임하고 퇴임)의 부인인 齋藤春子가 弔電을 보내온 것도(『동아일보』 1939년 6월 25일자) 이러한 인연 때문이라 짐작된다.

67) 『동아일보』 1930년 11월 12일.

3) 김천고보 개교

위기와 난관을 넘어서서 1931년 2월 5일에 '재단법인 송설당교육재단'이 인가를 받았다. 이어서 3월 17일에 김천고보 설립이 총독부 학무국에 의해 정식으로 승인되었으니, 총독부 고시 제145호가 그것이다.[68] 재산을 한 푼도 남겨두지 않고 모두 투입하겠다는 결연한 송설당의 의지가 승리를 거둔 원동력이었다. 그래서 뒷날 "최송설당 여사가 사재 전부를 이 학교 설립을 위해 내놓고, 그 意氣가 本府(총독부)로 하여금 감동시켰기 때문에 특별히 김천고보에 설립인가를 줌에 이르렀다. 이 인가는 물론 특별한 것"이라거나, "최 여사는 조선여성사 또한 조선문화사의 1항을 장식하기에 충분하다"라고 평가되기도 했다.[69] 특히 "寂寞의 김천을 활기의 김천으로, 草野의 김천을 理想의 김천으로"라는 평가는 정확한 것이었다.[70]

김천고보는 1931년 3월 27일과 28일에 입학시험을 치르면서 본격적인 학사일정에 들어갔다. 30일에 安一英을 초대 교장으로 초빙하였고, 이어서 5월 9일에 강당을 준공하면서 입학식을 거행하고 수업을 시작하였다. 5학급으로 시작된 김천고보는 설립되자 파격적인 행보를 보였다. 학생수도 정원을 50%나 초과할 정도로 선발하여 인재육성에 대해 욕심을 내는 한편, 서울지역 교사 급여의 두 배나 되는 금액을 지급하면서 우수한 교사를 초빙한 것이다.[71] 어느 재단보다 튼튼한 재력이 그 뒤를 튼튼히 받치고 있었기에 가능했다. 안일영 초

---

68) 『동아일보』 1931년 3월 21일.
69) 逵捨藏, 『慶北大鑑』, 1936, 1114쪽.
   金東秀는 「최송설당·白善行 등 부호가 재산을 사회사업에 내놓은 것으로 예찬함」이란 글을 통해 '남 최송설당, 북 백선행'이라는 두 여성 부호의 사회사업을 찬양하였다(「개벽논단」『開闢』제2호, 1934.12.1). 또 李光洙는 「옛 朝鮮人의 根本道德 全體主義와 求實主義 人生觀」이란 글에서 "최송설당 등의 사회봉사자들의 갸륵한 행위가 西洋式 個人主義에서 나온 것이 아니요 도리어 傳說的 朝鮮精神에서 나온 것"이라고 평가하였다(『東光』 6월호, 1932).
70) 『동아일보』 1931년 4월 25일 「김천고보교의 창립」.
71) 『松雪六十年史』, 1991, 253쪽.

대교장이 약속대로 1년 만에 사임하자, 1932년 1월 15일에 2대 교장에 초대 교무주임을 맡았던 鄭烈模가 취임하였다. 그리고 이 해 8월 31일에 本館 校舍가 준공되었다.

김천고보가 문을 열자, 김천만이 아니라 경북지역 전체에서 학생들이 진학하였다. 김천을 중심으로 상주·의성·선산(구미)·성주·고령 등 경북 남서부지역 일대의 학생들이 몰려들었고, 심지어 경북 동해안지역 학생들도 진학했다. 특히 인문학교로 문을 열었기 때문에 진학열기도 높았고, 교육내용도 자연스럽게 민족교육에 무게를 두게 되었다. 교장으로 재임하던 정열모는 1942년 10월 20일에 '조선어학회사건'으로 검거되고, 1944년 9월 30일에 예심종결로 석방될 때까지 옥고를 치른 사실도 김천고보의 성격을 보여주는 한 사례라고 생각된다. 또 송설당이 굳이 인문학교를 고집하고 밀고 나간 이유도 거기에 있었던 것이다. 인문계 김천고보 설립은 송설당 생애에서 마지막 승부수이자 대단한 성공작이었다.

4) 송설당 기념 동상 제막

송설당의 나이 만 80세가 되던 1935년에 김천고보에는 그를 기리는 대규모 행사가 준비되고 있었다. 개교 4주년을 맞은 그해 5월 9일에 교기 '靑松白雪旗'가 제정되고, 그 자리에서 '김천고등보통학교 교주 최송설당 여사 기념동상 건설기성회 발기준비회'가 결성된 것이다. 송설당이 생애를 마감하기 이전에 동상을 제작하여 봉헌하자는 추진 인물들의 의도가 담긴 것이다. 11인으로 구성된 실행위원회가 구성되고, 金復鎭이 제작을 맡았다.

동상 건립에 대한 호응은 전국적으로 대단한 열기를 보였다. 당시 동상건립을 위해 10전에서 50원에 이르는 성금을 보내 온 인원이 단체와 개인을 합쳐 1천 명을 넘는다. 신의주고등보통학교·동래일신여학교·대구계성학교 등의 교직원이 단체로 보내온 경우, 심지어 '금오산공립보통학교 교직원 및 아동 일동'이란 경우도 있었다. 曺晩植·方應模·尹致昊와 같은 인물이 보이는가하면, 울릉도 島司의 참여도 있었다. 또 국내만이 아니라 圖們과 같은 만주지역에서 성금을 보내 온 인물도 보인다. 이처럼 송설당을 기리는 동상제작에 전국민의 호응은 대단한 것이었다.

동상 제막식은 그해 11월 30일에 열렸다. 그 자리에는 宋鎭禹 · 呂運亨 · 方應模 · 白南薰 · 崔奎東 · 李仁 등 유력 인사를 비롯하여 각지에서 1천여명이 참석하였다. 그 자리에서 呂運亨(조선중앙일보 사장)이 기념사를 통해 김천고보를 '사막의 오아시스'로 비견하였다. 또 송설당이 특별교실(과학관) 건립에 필요한 건축비용을, 재단에서 지급한 생활비를 아껴 모은 자신의 마지막 재산으로 감당하겠다고 발표하였다. 완전히 빈손으로 돌아가겠다고 천명한 셈이다. 이는 송설당이 자신의 마지막 재산을 던져 넣어 이 문제를 해결하겠다는 선언이었다.[72]

한결같이 송설당의 업적을 기리는 이야기가 오갔다. 주요 일간지들이 뉴스와 논설로 송설당의 업적을 찬양하였고,[73] 동상제막식 참관 소감을 연재하기도 하였다.[74] 동상제막의 의미를 "社會를 爲한 獻身的 實行人으로서의 活敎訓의 씸볼로 볼 것"이라고 정리하면서,[75] 송설당을 본받은 제3의 교육투자가를 기다린다면서 독려하고 나서기도 했다. 이는 송설당의 행적을 교훈 삼아 '확대재생산'하라는 주문이었다.

7. 맺음말

송정 정걸재에서 만년을 보내던 송설당은 1939년 6월 16일, 오전 10시 40분에 만 84세로 한 인생을 마감했다. 정걸재의 동쪽 방인 정침에서 별세하였으

---

72) 『동아일보』 · 『조선일보』 · 『조선중앙일보』 1935년 12월 3일.
73) 『동아일보』 1935년 12월 1일 사설 「거룩한 최송설당」 ; 『조선일보』 1935년 12월 2일 사설 「최송설당 여사의 장거」.
74) 『조선일보』 1935년 12월 5~8일 「최송설당여사 동상제막식 소감」.
75) 『조선일보』 1935년 12월 8일 「崔松雪堂女史 銅像除幕式所感」 四.

니,[76] 평소에 사용하던 방이요, 사후에는 3년 동안 賓廳으로 사용하라고 당부하던 그 방이었다. 그런데 그가 떠나기 보름 전인 5월 30일에 자신의 사후에 대한 유언을 남겼다. "永爲私學 涵養民族精神 一人定邦國 一人鎭東洋 克遵此道 勿負吾志"가 그것이다. 학교 유지와 인재 양성에 대한 당부가 그 핵심이다. 다음으로 송설당은 생활비를 아껴 저축한 마지막 재산마저도 학교에 편입한다고 유언하였다. 매월 지급된 생활비를 아껴 저축했다가 이마저도 모두 기부한 것이다. 기본금 출자와 특별교실 설립에 대한 2차 기부에 이어, 이것은 생의 마감을 앞두고 행한 마지막이자 3차 기부였다. 어느 하나도 남기지 않고 모두 송설교육재단에 희사하고 그는 떠났다.[77]

장례는 7일장으로 치러졌다. 6월 22일 學校葬으로 진행된 장례식은 오전 8시에 발인하고, 10시에 錦町공설운동장에서 고별식을 가진 뒤, 시내를 한 바퀴 돌아 송정으로 향했다. 정무총감과 학무국장 및 도지사 등이 화환을 보내왔고,[78] 일간지들도 다투어 장례식을 보도하고 특집을 연재하기도 하면서 송설당의 공을 기렸다.[79]

송설당과 김천의 만남은 그리 밝은 편은 아니었다. 홍경래 난과 이에 연루되어 몰락한 가문, 그리고 살기 위해 새로운 터전을 찾아 이동한 곳이 김천이니, 송설당 개인이나 가문 모두가 고단한 현실이 아닐 수 없었다. 어떻게 보면 기구한 인연이지만, 그 만남이 가장 소중한 모습으로 변해간 것이 송설당과 김천의 만남이요 관계라고 말할 만하다.

송설당의 생애에서 두 번의 큰 전기가 있었다. 하나는 만 41세 되던 1896년에 상경하여 돌파구를 열어나간 것이고, 다른 하나는 만 75세 되던 1930년에

---

76) 『동아일보』 1939년 6월 17일.
77) 장례를 치른 이틀 뒤, 즉 三虞祭 날에 재단과 학교 관계자들이 모인 자리에서 고인의 유지를 받들어 遺産에 대한 처분을 결의하였다(『동아일보』 1939년 8월 17일 「故崔松雪堂女史의 四十九日祭를 當하야」 4).
78) 『동아일보』 1939년 6월 25일 ; 『동아일보』 1939년 8월 17일 「故崔松雪堂女史의 四十九日祭를 當하야」 4.
79) 『동아일보』 1939년 8월 12~17일 「고송설당여사의 49제를 당하야」 1~4.

김천고보 설립을 작정하고 나선 것이다. 전자의 경우, 즉 상경하여 돌파구를
열어 간 그의 노력은 누대의 숙원과제인 가문신원을 달성하고, 자신이 계산하
기 힘들 만큼 많은 재력을 가져오기도 했다. 이에 비해 김천고보 설립을 작정
하고 나선 후자는 기념할 만한 업적이었다. 특히 후자는 김천사회에 커다란 변
화를 가져옴으로써 더욱 빛나 보인다. 본래 김천이란 지역은 그리 대단한 사대
부나 학자를 배출한 곳이라고 할 수 없던 곳이다. 그러다가 1905년에 경부선이
부설되면서 교통의 요지로 떠오른 곳인데, 거기에 비해 정신적인 면이나 인재
육성이라는 면에서는 여기에 따라가지 못했다. 그러던 김천에서 다수의 인재를
배출한 계기는 바로 김천고보 설립에서 비롯된 것이었고, 그를 가능하게 만든
주인공은 바로 송설당이었다. 그래서 송설당과 김천의 만남을 "寂寞의 김천을
活氣의 김천으로, 草野의 김천을 理想의 김천으로"라거나,[80] "遺業은 千秋에
그 빛을 남길 것이고, 功德과 芳名은 학교의 운명과 아울러 이 세상 끝까지
영원히 비칠지니"라고 평가했던 것이다.[81]

송설당은 전근대 사회에서 태어나 근대사회로 이행하는 단계를 살다간 여성
이다. 그는 여성이라는 처지와 불우한 집안출신이라는 중첩된 한계를 깨쳐 나
갔다는 점에서, 그리고 시대적 장벽을 넘어서서 모은 모든 재산을 민족 인재
양성을 위한 교육기관 설립에 투자했다는 사실에서 한국 근대 여성사의 한 장
을 장식하기에 충분하다.

---

80) 『동아일보』 1931년 4월 25일 「김천고보교의 창립」.
81) 『동아일보』 1939년 8월 17일 「故崔松雪堂女史의 四十九日祭를 當하야」 4.
정부는 1963년 8월 15일 광복절을 맞아 문화포장을 추서하였다.

최송설당의 교육이념과 교육활동

김 호 일*

1. 머리말

1920년대에서 1930년대는 일본 제국주의가 한국을 병탄한 뒤 식민지통치의 결과가 안정기로 접어든다고 자랑하던 시기이다. 우리 민족이 3·1운동 이후 민족독립운동이 국내외를 막론하고 강력한 일제의 탄압에 의하여 소강·위축 되었기 때문이다.

일제는 식민지 한국에 대하여 통치정책을 소위 文化政治라는 미명하에 민 족말살·황국신민으로 만들기 위한 제반 시책을 강구하고 교묘하게 한국인을

---

* 중앙대학교 명예교수.

기만하여 大東亞共榮圈을 내세우기도 하였다.

이러한 상황 하에 일제의 교육정책은 한국인의 우민화·노예화에 목표를 두고 제2차로 교육령을 개정하여 1922년에 공포하였다.

이 시기 민족 운동가들은 3·1운동의 날개를 접고 실력양성운동을 범국민적인 결속력 속에서 전개하였다. 학교를 세우고 국산품의 애용 속에 산업을 일으키며 우리 고유문화에 대한 새로운 인식을 발견하고 언론·결사를 통하여 민족의식을 고취하고 민족의 정체성을 발견하고자 노력하였다.

민족운동의 방향도 국외에 있어서 만주·연해주 지역의 무장투쟁, 대한민국임시정부의 수립, 구미제국에 대한 외교독립운동을 감행하였으며, 국내에 있어서는 교육·언론·결사·종교·예술의 다방면에 걸쳐 민족운동을 전개하였다.

이와 같은 분위기 속에서 교육구국운동이야말로 민족과 국가의 먼 장래를 내다보고 민족정신에 투철한 동량을 길러내야겠다는 소명의식을 갖고 육영 사업가들의 노력이 돋보이던 시기가 1920~1930년대였다. 주로 남성들인 민족교육운동가들의 틈바구니 속에서 홍일점 여성으로서 전재산을 쾌척, 학교설립에 나선 것은 투철한 민족정신을 갖고 애국애족의 신념을 가진 女丈夫가 아니고서는 할 수 없는 일이었다. 김천이 낳은 아니 우리 민족의 딸인 최송설당 여사가 바로 이와 같은 인물이었다. 최송설당에 대해서는 단편적인 인물소개의 글은 있었으나 본격적인 연구결과는 많지 않다. 다만『송설당집』을 통한 漢詩 및 歌辭에 대한 연구가 있을 뿐이다.2) 본고는 김천고등보통학교를 설립한 교주 최송설당의 교육이념과 교육활동을 시대적 분위기 속에서 살펴 그 업적의 일단을 고찰하고자 한다.

---

2) 沈載完,「崔松雪堂의 歌辭」『국어국문학연구』제3집, 청구대, 1959 ; 리동윤,「조선조 여류시인 송설당의 문학세계」『한길문학』통권 제10호, 1991(가을) ; 許米子,「近代化過程의 文學에 나타난 性의 葛藤構造研究－특히 崔松雪堂의 吳孝媛의 漢詩를 中心으로－」『人文科學』제12집, 성신여대, 1992.

2. 일제의 교육정책과 김천의 교육상황

1) 일제의 교육정책

10년간의 통치에도 불구하고 한국민들이 1919년 3·1운동이란 거족적 독립운동을 일으키자 일본제국주의 당국자들은 당혹과 경악 속에 식민지 통치정책의 변화를 모색하였다. 즉 일제는 지금까지의 헌병경찰에 의한 통치책을 소위 문화정치로 바꾸어 다소간의 숨통을 틔어주는 정책으로 전환했던 것이다. 그 내용은 다음과 같다.[3]

① 총독부 관제·헌병경찰정치를 폐지한다.
② 조선인 관리 임용·대우개선을 도모한다.
③ 형식적인 정치의 폐단을 타파하여 법령을 간략하게 하며, 행정처분은 사태와 민정을 고려하여 적절한 조치를 취한다.
④ 사무정리를 간략 신속히 하는 데 노력하여 관청의 위신을 지킨다.
⑤ 언론·집회·출판 등에 대해 고려하여 민의의 창달을 도모한다.
⑥ 교육·산업·교통·경찰·위생·사회 등의 행정을 배려하여 국민생활의 안정과 복리를 도모한다.
⑦ 지방자치를 시행할 목적으로 조사연구에 착수한다.
⑧ 조선의 문화와 관습을 존중한다.

한국인에게 善政을 표방하면서 소위 문화정치를 내걸었으나 그 근본방침은 조금도 달라진 점이 없었다. 즉 관료주의와 형식적인 행정을 타파하여 庶政을 쇄신하고 총독부 관제를 개정하여 총독의 권한 축소 및 문관총독의 임명, 헌병경찰제도의 폐지와 보통경찰제도의 실시, 교원의 패검착용 금지 등을 내걸었다. 그러나 문관총독 임명은 한 명도 없었으며 헌병경찰제도를 없앴다고 했으나 헌병이 경찰관으로 명칭만 바뀌었을 뿐 오히려 고등경찰을 두어 한국의 민

---

3) 朝鮮總督府, 『施政二十五年史』, 朝鮮印刷株式會社, 1935, 316~319쪽.

족지도자들을 괴롭혔으며, 1925년부터는 治安維持法을 한반도 안에도 적용하여 우리 민족을 쇠사슬로 얽어매었고 친일관료와 친일파 육성을 적극 도모하여 민족분열정책을 실시했던 것이다. 이렇게 볼 때 소위 문화정치는 한국 민족의 행복과는 아무런 관계가 없는 기만적인 것이며 그 본질은 3·1운동에 타격을 받은 일본 제국주의가 계속되는 한국의 독립운동을 탄압, 회유하기 위한 정책이라고 말할 수 있다.[4]

소위 문화정치라는 통치책의 변화에 따라 교육정책도 자연히 재편되었다. 그렇다고 무단통치시대의 同化敎育 내지 奴隷敎育의 근간이 바뀐 것은 아니었다. 교육이념은 그대로 답습하면서 제도상의 결함과 교과내용의 보완으로 한국인의 민심의 동요를 막고 교육의 실리를 얻고자 한 것이다. 즉 "人智를 啓發하고 德器를 成就하는 것은 敎育의 힘이다. 朝鮮의 現狀을 보건대 敎育의 施設을 普及하여 그 程度를 昇進시키고 이의 內容을 充實케 하는 것이 가장 중요하다고 인정한다. … 朝鮮人에 대한 普通敎育의 修業年限 延長, 內容의 改善, 學校의 增設, 高等敎育機關의 新設과 改善 등은 目下 企劃을 추진 중에 있다"라고 하여 교육제도의 개편을 시사하고 있다.[5]

실은 조선총독부는 1919년 8월 관제개정에서 교육부분에 역점을 두어 내무부에 속하였던 학무국을 독립시키고 학무과·편집과·종교과를 두어 교육·종교에 관한 업무를 관장케 했다. 직원 구성도 편수관 2명을 새로이 두고 視學官도 2명을 증원하여 학무국을 강화하였다. 이와 함께 교육제도개혁에 착수, 1919년 12월 1일 府令 제187호 고동보통학교 규칙, 부령 188호 여자고등학교 규칙을 개정하여 1920년 1월 1일부터 실시한다고 공포하였다. 동시에 시행상 주의사항을 총독부는 각 道에 훈령하였는 바[6] 여기서 시세와 민도의 진전에 순응하여 개정한다고 한 것은 3·1운동 당시 가장 많이 참가하고 주도하였던 학교가

---

4) 朴慶植, 『日本帝國主義의 朝鮮支配』, 청아출판사, 1986, 107쪽.
5) 高橋濱吉, 『朝鮮敎育史考』, 京城帝國地方行政學會, 1927, 371쪽. 1919년 10월 13일~16일 도지사 회의석상에서 정무총감의 유시.
6) 『朝鮮總督府官報』 1919년 12월 1일.

중등교육기관이었기 때문에 이에 대한 조치로서 취해진 것이라 할 수 있다.[7]

고등보통학교 규칙 개정의 내용 중 중요한 골자를 살펴보면 제13조에서 일본어교육의 치중을 역설하여 한국학생에게 일본어로서 문장을 작성할 수 있도록 철저한 주입식 교육을 실시토록 하고, 제14조에서는 조선어를 '理解한다'에서 '了解할 수 있게 한다'로 고쳐 점진적으로 조선어 말살을 기도하였으며, 제15조에서는 일본역사, 제16조에서는 일본지리에 대한 교수방법을 지시하고 있다. 그리고 매주 수업시간도 일본어 3시간, 일본역사 3시간, 조선어 및 한문 3시간으로 하여 조선어 시간의 감축을 시도하고 있다.

1920년 3월 1일에는 府令 제21호로 사립학교 규칙을 전문 19조 부칙으로 전면 개정하고[8] 동년 11월 12일 고등보통학교 규칙, 동년 동일자 보통학교 규칙을 개정하였다.[9]

이러한 과정을 통하여 소위 문화정치의 교육방침에 합당한 교육의 개편은 계속 이루어져 1921년 1월 임시교육조사위원회(정원 40명)가 개최되어 학제개혁을 심의하였고,[10] 동년 3월 전도 시학관회의에서 정무총감은 ① 보통학교 증설계획을 6面 1교에서 3면 1교로 ② 교육의 내용 충실 ③ 조선교육령 개정을 천명하였다.[11] 1922년 2월 4일 소위 문화정치를 천명한 지 4년 만에 勅令 제19호로 조선교육령을 공포하였다.[12]

이 조선교육령을 제2차 교육령(또는 신교육령)이라 하는 바 그것은 1911년 공포된 조선교육령(제1차 교육령)과 구별하기 위해서였다. 전문 32조로 되어 있는 이 교육령은 동년 4월 1일부터 시행한다고 하였다. 이와 함께 조선총독은 성명서를 발표하고 신구 교육령의 차이점을 제시하였다.[13]

---

7) 金鎬逸, 「1920년대 민립대학설립운동의 전개와 그 한계」『韓國近現代移行期 民族運動』, 신서원, 2000.
8) 『朝鮮總督府官報』1920년 3월 1일.
9) 『朝鮮總督府官報』1920년 11월 12일.
10) 朝鮮總督府 編纂 / 李忠浩·洪金子 譯, 『朝鮮統治秘話』, 螢雪出版社, 1993, 264쪽.
11) 『每日申報』1921년 4월 20일.
12) 『朝鮮總督府官報』1922년 2월 6일.

【新舊 敎育令의 差異】

① 日本과의 同一한 敎育主義와 制度의 採用
② 普通敎育에서 大學敎育까지 延長, 師範敎育의 認定
③ 韓日人 共學의 原則
④ 普通敎育理念의 不變
⑤ 日本語 常用者와 韓國語 常用者의 敎育機關 分離
⑥ 普通學校 修業年限 6년
⑦ 普通學校 入學年齡의 6세 低下와 補習科 設置
⑧ 初等學校에 있어서 義務敎育制 不認定
⑨ 公立小學校·公立普通學校는 府·學校 組織에서 設置
⑩ 普通敎育에 日語 常用者와 不然한 者의 學校를 달리할 것을 原則
⑪ 實業學校를 日本과 同樣의 制度로 採用
⑫ 師範學校의 特設
⑬ 師範學校 本科를 제1부, 제2부로 區別
⑭ 各種學校의 私立 認定, 師範學校만 不認定
⑮ 私立專門學校는 當分間 舊令에 의해 存續을 認定
⑯ 大學 豫科 設置
⑰ 朝鮮在住 日本人의 同一한 敎育 惠澤

이 조선교육령에 대하여 총독부 당국자는 가장 시세에 맞고 한국민의 지식을 향상시키기 위한 개정인 것처럼 과대선전하고 이를 주지시키려고 노력하였다. 그러나 이것은 소위 문화정치 본질에 어긋난 한국인의 민족의식 말살을 뜻하는 것이며 또한 半日本人化 작업을 위한 철저한 동화교육의 표징이었다.

2) 김천의 교육상황

金泉은 경상북도 서북부에 위치하고 있어 서쪽으로는 전라북도 및 충청북도와 경계를 이루고 있는 산간지대이다. 즉 김천의 주변지역은 영동·황간·무주·상주·선산·성주·거창 등지를 연결하는 四通之處의 교통요충지였

---

13) 『朝鮮總督府官報』 1922년 2월 6일 ; 朝鮮總督府, 『施政二十五年史』, 朝鮮印刷株式會社, 1935년, 656쪽.

다.[14] 행정구역상으로는 조선조 말인 1895년에 金山郡·開寧郡·知禮郡으로 분할되어 대구부 관할로 있다가 1914년 金泉郡으로 통합되어 오늘날 김천시로 발전했다.[15]

이 지역은 조선후기부터 상업이 발달하여 경상도 5대 시장의 하나였으며,[16] 더욱이 1905년 경부선 철도가 개통됨으로써 전국 3대 시장의 하나로 손꼽히는 곳이었다.[17]

한편 김천지역의 유림가문은 봉산면의 迎日鄭氏·昌寧曺氏, 구성면의 星山呂氏·延安李氏, 과내·조마면의 晉州姜氏, 감천면의 和順崔氏, 대덕면의 金寧金氏, 대항·부항면 일대의 碧珍李氏 등이 세거하면서 이 지역의 士族이었고, 이중 4대 성씨는 姜·呂·曺·鄭씨였다.[18]

19세기 후반에 들어서면서 조선사회의 변동과 짝하여 김천 사족들도 서원복원소, 만인소, 척사소에 영남 다른 군현의 유림들과 연결되어 활동했고 1881년 영남만인소에서 경상우도의 척사론이 추진될 때 개령향교가 도회소의 역할을 담당하기도 하였다.[19]

한편 1894년 동학농민운동 때에는 이 지역 양반들은 두 계열로 나뉘어 보수적 세력은 민보군을 조직하여 동학농민군에 대항했고, 일부 양반유생들은 동학접주로서 이들 세력과 대항하였다.[20] 1895년 을미사변과 단발령에 자극받은 전국 유생들이 거의토적의 창의를 높이 든 때 김천지역에서도 1896년 金山義陣이 결성되어 활동했고,[21] 1905년 을사의병 때와 1907년 정미의병 때도 의병

---

14) 金泉鄕土誌發刊會,『金泉鄕土誌』, 1950.
15) 金泉文化院 編,『鄕土史』, 金泉郡·金陵郡, 1969.
16) 19세기 후반에 간행된『金山邑誌』에는 金山에만 邑內場·金泉場·牙山場·秋風場이 있었다.
17) 金泉鄕土誌發刊會,『金泉鄕土誌』, 1950.
18) 權大雄,「韓末 金泉유림의 국권회복운동」『김천지역의 항일독립운동사연구』발표문, 2003.
19)「世藏年錄」辛巳丁月二十日.「세장년록」은 현 김천시 조마면 신안동의 화순 최씨가에서 5대에 걸쳐 기록한 家承日記이다.
20)「世藏年錄」甲午八月初三日.

활동을 치열하게 전개하기도 하였다.

의병전쟁에 적극 가담해서 활동하는 한편 김천유림들은 언론투쟁도 활발하게 진행했으며 애국계몽운동을 통한 단체지회를 결성하여 구국운동에 나서기도 하였다.[22]

김천지역에 있어서 신교육 구국운동은 당시 유교적 전통과 유림들의 보수적 성격이 강하여 처음에는 다소 지지부진하였다. 그러나 개화사상이 미만되어 가고 주권이 상실되어가는 목전에 부국강병의 방도를 모색하지 않을 수 없었고 그 방법의 하나로 지역유지들에 의한 학교설립운동이 일어났던 것이다. 더욱이 고종황제의 興學詔勅에 짝하여 1906년 3월 경북관찰사로 부임한 申泰休가 홍학훈령을 발표하여 근대학교설립을 강력하게 요구하자 이에 부응하여 각 군의 군수와 지방인사 등이 적극적으로 학교 설립에 나서게 되있다.[23]

신태휴 관찰사는 각 군에 100호를 단위로 하여 1개 교를 설립한다는 원칙하에 각 군 군수와 학부형의 적극적 참여를 유도하였다. 이와 함께 대구의 광문사 학교 총무들도 학교설립을 위한 방략을 결의하고 각 지역을 순행하여 학교설립에 앞장서기도 하였다.[24] 그 결과 1906년 6월 현재 경상북도 41개 군에 설립된 학교가 370개 교, 학생 수는 4,500명이나 되었다.[25]

경북관찰사의 홍학운동에 발맞추어 1906년부터 전개된 김천지역의 신교육 기관을 도표로 살펴보면 다음과 같다.[26]

21) 권대웅, 「金山義陣考」『尹炳奭敎授華甲記念 韓國近代史論叢』, 1990.
22) 『大韓協會報』제5호, 隆熙 2年 7月. 김천지역에서 설립된 계몽단체의 지회는 1908년 7월 설립된 대한협회 김천지회였다.
23) 『皇城新聞』 1906년 3월 23일 「興學訓令」.
24) 『大韓每日申報』1906년 4월 22일 「慶學大興」;『皇城新聞』1907년 4월 23일 「慶北橋況」.
25) 『大韓每日申報』 1906년 6월 3일 「嶺校擴張」.
26) 권대웅, 앞의 글 재인용.

〈표 1〉 한말 김천지역의 학교 설립상황

학교	설립지	설립년도	설립	학제	설립자(발기인)	출전
一中學校	知禮郡知禮邑	1906?	사립	소학교	군수(金璜鎭) 및 유지	皇城 1906.6.28
廣東學校	知禮郡東面		사립	소학교	군수(金璜鎭) 및 유지	皇城 1906.6.28
昌興學校	知禮郡西面		사립	소학교	군수(金璜鎭) 및 유지	皇城 1906.6.28
普成學校	知禮郡南面		사립	소학교	군수(金璜鎭) 및 유지	皇城 1906.6.28
育英學校	知禮郡北面		사립	소학교	군수(金璜鎭) 및 유지	皇城 1906.6.28
養成學校	金山面耆洞	1907.11.	사립	소학교	呂中龍·呂永祚·呂中龍·李相稷·姜泰穆	大每 1907.11.8, 12.1 皇城 1907.1.23/ 1908.5.27, 6.16
廣興學校	金山郡金泉市	1907.4.	사립	소학교	安德一·文夏永·石泰衡·金道弘·朴來潤(발기) 등 김산상업회의소 임원	皇城 1907.4.30/ 1908.3.15, 4.30/ 1910.4.12, 7.31
金山普通學校	金山郡	1909.5.		소학교	呂永祚·崔昌燮·李炳九·林柄疇·呂相鷹(발기)	皇城 1909.2.
黃南學校	金山郡黃?面下中里	1909	사립	소학교	군수 李承夏 등 대한협회 회원	大每 1909.7.31
富岩里夜學	開寧郡西面富岩里	1899.3.	사립	소학교	禹鼎泰 (보성학교 재학생)	皇城 1909.3.5
開進學校	開寧郡東部	1906	사립	소학교	군수(李載宅) 및 유지	皇城 1906.6.27/ 1908.2.15, 5.9/ 1909.2.17, 2.20, 4.7
達中學校	開寧郡金烏山	1909.1.	사립	소학교	李萬鎬(교장)·文明運(재무)·曺中業(학감)·金昌守(교사)	大每 1909.1.7 皇城 1909.1.5
直明學校	開寧郡直指寺	1908.11.	사립	소학교	朴然菴(교장)·李錦溪·申淸月·李昆華·李春潭(임원)	大每 1908.11.13

養性學校	牙浦松川	1902	사립	소학교	송천교회	金泉市史(上)
彰聖學校	南面明月	1908	사립	소학교	월명교회	金泉市史(上)
廣倫學校	甑山柳城	1908	사립	소학교	유성교회	金泉市史(上)
永興學校	감문大陽	1908	사립	소학교	대양교회	金泉市史(上)
明聖學校	대항복전	1908	사립	소학교	복전교회	金泉市史(上)
永眞學校	開寧東部	1910	사립	소학교	동부교회	金泉市史(上)
光基學校	감천광기	1910	사립	소학교	광기교회	金泉市史(上)

　　이를 살펴보면 설립주체는 군수, 선각적인 유림, 상인세력, 개신교회, 불교사
찰 등이었고, 학제는 초등교육기관이었으며 사립학교들이었다.

　　구한말 교육구국운동은 요원의 불길같이 타올랐으나 일본 제국주의의 1910
년 국권탈취로 말미암아 위축될 수밖에 없었고 더욱이 일제의 헌병경찰정치에
의한 강압적이고 폭압적인 통치에 따라 완전히 사립학교는 지속될 수 없었다.[27]

　　1919년 3·1운동은 거족적인 민족독립운동인 동시에 문화운동이었고 근대화
운동이었다.[28] 이에 따라 일제는 폭압적인 헌병경찰제도를 소위 문화정치로
바꾸어 기만적이고 회유정책이긴 하지만 식민지 통치정책이 다소 완화되었다.
이에 따라 김천지역에도 언론·결사·집회의 숨통이 트이고 실력양성에 따른
교육·문화운동이 활발하게 전개되었다.

　　김천에서 조직된 결사체는 1927년 6월 현재 김천청년회·김천기독청년회·
청암불교청년회·김천여성회·증산청년회·금릉구락부·봉계청년회·김천
교풍회·지례청년회·김산청년회 등이 조직되어 활발한 운동을 전개하였으
며,[29] 이들 청년단체가 통합하여 신간회 김천지회를 결성하였다.[30] 아울러 여
성단체로서 근우회 김천지회도 1927년 9월 2일 결성되었다.[31]

　　실력양성운동은 교육열을 고조시켜 3·1운동 후 입학률이 현저하게 높아졌

27) 김형목,「日帝下 金泉地方 敎育·文化運動의 性格」『김천지역의 항일독립운동
　　사 연구』발표문, 2003.
28) 金鎬逸,「3·1運動攷」『人文學硏究』12·13合集, 中央大 人文科學硏究所, 1986.
29) 김도형,「김천지방의 사회주의운동과 조선공산당 재건운동」『북악사론』3, 국민대,
　　1993.
30)『동아일보』1927년 6월 19일.
31)『동아일보』1927년 9월 5일.

고 초등교육기관을 비롯한 중등교육기관·고등교육기관 증설의 요구가 확산
되어 갔다. 김천지역에 있어서도 예외는 아니어서 각급 교육기관의 입학난을
해소하기 위한 방법이 유지들에 의하여 청년단체를 매개로 학교설립에 심혈을
기울이게 되었다. 1920년대 김천을 대표하는 김천청년회가 학교설립에 앞장섰
다. 김천청년회는 금릉학원을 설립하여 학령아동을 구제하는 한편 중등교육을
병행하였다.[32) 이와 함께 유치원 교육에도 관심을 기울여 청년회관을 신축함
과 동시에 김천유치원을 설립하였다.[33)

한편 문명퇴치운동도 전개하여 노동야학·여자야학을 경영하였고, 이곳에서
의 주요 교과목은 한글·한문·산술·일본어 등이었다.[34) 여자야학은 전술한
교과목 외에 재봉·위생학 등을 추가하기도 하였다. 교사진은 청년회 임원과
인근 공·사립학교 교원들로 충원하였다.[35) 이와 함께 각 단체들은 문화운동으
로 강연회·토론회·음악회·가극음악회·소인극·아동유희대회·체육대회·
척사대회 등을 개최하여 주민들과의 유대강화와 민족의식 고취에 역점을 두어
궁극적으로는 민족해방운동 기반을 확대 강화하는 요인으로 작용하였다.[36)

김천지역에 있어서 실력양성론에 입각한 교육기관 설립운동은 1923년부터
고등보통학교 설립계획으로 구체화 되었다. 즉 금릉청년회 임원들이 중심이
되어 김천고등보통학교기성회를 조직하고 30만 원 기금모금을 목표로 설립운
동에 나섰다.[37) 이들은 시민대회를 개최하고 다방면에 걸친 방법을 동원하여
설립에 박차를 가하였으나 30만 원이라는 거금 염출이 지지부진하고 거기에
다가 일제의 온갖 방해공작으로 국면 타개를 하지 못하고 1930년대로 넘어가
게 되었다.

---

32) 『동아일보』 1923년 1월 28일.
33) 『동아일보』 1923년 1월 23일.
34) 『동아일보』 1923년 5월 26일.
35) 『동아일보』 1925년 11월 30일.
36) 김형목, 앞의 글.
37) 『동아일보』 1924년 2월 9일, 3월 10일, 3월 21일, 4월 1일, 4월 4일.

3. 최송설당의 생애와 교육이념

1) 최송설당의 생애

송설당 최여사는[38] 1855년(철종 6) 8월 29일(음력) 경북 金山郡 郡內面 文山里(현재 김천시 문당동)에서 부친 枳南居士 崔昌煥공과 모친 慶州鄭氏 玉瓊 여사 사이에 무남 3녀 중 장녀로 태어났다.

송설당의 가계는 본관이 和順으로 고려 때 문하시중, 평장사를 역임한 烏山君 崔世基를 시조로 하여 忠節公 崔永濡, 조선시대 때 병조참의 崔元之, 대사성 崔士老, 참판 崔漢植을 거쳐 11대조인 명종 때 守愚堂 崔永慶은 南冥曺植의 수제자로 사림의 중망을 한몸에 받던 인물이었다. 이어서 송설당의 6대조 崔世浩는 예조좌랑, 5대조 崔重寔은 절충장군 행 용양위 부호군이었고, 4대조 崔天成은 함흥중군, 증조부 崔鳳寬은 부호군이었고, 조부 崔翔文은 부사과였다.

이처럼 학식과 문무를 겸비한 혁혁한 가문이었으나 증조부 봉관이 그의 외가 江陵劉氏가 1811년 평안도에서 일어난 洪景來 亂에 가담하였고, 그도 평안도 선천이 홍경래 군에게 공격을 당하여 함락되었을 때 이에 대항하여 싸우지 않았다는 죄목으로 체포되어 옥사 당하였다. 이와 함께 봉관의 4형제도 연좌율에 따라 죄인 취급을 받아 전라도 고부로 유배 당하고 이곳에서 최상문의 아들인 송설당의 부친 최창환이 태어나 성장하게 되었던 것이다.[39]

---

38) 松雪堂 최 여사의 이름은 전해지지 않는다. 호적에도 '父 崔昌煥 母 鄭玉瓊의 장녀, 本實 和順'으로 기재되어 있으며 戶主도 崔松雪堂으로 본적이 경상북도 김천군 김천면 大和丁 二白六十番地의 一로 京城府 무교동 九十四番地에서 轉籍되어 작성되었다고 되어있다. 그러므로 송설당은 이름이 아니라 호로 불리던 것이 이름으로 굳어진 것이며 1984년에 和順崔氏 大同宗會에서 간행한 『和順崔氏 大同世譜』 卷之二에는 '參判諱漢複第三子監司諱重洪五代孫 通德郞諱誼派 二十四世'로 족보에 이름이 올라 있다. 일반적으로 딸보다는 사위를 기재하는데 女 松雪堂으로 二十三世昌煥의 딸로 되어있다.

부친은 고부에서 그의 나이 21세 때인 1847년 아버지(최상문)의 상을 당하여 3년상을 마쳤으며 그보다 앞서 부인(연안김씨)이 18세로 소생 없이 요절하였다. 이에 홀로 된 모친(해주노씨)을 모시고 1850년 고부를 떠나 김천으로 이주 정착하였다. 이곳에서 부친은 모친(경주정씨)을 맞이하게 되고 송설당은 그들의 장녀로 태어났던 것이다.[40]

송설당은 태어나면서부터 남다른 품성이 있었고 모습이 단아하였으며 영오하고 투철하며 말을 배울 나이에 이미 글자를 알고 사물을 평하여 능히 문장을 엮는 총명함이 있었다.[41]

부친이 김천에서 서당을 열고 훈장으로 생계를 꾸려 나가게 되어 가난하기는 했으나 글을 배우는 데는 좋은 분위기였다. 송설당은 부친으로부터 한글과 한학을 배우게 되었으며, 억울한 누명을 쓰고 가문이 파산된 경위를 부모님으로부터 듣고 어린 마음에도 가문의 영예를 찾아야겠다는 결심을 평생 지니게 되었다.[42]

송설당의 김천에서의 생활은 재력을 모아 쓰러진 가문을 다시 일으켜야겠다는 일념으로 돈이 되는 일은 어떤 고역이라도 마다하지 않고 뛰어들어 돈을 모았다.[43]

그러는 사이 조모가 세상을 떠나고 두 여동생은 출가하였으며 再從弟 崔光翼을 사양자로 받아들여 가문을 잇게 했다. 그러나 回甲을 1년 앞둔 부친이 1886년 병사하자 3년상을 마치고 송설당은 그 나이 39세 되던 1894년 조상의 雪寃을 풀기 위하여 상경, 麴洞에 거처를 정하고 서울에서의 생활을 시작했다.[44]

39) 松雪同窓會 · 金泉中高等學校, 『松雪六十年史』, 1991, 321쪽.
40) 『松雪堂集』 卷之三 「송설당전」에 송설당이 태어나게 되던 태몽을 다음과 같이 기술하고 있다. "어느 날 꿈에 한 노인이 있어 황학을 타고 하늘에서 내려와 한 권의 붉은 畵書를 주거늘 이를 가슴속에 품었다. 얼마 후에 태기가 있어 달이 차 분만하니 곧 송설당이다."
41) 『松雪堂集』 卷之三 「松雪堂傳」.
42) 최은희, 「金泉高普를 창설한 崔松雪堂 女史」 『祖國을 찾기까지』 하, 탐구당, 1973.
43) 김수길, 「최송설당 여사 일대기」 『삼천리』 初夏號, 1930.
44) 『松雪堂集』 卷之三 「松雪堂傳」.

이때의 생활상을 한국 최초의 여기자였던 崔恩喜가 다음과 같이 기록하고 있다.[45]

> 우선 무교동에 집을 정하고 권문세가 부인들과 교제할 길을 뚫었다. 물론 그들의 남편을 통하여 고종황제께 자기의 뜻이 상달되기를 소원하는 段階政策인 것이다. 한편 진심으로 국운이 융성하고 영특한 왕자가 탄생되기를 축원하여 대찰을 찾아 불공을 드렸다. 때는 마침 엄상궁이 모태중이었고 이 말이 세도가 당당한 李某 과장의 부인인 엄상궁의 친정 아우에게 알려져 그를 사귀게 된 것은 천재일우의 기회가 온 것이다. 최여사는 지성이면 감천이라는 굳은 신념을 가지고 벅찬 희망속에서 백 일을 하루같이 부처님께 치성을 드렸다. 엄부인도 감동하여 형님되는 엄상궁에게 그런 일을 이야기하고 엄상궁 역시 가상히 생각하고 있던 중 산월이 되매 최여사는 출산시에 필요한 제반 물품을 누락없이 고급품으로 선택하여 엄부인을 통하여 엄상궁에게 바쳤으니 이것은 나랏님께 신상하는 것이나 나름없는 일이었다. 영친왕이 탄생되고 엄상궁에게 귀비를 봉하게 되매 엄비는 이런 말씀을 고종황제께 주상하였고 고종은 최여사를 궁중으로 불러들여 친히 보신 다음 근엄단숙한 태도에 흔연히 호감을 가지시고 즉시로 황세자의 보모로 명하신 것이었다.

영친왕의 보모로 덕수궁에 들어간 송월당은 가문의 신원을 위하여 온갖 노력을 다하여 1901년 고종황제로부터 伸寃을 내려 받았다. 그 뿐만 아니라 養弟 崔光翼은 영릉 참봉을 제수받고 종형제인 한익과 해익에게도 6품의 관직이 제수되었다.[46]

10여 년간 궁중생활을 한 송설당은 1912년 무교동 94번지에 松雪堂이란 宅號를 가진 저택을 짓고 사회활동을 시작했다. 신원을 받은 조상들의 치산과 치제를 마치고 전국 사찰에 시주도 하며 김천 주민들을 위한 자선사업에 앞장서기도 하였다.[47] 그러면서 여류시인으로 한글과 한시를 한데 묶어 1922년에 『松雪堂集』 3권 3책을 간행하기도 했다.

1930년 그의 탄생지 김천에 중등교육기관인 고등보통학교 설립을 위하여

---

45) 崔恩姬, 『한국일보』 1962년 5월 24일 「잊지 못할 女流名人들」.
46) 『松雪堂集』 卷之二 「自述」.
47) 松雪同窓會·金泉中高等學校, 『松雪六十年史』, 1991, 322쪽.

전재산을 내놓는다는 성명을 발표하고[48] 김천에 낙향, 貞傑齋를 짓고 여생을 김천고등보통학교와 살다가 1939년 永眠에 들어갔다.[49]

2) 최송설당의 교육이념

교육은 국가의 부강과 개인의 능력 함양 및 인격도야에 중요한 수단일 뿐만 아니라 세계 인류평화에 기여할 수 있는 민주시민을 길러내는 데 그 목적이 있다.

인간이 처음 태어났을 때는 아무런 차이가 없으나 점차로 우열이 가려지게 되는 까닭도 곧 배움과 배우지 않음에 있다. 그러므로 배움을 통해서만이 인간이 인간다운 삶을 영위케 되는 것이다. 최송설당이 살던 시대는 전통사회에서 근대사회로 넘어오던 진통의 시대였고, 서세동점에 따라 서구세력 및 일본제국주의에 의하여 주권이 잠식되어 마지막에는 일제의 식민지로 전락되었던 아픔과 고난을 경험하던 시대였다. 그러므로 자연히 이 시대의 민족선각자들은 민족운동에 몸 바쳐 자주독립과 민족구원의 한 방편으로 민족주의 교육을 이상으로 삼고 활동하였던 것이다.[50]

교육구국운동은 민족주의 이념을 가진 사립학교 설립으로 나타났고 이민족의 간섭과 지배를 받는 상황 속에서 교육방법과 내용이 약간씩 차이가 있었지만 그 최고의 이념은 비운에 빠진 조국, 고통에 허덕이는 민족을 구하고 외세를 몰아내고 자주 독립 국가를 건설하는 데 있었다.

최송설당은 교육에 대한 의지를 가지고 학교를 설립하여 민족과 나라에 대한 보훈의 뜻을 다음과 같이 표명하였다.[51] 즉 그녀는 유언에서 일생동안 가슴에 품어온 교육의 이념을 남겼던 것이다.

永爲私學 涵養民族精神 一人定邦國 一人鎭東洋 克遵此道 勿負吾志

---

48) 『동아일보』 1930년 3월 5일.
49) 『동아일보』 1939년 6월 19일.
50) 金鎬逸, 「근대사립학교 설립이념 연구」 『사학연구』 23, 1978.
51) 松雪同窓會 · 金泉中高等學校, 『松雪六十年史』, 1991, 48쪽.

(영원히 사립학교를 육성하여 민족정신을 함양하라. 교육받은 한 사람이 나라
를 바로잡을 수 있으며, 교육받은 한 사람이 동양을 편안하게 진정시킬 수 있
다. 마땅히 이 길을 따라 준수하되 부디 내 뜻을 잃어버리지 말라).

이를 살펴보면 우선 최송설당은 교육에 있어서 민족을 구할 수 있는 교육기
관은 私學이고 그것도 초등교육기관이 아니라 중등교육기관으로 못박고 있는
것을 이해할 수 있다. 민족정신에 입각한 사립학교야말로 민족을 구하고 나라
를 세우는 동량들을 키우는 도량이었고 부국강병의 방도를 배우고 익히는 곳
도 사학이어야 한다고 본 것이다.[52]

그리하여 김천고등보통학교를 세울 때 일제총독부가 실업학교로의 설립을
종용하였고 남녀공학으로의 전환을 제의하였으나, 송설당은 끝까지 거절하고
초지일관 인문계 남자 고등보통학교를 주장하였다.[53] 이는 민족의 동량은 진
인적인 교육을 받은 인재에 의하여 이끌어가야 한다는 그의 신념의 발로라고
볼 수 있다. 폭넓은 학문분야의 수업을 통하여 민족의 올바른 진로를 모색하고
민족의 정통성을 이어나가 민족의 고유한 사상과 정신의 바탕 위에 교육이 이
루어져야 한다고 생각했기 때문이다.

민족정신을 함양한다는 것은 이기주의·향락주의·개인주의를 배격하고 봉
사주의·우리주의·단체주의로의 복귀를 의미한다는 이론을 최송설당이 이해
하고 있던 것이라 할 수 있다.[54]

최송설당의 교육에 대한 논리를 그의 생애를 통하여 살펴볼 수 있다. 즉 80
평생의 시기를 3기로 구분하여 제1기(1855~1870), 제2기(1871~1914), 제3기
(1915~1939)로 나누는 것이 그것이다. 제1기는 가정에서 한문·한글을 수학
하던 시기로 성실의 실천철학을 읽히던 修身 단계였고, 제2기는 선조의 雪寃
을 위한 자립정신으로 齊家의 단계였다. 제3기는 송설학원을 설립하던 봉사단

52)『한국일보』1967년 5월 24일「잊지 못할 女流名人」.
53)『조선일보』1930년 5월 18일, 6월 5일.
54) 월간『동광』1932년 6월호에 이광수가「옛 朝鮮人의 根本道德」을 발표했는데,
여기에서 이광수는 서양식 개인주의가 아닌 건설적 조선정신을 가진 인사들을 白
善行 女史, 崔松雪堂, 王할머니, 金性洙 一門을 들고 있다.

계로 애국이 그 근본이었다. 이는 최송설당의 교육관이 성실·자립·봉사에
있음을 밝힌 것이다.[55] 이 3대 덕목이야말로 송설정신·건학정신이라 할 수
있다. 이처럼 송설정신은 孝에서 출발하여 忠으로 결실을 맺어야 한다는 愛人
精神이었다. 애인정신은 利他的 애인정신으로 성실·근면·노력을 밑둥으로
하여 검소·절약·저축의 잎과 줄기가 만들어져 자애·희생·봉사로 송설학
원이란 열매가 맺어졌던 것이다. 이제 송설학원의 교훈을 통하여 송설당의 건
학정신이 발현된 것을 살펴볼 수 있다.[56]

① 1937년(교장 정열모) : 立志·勤學·敬身·愛人·建成
② 1941년(교장 정열모) : 입지·근학·愛物·居敬·盡忠報國
③ 1956년(교장 김철기) : 굳센 자주성, 참된 협동심, 힘찬 실천력
④ 1958년(교장 이훈웅) : 自主·團結·實踐
⑤ 1960년(교장 성옥환) : 깨끗하게·부지런하게

현재의 김천중고등학교의 교훈은 '깨끗하게·부지런하게'인 바 이를 도표로
제시하면 다음과 같다.[57]

〈표 2〉 김천중고등학교의 교훈

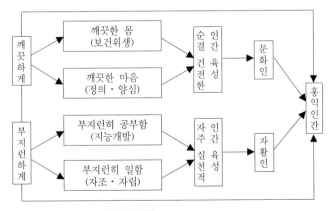

---

55) 松雪同窓會·金泉中高等學校, 『松雪六十年史』, 1991, 358쪽.
56) 松雪同窓會·金泉中高等學校, 앞의 책, 50쪽.
57) 金泉中學校, 『松雪의 얼』, 2003, 7쪽.

그것은 우리민족 최고의 이상형인 弘益人間을 만들기 위해서는 淸潔과 勤勉에서 출발해야 한다는 것이다. 몸과 마음의 청결을 통해 순결한 인간을 건전하게 육성해서 文化人이 되게 하며, 공부와 노동에서의 근면을 통해 실천적 자주인간을 육성하여 自活人을 만든다는 것이다. 그러므로 홍익인간의 최고선은 문화인인 동시에 자활인인 것이다.

아울러 교육목표를 민주시민으로서 갖춰야 할 정의로움 · 창의력 · 합리성 · 의지력 · 협조 · 봉사정신을 내세우고 있다.[58]

이 모든 德目이 최송설당이 몸소 실행하고 몸에 밴 교육철학을 본받는 가운데서 우러나온 교육이념이라고 할 수 있다.

4. 최송설당의 교육활동

1) 사회적인 교육활동

최송설당은 치마만 입었지 대장부의 기상을 타고난 걸출한 여걸이었다.[59] 남아다운 기개에 의협심이 강하고 너그러운 도량을 가지고 있어서 자기만을 위하지 않고 利他의인 성품을 지닌 그가 당시 사회에 대하여 자선사업을 행한 것은 당연지사였다. 그녀의 자선사업은 불심에서 우러나오는 施主와 육영 및 빈민구제로 나타났다. 독실한 불교신자였던 최송설당은 전국 사찰에 세인이 놀랄 만큼의 시주를 한 기록이 여러 곳에 나오고 있다. 그녀가 언제부터 불교를

---

58) 김천중학교, 앞의 책, 7쪽.
　　교육목표 1. 정의로운 민주시민정신을 기른다.
　　　　　　 2. 잠재능력과 창의력을 기른다.
　　　　　　 3. 합리적인 생활태도와 사고력을 기른다.
　　　　　　 4. 튼튼한 몸과 굳센 의지력을 기른다.
　　　　　　 5. 협동, 봉사하는 정신을 기른다.
59)『松雪堂集』권3「松雪堂傳」, 1922.12.

신봉하였는지는 정확하지 않으나 대략 1894년 김천에서 상경하여 무교동에 거주할 때 奉恩寺를 출입하면서 불심이 깊어졌던 것으로 보인다.[60] 이곳에서 엄상궁의 수태소식을 듣고 백일기도를 정성껏 드리면서 왕자 탄생과 국태민안을 빌었다.

최송설당은 1911~1912년 전국 30본산 사찰에 많은 시주를 하였고[61] 1914년에는 청암사와 영도사를 방문하였다.[62] 또한 금강산의 유점사 · 표훈사 · 정양사와,[63] 안변의 석왕사도 방문하였다.[64]

송설당의 불교와의 연에서 특이한 것은 각 사찰의 큰 바위나 비석에 음각된 '崔松雪堂'이라는 글씨이다. 경남 창녕군 화왕산 아래 道成庵, 법주사 복천암, 북한산, 불령산 청암사, 금강산 등에 새겨져 있어 송설당의 불심의 깊이를 알 수 있다. 특히 송설당의 시주에 있어서 빼놓을 수 없는 것은 청암사에 보낸 시주가 가장 대표적이라 할 수 있다. 청암사는 경북 김천시 증산면 평촌리 불령산에 위치한 사찰로서 肅宗妃 仁顯王后의 원찰로 直指寺의 末寺이다. 신라 때 도선이 창건하였다고 전해지나 여러 번 화재를 만나 중창을 거듭하였다. 1897년에 폐사되었다가 1900년대에 들어와 大雲堂의 노력으로 현재의 가람이 보존되게 되었다. 이 절 일주문 앞의 자연석 비석에 '大施主 崔松雪堂 庚申 暮春 住持 金大雲'이라 하여 청암사 주지 대운당 스님이 최송설당의 시주에 보답하여 기념으로 세운 것임을 알 수 있다.[65]

최송설당의 불심의 깊이는 1930년 2월 김천고등보통학교 설립계획을 확정

---

60) 崔恩喜, 『한국일보』 1962년 5월 24일 「잊지 못할 女流名人들」 18.
61) 『동아일보』 1939년 8월 15일 「故 崔松雪堂 女史의 四十九祭를 당하야」.
62) 『松雪堂集』 권1 「청암亽」 ; 『松雪堂集』 권2 「靑巖寺」 「永導寺 賞蓮花」.
63) 『松雪堂集』 권2 「표훈사 능허루」 「유점사 산영루」 「정양사 갈황루」.
64) 『松雪堂集』 권2 「釋王寺」.
65) 청암사, 「청암사 소개」, "고종 광무 9년(1905) 당시 주지 대운당 스님이 잠결에 빨간 주머니를 얻는 꿈을 꾼 후 한양에 가서 어느 노보살님 한 분이 자신이 죽은 후에도 3년동안 염불해달라고 부탁하며 대시주를 하였습니다. 이리하여 대운당 스님은 쇠락한 극락전을 다시 중건하고 萬日會를 결성하여 극락전을 염불당으로 써 염불소리가 끊어지지 않았다고 합니다."

하고 작성한 계약서에도 잘 나타나 있다. 즉 장례를 불교식으로 치르고 화장하여 석함에 안치하여 묘소에 안장하고 정걸재 대청마루에 불상을 봉안하라는 내용이 그것이었다.[66] 이는 정걸재를 사후 법당으로 꾸미고 불상과 함께 자신의 위패도 봉안해 달라는 것이며, 불상을 중앙에 두고 李王殿下(영친왕), 李王妃殿下와 자신의 위패, 養弟 崔光翼, 여동생 위패를 모셔달라는 요구였다. 이렇게 되면 정걸재는 법당 형식의 사당이 되며 그 옆에 묘소, 그 아래 김천고보라는 강당을 두게 되는 가람의 형식이 되는 것이다.

불교 사찰에 시주함과 동시에 최송설당은 교육기관과 빈민구제를 위한 사회사업에 금전적으로 도움을 주고 있다. 기록에 의하면 송설당의 첫 의연금 납부는 1908년 평양에서 공립신보의연금 모집에 大韓每日申報社를 통하여 보냈다는 기사부터이다.[67]

그 뒤 1914년 김산 校洞 주민들이 흉년으로 기아에 허덕인다는 소식을 듣고 벼 50석을 희사하여 동리 소작인 주민들로부터 '慈母'라는 칭찬도 들었고,[68] 이듬해에는 京城婦人會에 거금을 기부하고 일본 적십자사 특별회원이 되었다.[69]

1917년 김천공립보통학교에 기부금을 희사하여 조선총독의 포상을 받고, 이어서 금릉유치원과 금릉학원에도 유지비 일부를 기증하였다.[70]

송설당의 자선사업이 사회에 널리 알려지게 된 것은 1926년 『朝鮮日報』에 「崔松雪堂의 美擧」라는 기사에서 알 수 있는 바 그 내용은 다음과 같다.[71]

---

66) 松雪同窓會 · 金泉中高等學校, 「契約書」 앞의 책, 257쪽.
67) 『大韓每日申報』 1908년 1월 18일 「文明女士」, "麴洞居하난 有志婦人 崔松雪堂이 共立新報를 購覽하다가 其慷慨激切한 議論을 恒常 感歎不己하더니 今番 平壤에서 福婦人이 共立新報捐助金 募集하는 趣旨書 중 傳布하매 崔婦人이 同情을 表하기 위하야 本社에 金四圓을 傳致하얏스니 該婦人의 文明에 有志는 참 感歎할 만하더라."
68) 松雪同窓會 · 金泉中高等學校, 앞의 책, 322쪽.
69) 松雪同窓會 · 金泉中高等學校, 앞의 책, 322쪽.
70) 松雪同窓會 · 金泉中高等學校, 앞의 책, 322쪽.
71) 『朝鮮日報』 1926년 11월 16일 「崔松雪堂의 美擧」.

「國恩을 報答코자 社會事業에 投資
  - 자긔가 모흔 재산을 푸러 고아원 등을 설립하랴고」

   자긔의 재산을 푸러서 어려운 사람을 주제하고 모든 사회사업에 종사하는
남자는 세상에 만히 잇지만은 그러나 여자로서 더구나 조선의 여자로서 아즉
까지 이러한 사업을 하랴는 사람을 알아보지 못하였는데 시내 武橋町 주소를
둔 崔松雪堂 녀사는 방금 칠십이세의 高齡임에도 불구하고 그가 가진 재산의
전부를 社會的 사업에 희생하려고 결심하야 혹은 孤兒院 혹은 幼稚園 등을
설립하야 세상에 부모업고 어려운 가엽슨 아이들을 위하야 또는 아이들의 교
양을 위하야 老來의 몸을 바치고 가진 바의 物質을 희생하랴 한다는데 (중략)
거룩하신 은혜를 입어서 모흔 재산을 또한 은혜로써 베풀어 國恩을 갑고 사회
를 위하려는 마음으로 전긔와 가티 모든 사업을 계획하랴 한다는 바 본시 천성
이 慈善心에 풍부하야 어려운 소작인들에게는 일년 추수를 그대로 내어주고
심지어 부리는 사람들에까지라도 어려운 사정을 돌보아줌이 그녀들의 친부모
보다도 다를 것이 업다 하야 일반은 녀사에 대한 칭송이 자자하다더라.

   이 기사 내용으로 보아 남자도 아닌 여자가 그것도 72세의 고령에도 불구하
고 평생 모은 전재산을 사회에 환원하겠다는 아름다운 마음의 결심을 알려주는
것이다. 송설당은 그 계획으로 고아원이나 유치원 설립을 내비쳤으며, 국은을
입어서 모은 재산을 은혜로써 베풀겠다는 것이었다. 그리하여 그 연장선에서
1929년에 김천의 금릉학원과 금릉유치원에 각각 100원씩 기부금을 내었고,[72]
일생을 정리하는 마지막 과정을 사회사업 내지 육영사업에 두고 있음을 알 수
있으며 그리하여 1931년 김천고등보통학교 설립으로 이어졌다고 할 수 있다.

2) 송설당교육재단의 설립

   1930년 3월 5일 『동아일보』에 「崔松雪堂 女史 聲明書 發表 - 출생지인
김천을 위하야 中學設立基金調達」이라는 대문짝만한 기사가 실렸다. 그 내용
은 서울에 거주하던 崔松雪堂 女史가 자기 출생지인 경북 김천에 고등보통학
교를 설립하기 위하여 전재산을 내놓았다는 것이다.

---

72) 『동아일보』 1929년 9월 18일.

崔松雪堂 女史 명의의 성명서와 재단법인 송설당교육재단 김천고등보통학교 창립시무 집행자 이한기 등 7인 명의의 '布告書'가 함께 지면을 장식했다. 이로써 경북 김천에는 사립 김천고등보통학교의 고고한 울음소리가 세상에 울려 퍼지게 되었던 것이다.

이때 발표된 성명서의 내용과 포고서의 내용은 다음과 같았다.

성 명 서[73]

김천은 내가 태어난 땅이다. 이 고을은 대개 영남의 요충지이고 인물의 번성함으로 보면 하나의 큰 도회지이다. 내가 서울에서 때때로 송정을 오갈 적에 자연이 수려함을 보고, 영재들이 많이 배출됨이 영남의 다른 여러 고을보다 갑절이나, 교육의 정도가 아직 유치함을 벗어나지 못한 것은 실로 자금을 마련하기 어렵기 때문임을 일았다. 그래서 뜻있는 이들이 이것을 한스럽게 생각한 것이 오래 되었다.

아! 우리 선조께서 불행하여 집안의 재앙이 매우 참혹하였고 내가 여자로

---

73) 『동아일보』 1930년 3월 5일.

聲 明 書

"金泉은 吾胎地也라. 此郡은 蓋嶺之衝要이고 人物之盛이 作一大都會也라. 余自京城으로 有時往來於松亭에 見湖山이 秀麗하고 可知英材之鍾出이 有倍於嶠南列郡이나 然이나 敎育階級이 尙未免幼稚者는 實緣資金之難辨이라. 有志者 以是로 爲恨이 久矣로다. 噫라 吾先世不幸하야 家禍孔慘하야 余生而爲女子하야 孤露終鮮하니 不幸而尤不幸也로다. 自髫齔으로 決志於爲祖伸雪하야 誓不適人하고 在親家養慈母하야 黽勉鳩財하야 專意報先이 經數十星霜矣러니 至光武辛丑에 泣血叫하야 復覩天日於覆盆之下하여 快剪宿冤하야 幸遂初志하고 因伐石而衛墓道하며 置田而奉香火하야 庶效微誠하니 死無餘憾而環顧一世에 慨然興歎하야 有不能自己者焉이라 竊念社會之發展이 在於人才之敎育하고 敎育之擴張이 未必不係於財政之區劃이로다. 今若緣於財絀하야 當其所當爲而未達其目的則可曰社會急務上盡其責者乎아 玆捐金三十萬二千一百圓(別表記載上土地及現金)하야 以助金泉中學校設立資하니 務望僉位는 亟圖成就하야 俾有少補於世敎風化之萬一하노라."

昭和五年二月二十三日
京城武橋町九十四番地
崔松雪堂

태어나서 외롭고 의지할 데가 없었으니 불행한 중에 더욱 불행한 일이로다. 내가 칠팔 세 나이때부터 선조의 억울한 누명을 씻는 데에 뜻을 두어 시집가지 않을 것을 맹세하고 친가에서 어머님을 봉양하면서 힘써 재물을 모아서 오로지 선조께 보답하는 데에 뜻을 둔 지가 수십 년이 지났다. (그런데) 광무 신축년(1901)에 이르러 피를 흘리면서 부르짖어 마침내 누명을 벗고 다시 하늘의 해를 보게 되어 시원스럽게 묵은 원한을 씻어서 다행이 처음의 뜻을 이루었다. 그로 인해서 상석을 설치하고 성묘 길을 가꾸어서 전지를 사고 제사를 올려서 작은 정성을 바쳤으니 죽어도 여한이 없겠으나, 일세를 돌아봄에 슬피 탄식하여 스스로 그칠 수 없는 것이 있었다.

가만히 생각건대, 사회의 발전은 인재의 교육에 있고 교육의 확장은 재정의 구획과 무관한 것이 아니로다. 지금 만약 재정이 궁핍하다는 이유로 마땅히 해야할 바인데도 그 목적을 이루지 못한다면 사회의 급한 일에 대해서 책임을 다하는 것이라 말할 수 있겠는가? 이에 삼십만 이천 일백 원을 내어서 그것으로 김천중학교 설립의 자금을 댈까 하노니, 여러분께는 삼가 성취하기를 도모해서 世敎風化에 만 분의 일이나마 도움이 있게 하기를 애써 바라노라.

소화오년(1930) 2월 24일
경성 무교정 94번지
최송설당

성명서에서는 첫째 김천의 열악한 교육상황, 둘째 가문의 누명을 썻고 신원된 과정, 셋째 세교풍화를 위해 김천중학을 설립한다는 내용으로 되어 있다. 이는 송설당이 살아온 삶의 결정체를 육영사업으로 마무리하겠다는 결연한 의지가 돋보이며 당시의 시대적 상황에서 남성도 선뜻 하기 어려운 결심을 여성의 몸으로 그것도 전재산을 털어 육영사업에 희사한다는 것은 여간한 여장부로서는 할 수 없는 면목을 그대로 보여준 쾌사라 아니할 수 없다.

포 고 서[74]

교남(영남)의 금릉은 우리나라의 이름난 고을이고 인물의 보고이다. 자연경관이 매우 아름다워서 영재들이 많이 나왔으나 교육수준이 아직 유치한 정도를 벗어나지 못한 까닭으로 뜻있는 이들이 이것을 개탄하였다. 그래서 위치의 편의와 기회의 적당함을 차례로 살펴서 중학교 설립을 계획한 지가 벌써 몇 년이 지났으나, 설립 자금을 모을 길이 없었기 때문에 오늘에 이르러서도 이루지 못하였다. 그런데 송설당 여사께서 이런 사연을 듣고 격연히 분발할 뜻이 있어

서 특별히 삼십이만 원의 거금을 내시어 중학교 설립 경비로 전담케 하고 일체
의 진행 방법을 우리들에게 위탁하였다. 이에 능력이 모자람을 헤아리지 않고
지금 해당 사무에 착수하여 바야흐로 계획 중에 있다.

　아름답고 아름답도다! 최여사의 뛰어난 행동과 절개는 ○○당세에 실로 만
명의 사나이들도 하기 어려운 일이고, 기타의 뛰어난 사업도 가히 모범이 될
만한 것이니 고금의 역사를 훑어보더라도 진실로 그 아름다움에 짝이 될 만한
일은 흔히 볼 수 없다.

　이제 그 대략을 열거하건대, 얌전·정숙하면서도 단정·장중함은 부녀자들
의 모범이요, 농염하고도 고아함은 시문을 짓는 재능이요, 떨쳐 일어나 부르짖
어 선조의 억울함을 시원스레 씻은 것은 그 효도를 다함이요, 마음을 다하여
집안을 보호하고 시집가지 않겠다고 맹세함은 그 곧음을 지킨 것이요, 비석을
세우고 전지를 마련한 것은 그 선조를 받드는 정성이요, 곳간을 열어 곡식을
나누어 준 것은 궁핍한 이를 구휼하는 의리이다. 무릇 이런 돈독한 행실과 높

---

74)『동아일보』1930년 3월 5일.
佈 告 書

　"嶠南之金陵은 我東名鄕而人物之寶庫也라. 山川이 鍾淑하야 多出英材나
敎育階級이 尙未免幼稚程度故로 有志諸氏 慨然乎此하야 第觀位置之便宜와
期會之適當하야 計設中學校하야 經紀已有年而以基本金鳩聚之無路하야 及今
未邃者也러니 松設堂崔女史 觀此狀態하고 激然有奮發之志하야 特捐三十二
萬圓巨金額하야 全擔中學校設立經費하고 一切進行方法을 委託於鄙等일세 玆
不揆淺劣하고 今當着手於該事務하야 方在計劃中矣라. 猗歟休哉인저 崔女史
之特行奇節은 ○○當世에 實有萬丈夫難能之事而其他表表事業이 可爲模範
者라 據古今史에 固未之多見其匹美矣로다. 若擧其大略건대 婉淑而端莊은 其
壼範야요 濃艶而古雅는 其詞藻也요 挺身叫○하야 快雪先冤은 盡其孝야요 竭
心保家하야 矢不適他는 守其貞也요 豎石置田은 其奉先之誠也요 傾困散廩은
其賙窮之義也라. 凡玆篤行高義는 雷人耳目하야 現代之所共欽歎而誠腹者矣
라. 不必○○而今此出資設校는 其特別義務也로다. 惟我社會上嘉惠之幸이 不
啻若昏衢揭燭이요 陰崖發榮이라 聞風興感하야 萬口同聲으로 讚賀不已로다.
鄙等이 旣受專託하고 罔知攸謝하야 玆敢略述梗하야 仰告于同志紳士하노니
統希照亮하소서."

庚午 孟春下澣

金泉郡金泉邑大和町二九九番地
財團法人 松雪堂敎育財團
金泉高等普通學校 創立委員　李漢騏 高德煥 崔錫台 金鍾鎬
崔東烈 曺相傑 文昌永

은 의리는 사람들의 이목을 놀라게 해서 지금 사람들이 모두 공경하고 칭찬해 사회가 아름다운 은혜를 입는 다행스러움이 어두운 거리에 등불을 내걸고 음산한 골짜기에 꽃이 피는 것과 같은 것뿐만 아니다. 이 소식을 듣고 감격해서 많은 사람들이 이구동성으로 칭찬을 그치지 아니했다.

　우리들이 이미 전적인 위임을 받고 사례할 바를 찾지 못하다가 이에 감히 간략히 그 대강을 적어서 우러러 동지 신사분들께 고하오니 모두 밝게 살피시기를 바랍니다.

경오(1930) 맹춘하한

김천군 김천읍 대화정 299번지
재단법인 송설당교육재단
김천고등보통학교 창립위원　이한기 · 고덕환 · 최석태 · 김종호 ·
　　　　　　　　　　　　　최동열 · 조상걸 · 문창영

포고서는 김천의 유지 7인이 송설당의 학교설립 기부금 쾌척에 대한 감사의 뜻으로 송설당의 사람됨과 그녀가 가문과 사회의 자선사업을 통하여 사회에 이바지한 것을 높이 평가하고 학교설립에 위임을 받은 입장에서 그녀의 아름답고 거룩한 뜻을 만천하에 알린다는 내용이라 할 수 있다.

최송설당이 교육에 관심을 갖고 학교를 세우겠다는 결심을 좁힌 것은 그녀의 삶을 통해서 보면 오래 전부터인 것 같고 다만 그 계획을 확정한 시기는 1930년이라 할 수 있다.

우선 소녀시절 부친이 서당의 훈장으로 생활했기 때문에 자연히 교육자 집안의 분위기에서 살아온 그녀로서는 교육에 남다른 관심이 있었다고 보아야 할 것이다. 그러한 그녀가 1895년 이후 궁궐에 들어가 영친왕의 保姆로써 嚴妃와 생활하면서 엄비가 남다르게 교육에 관심을 갖고 養正 · 淑明 · 進明 등 학교를 설립하는 과정을 직접 목격하면서 더더욱 교육에 애정이 생겼다고 보아야겠다.

이러한 그녀가 궁궐을 나와 사회활동을 하게 되고, 특히 1919년 3·1운동 이후 국내에서 전개된 실력양성운동에 자극되어서 1920년대부터는 학교설립의 소박한 꿈을 가지게 되었던 것이다.[75) 이때까지만 해도 송설당은 김천고등보통학교를 설립하겠다는 의지가 보이지 않다가 1929년부터 유치원이나 여자보

통학교설립과 전재산을 해인사에 시주하는 것을 포기하고 적극적으로 김천고
등보통학교 설립에 박차를 가하게 되었다.[76]

　1920년대에 들어오면서 김천지방에서도 시대적 조류에 따라 교육열의 고조
에 짝하여 학교설립운동이 일어났다. 즉 금릉청년회가 중심이 되어 금릉학원을
설립하여 초등교육과정인 보통부와 중등과정인 고등부를 병설하고 있었다. 그
러나 금릉학원은 민족주의 계열과 사회주의 계열로 대립된 분규가 일어나 민
족주의 계열은 금릉학원을 떠나 중등교육기관인 고등보통학교 설립을 추진하
게 되었다.[77] 즉 1923년 김천고등보통학교설립기성회준비회를 결성하고 기성
회조직을 추진했으나 가뭄과 관동대지진으로 사회가 불안하여 조직이 활발하
게 진행되지 못하였다. 1924년에 들어와 발기인회를 재개, 30만 원의 기금목표
를 설정하였고 1925년에는 高德煥 등 8인의 기성회 집행위원을 선정하여 시
민대회 개최준비에 착수했다. 1927년에는 발기인준비회를 소집하여 상임위원
을 선정했으며 드디어 1928년 김천고등보통학교 기성회 창립총회를 개최하여
정식 발족을 보았다.[78]

　이같은 분위기 속에서 최송설당은 1929년 8월 김천에서 사법서사를 하던
李漢騏에게 자기 전재산을 조사토록 한 바 현금 10만 원, 부동산을 합쳐 30만
원이 넘는다는 보고를 받고 육영사업에 대한 결심을 실천에 옮기기로 마음을
굳혔다.[79] 이에 송설당은 김천고등보통학교 설립의 뜻을 굳히고 아래와 같이
계약서를 작성하였다.

---

75) 『조선일보』1926년 11월 16일 「崔松雪堂의 美擧」, '그녀는 재산전부를 사회적
　　사업에 투입하기로 결심하고 고아원 혹은 유치원을 설립하여 부모 없고 가엾은 아
　　이들을 교양하기 위하여 늙은 몸을 바치고 가진 물질을 희생한다'라고 피력하였다.
76) 松雪同窓會・金泉中高等學校, 앞의 책, 256쪽.
77) 松雪同窓會・金泉中高等學校, 앞의 책, 254쪽.
78) 松雪同窓會・金泉中高等學校, 앞의 책, 254쪽.
79) 최영희・김호일 편저, 『애산이인』, 애산학회, 1989, 149쪽. 애산이 송설당을 만난
　　자리에서 대화 중 '한두 사람의 어머니가 되기 보다는 몇 천 명, 몇 만 명의 어머니
　　가 되소서. 학교를 하나 해봄이 어떻소?' 하니, 송설당은 '현재 가진 게 얼마 안 되
　　니 潤産하면 그때 가서 하나 만들지요' 하였다.

계 약 서

京城府武橋洞 94番地

契約人　甲　崔 松 雪 堂

金泉郡金泉面大和町299番地의1

契約人　乙　李 漢 騏

今般 甲이 金三拾萬圓의 財産으로써 財團法人을 組織하야 金泉中等學校를 經營할 目的으로 該法人 組織 權限 및 事務執行方法을 乙에게 專任하고 乙은 右를 受任하야 目的을 達成하도록 勞圖함은 勿論이고 追後 左記 條件을 履行하기로 玆에 兩方이 契約함.

一. 財團法人 成立後에 該法人의 經費로써 甲의 生活費를 年俸 貳千四百圓을 支給함. 但 死後 三年喪까지 限하고 甲의 所有인 不動産 家具一切를 三年奉祀人에게 渡給할 事.

二. 甲의 死後에는 貞傑齋 西門外에서 佛式으로 火葬하고 骸殘骨 旣히 設備한 石函에 淨潔히 安置하야 旣設墳墓에 安葬할 事, 但 葬禮時에 芝五千枚 白灰(朝鮮土灰) 百石을 必히 使用할 事.

三. 甲의 賓廳은 貞傑齋 東便房(生前居室)에 設置하야 三年喪을 安過하고 三年後 祭祀는 財團法人이 奉行할 事.

四. 貞傑齋 大廳에 佛像을 奉安하고 其左右에 李王殿下·李王妃殿下·甲의 尊位를 奉安하고 崔光翼 및 妹氏兄弟分과 李成子의 位牌도 安置할 事.

五. 乙은 甲으로부터 任置를 受한 實印으로써 財團法人 許可願手續에 사용함.

六. 甲이 寄贈한 基本財産은 目的事業外에는 使用치 못할 事.

七. 財團法人은 松雪教育財團이라 稱할 事.

八. 法人創立 事務執行에 對한 經費 一切 및 山板家垈에 對한 諸般費用도 法人으로부터 全部 擔當할 事. 단 甲이 立替할 時는 法人이 追後 返償함.

九. 財團法人이 成立後에는 本 證書를 法人名義로 更히 書換할 事.

右確實 契約함(貳通)

壹九參拾年 貳月 貳拾參日

契約人(甲)　崔 松 雪 堂 (印)

同　(乙)　李 漢 騏 (印)

그 주요 골자는 송설당 생계비 지급, 사후장례와 제사 및 재단명칭 등이다.
이어서 約定書도 작성되었는데 총 기부액이 30만 2천1백 원이고 그 세부내
역은 논·밭·대지·잡종지·임야·건물·현금을 합한 액수였다.[80) 이 약정
서에는 재단법인에 필요한 이사 및 감사로 崔錫台·崔東烈·고덕환·이한
기·金鐘鎬·趙相傑·文昌永 등 7인을 지정하였다.[81)

최석태는 송설당 양동생의 아들로 종손이었다. 처음부터 고모인 송설당을
가까이에서 모시던 인물이었고 최동열은 7촌 조카였고 조상걸과 문창영은 여
동생의 아들이었으니 모두 친인척이었고 고덕환은 대표적 김천 유지였고 이한
기는 송설당의 신임을 받았던 사법서사였고 김종호는 경성의전 출신으로 이곳
에서 제생의원을 경영하던 의사였다.

송설당의 육영의지가 보도되자 전국에서는 그녀를 징찬하는 소리가 높아갔
고 김천에서도 동년 4월 1일 김천고등보통학교설립후원회가 결성되어 송설당
의 사업을 적극적으로 후원하기로 결의하였다.[82)

최송설당은 수임이사 5인을 서울자택으로 초청하여 "서럽고 불쌍한 우리 민
족의 젊은 아들딸의 교육을 위하여 오직 그대들 5인은 나를 대신해서 전심전
력을 기울여 충실히 육영사업이 영구히 계속되도록 노력하라"고 당부하기도
하였다.[83) 수임이사 5인은 김천 평화동 이한기 사법서사 사무소에 기성회 사
무소를 설치하고 학교신청서류를 작성하여 1930년 3월 24일 송설당 교육재단
설립인가원서를 김천군에 제출했다.[84) 이 인가원서는 경북도청을 거쳐 조선총
독부 학무국에서 결재가 있어야 되는 것이었다. 일제의 인문계 고등보통학교
증설을 억제하여 실업계학교를 장려하는 교육정책에 따라 경상북도 학무과는

---

80) 기부내역을 항목별로 표시하면 다음과 같다. 논 259,446평(168,639.90원), 밭
47,366평(9,479.20원), 대지 2,549평(1,019.60원), 잡종지 19,291평(5,787.30원), 임
야 89,682평(2,274.00원), 건물 5동(15,000.00원), 현금 100,000.00원, 합계 302,
100.00원.
81) 松雪同窓會·金泉中高等學校, 앞의 책, 258쪽.
82) 『동아일보』 1930년 4월 1일.
83) 松雪同窓會·金泉中高等學校, 「수임이사 김종호의 회고담」 앞의 책, 261쪽.
84) 『동아일보』 1930년 3월 24일.

김천고등보통학교 설립신청을 상업이나 농업학교, 즉 실업학교로 방향을 전환
하라고 요구하였다.[85]

고덕환 등 수임이사들은 몇 차례에 걸쳐 접촉하였으나 도 당국자의 완강한
거절로 벽에 부딪히자 직접 총독부 당국자와의 협상을 시도했다. 그러나 총독
부학무국에서도 면회조차 거절하면서 동년 6월 2일 학무과장 명의로 고등보통
학교 설립인가는 절대 불가하다는 최후통첩을 보내왔다. 이에 수임이사들은 총
독부에 영향력을 행사할 수 있는 박영효·박영철·이규완·한상룡 등과 민족
지도자 한용운, 변호사 이인 등과 접촉하여 국면을 타개하려고 하였고 심지어
는 일본유력자까지 동원하여 총독을 설득시키려 하였으나 여의치 않았다.[86]

이러한 상황 속에 송설당은 인문계 고등보통학교가 아니면 기부자체를 취소
하겠다는 강경한 자세를 취하고[87] 동년 6월 29일 서울을 떠나 김천에서 뼈를
묻겠다는 결심으로 이주, 정결재를 숙소로 정하였다. 그러면서 총독부 당국자
들과 적극교섭에 나서기도 하고 일본 본국 요로와 언론사를 통한 여론화를 시
도하였으니 총독부인과의 면담 및 아사히신문사에 대한 공작이 그 대표적인
예였다.[88]

지루한 소강상태가 7개월여 계속되다가 조선총독부에서는 고등보통학교 규
정일부를 개정하여 실업과목을 교과목에 필수화한다는 방침을 굳힘에 따라 학
교설립의 서광이 비치기 시작했다.

즉 1930년 12월 재단설립과 개교준비의 통고를 받았고 1931년 1월 고등학

---

85) 『조선일보』 1930년 6월 5일.
86) 당시 일제측 관료는 5대 조선총독인 齋藤實, 정무총감 兒玉秀雄, 학무국장 武部
欽一이었고 경북도지사는 林茂樹였다. 하야시 경북지사는 1931년 9월 총독부 학
무국장으로 전임하여 1933년까지 그 직에 있는 자로 김천고등보통학교 설립인가
에 처음부터 간여한 인물이다.
87) 최은희, 「김천고보를 창설한 최송설당 여사」, 앞의 책. 송설당의 강력한 반대를 무
마하기 위하여 총독부에서는 고다미 정무총감의 부인을 보내 송설당의 뜻을 돌리
게 하였으나 "나는 우리 학생들에게 고등교육을 시켜 대학에 진출시킬 목적이니까
부득이 안 된다면 기부를 취소하겠다"고 하였다.
88) 松雪同窓會·金泉中高等學校, 앞의 책, 263쪽.

교 규정의 개정이 공포되면서 김천고등보통학교의 설립에 막혔던 문제도 해결된 셈이다.

1931년 2월 5일 재단법인 송설당교육재단의 인가가 나왔고 동년 3월 17일 김천고등보통학교의 설립인가가 총독고시 제145호로 공포되었던 것이다.[89]

3) 김천고등보통학교의 개교와 발전

김천고등보통학교는 1931년 3월 27일과 28일 사이 김천보통학교에서 지원자 411명에 대한 입학시험을 치러 정원은 60명이었지만 91명의 합격생을 발표했다. 재단측에서는 10학급의 학생정원을 신청했으나 5학급으로 줄여서 인가해 주었으며 인가조건으로 정교원의 20% 이상은 일본인으로 채용하고 일본어·한문·역사 교사는 일본인 교사가 담당한다는 것이었다.

이어서 동년 5월 9일 강당이 준공되면서 입학식을 거행하고 수업에 들어갔다.[90] 교장으로는 명망있는 수학자 안일영을 초빙해 오고 교무주임(교감)에는 국어학자 鄭烈模가 취임했다.[91] 교사진도 서울지역 교사보다 2배 이상의 급여를 지급한다는 조건으로 우수한 교사를 확보하였다.[92]

그리하여 김천보통고등학교 교사는 전국사립고등보통학교인 서울의 5대 사립학교(배재·양정·휘문·보성·중앙)와 개성의 송도, 전북의 고창, 평양의 광성, 정주의 오산, 함남의 영생고보보다 대우가 좋았으며, 그만큼 학생교육과 선도에 있어서 열과 성을 다하여 명문사립으로의 발돋움에 박차를 가하였던

---

89) 『동아일보』 1931년 3월 21일.

90) 松雪同窓會·金泉中高等學校, 앞의 책, 265쪽.

91) 최영희·김호일 편저, 앞의 책, 150쪽. 당시의 사정을 애산은 다음과 같이 술회하고 있다. '나에게 교장을 맡으라고 하였으나 이를 마다하고 중동학교 학감이던 안일영에게 학교일을 맡겼다가 그 후임으로 정열모가 교장이 되었다. 그런데 이후 정열모가 조선어학회사건으로 나와 함께 투옥되니 총독부는 학교를 빼앗아 공립으로 만들었다.'

92) 松雪同窓會·金泉中高等學校, 앞의 책, 265쪽.

것이다.

김천고등보통학교가 개교함에 따라 1930년대 초에는 전국에 사립고등보통학교가 11개였고, 학생 수는 6,007명에 이르렀다.[93]

<표 3> 사립고등보통학교 현황(1932년도)

학교명	학급 수	직원 수				생도 수
		조선인	일본인	외국인	계	
養正高等普通學校	10	17	5	1	23	627
培材 〃	12	18	3	2	23	789
普成 〃	12	22	3	-	25	701
徽文 〃	14	20	6	1	27	901
中央 〃	14	23	4	1	28	710
松都 〃	9	13	3	1	17	501
高敞 〃	5	9	1	-	10	198
金泉 〃	2	5	1	-	6	125
光成 〃	10	16	3	1	20	614
五山 〃	10	14	2	-	16	466
永生 〃	8	10	2	1	13	375
計	106	167	33	8	208	6,007

김천고등보통학교는 초대 교장 안일영이 1년 만에 사임하고 1932년 1월 15일 2대 교장으로 정열모가 취임하고 이해 8월 31일에 현대식 붉은 벽돌 2층 12교실 규모의 본관교사가 준공되어 '사막에서 오아시스를 만난 것처럼 우람한 자태'라고 표현한 것처럼[94] 그 건물과 그 안에서 배우는 학생들에 대한 관심은 전국적인 것이었다.

김천고등보통학교가 개교한 지 4년에 접어들던 1935년 재단이사들과 교장을 비롯한 학교관계자들은 최송설당 여사 동상건설기성회를 조직하고 실무위원 11인을 중심으로 동상 제작에 들어가 동년 11월 30일 제막식을 갖게 되었

---

93) 文定昌, 『軍國日本朝鮮占領三十六年史』 上, 1965, 337쪽.
94) 松雪同窓會·金泉中高等學校, 앞의 책, 340쪽, 1935년 11월 31일 송설당 동상 제막식때 조선중앙일보 사장 여운형의 기념사.

다. 이때 건립에 소요되는 경비는 전국 502명이 희사한 5,945원으로 충당하였다.[95] 제막식에는 국내 민족지도자들인 宋鎭禹·呂運亨·李仁 등 각계인사를 비롯하여 1,000여 명이 참석하는 대성황을 이루었고, 여운형을 비롯한 유력 인사들의 축사와 송설당의 謝辭로 진행되어 송설당은 이 자리에서 특별교실(과학관) 건립에 필요한 경비를 재단에서 지급한 생활비를 아껴 모은 재산으로 부담하겠다는 발표를 하여 참석한 인사들에게 큰 감명을 주었다.[96] 이때 현장에 있었던 각 신문사의 기자들은 다투어 업적 찬양을 기사화했고,[97] 동상 제막식의 참관소감을 연재하여[98] 최송설당과 같은 독지가가 나와 교육구국운동에 앞장서 줄 것을 기대하기도 하였다.

5. 맺음말

개항 후 한국 근현대사에 있어서 민족운동의 일환으로 교육구국운동에 나선 선각자들은 무수히 많다. 그 중에 있어서도 사립학교를 설립하여 인재를 양성, 민족지도자를 만들겠다는 의식을 가지고 학교설립에 앞장선 인사들도 많았다. 島山 安昌浩가 대성학교를, 南岡 李昇薰이 오산학교를, 忠正公 閔泳煥이 흥화학교를, 서울의 5대 사립이라는 양정의 嚴柱益, 배재의 미국 선교사 아펜젤러(Alice R. Appenzelle), 보성의 李容翊, 휘문의 閔泳徽, 중앙의 金性洙 등이 그 대표적인 육영 사업가들이라 할 수 있다. 그런데 이들 모두는 남성으로 자신의 전재산을 기증하여 학교를 설립한 인사는 드물고, 기부금·희사금을 모

---

95) 松雪同窓會·金泉中高等學校, 앞의 책, 328쪽.
96) 『동아일보』·『조선일보』·『조선중앙일보』 1935년 12월 3일.
97) 『동아일보』 1935년 12월 1일 사설 「거룩한 최송설당」 ; 『조선일보』 1935년 12월 2일 사설 「최송설당 여사의 장거」.
98) 『조선일보』 1935년 12월 5일~8일 「최송설당 여사 동상 제막식 소감」. 여기서 기자는 동상을 보는 사람들에 대하여 '당신네들도 나와 같이 자녀교육을 위하여 기관을 만드시오'라는 活敎育을 느끼게 한다고 주장했다.

금하여 재단을 설립, 학교 운영에 직간접으로 관여하였던 모습을 볼 수 있다. 그러나 여성으로서 전재산을 기부하고 학교운영에는 전혀 관여하지 않는 조건으로 육영사업에 나섰던 인사는 찾아보기 어렵다.

김천이 낳은, 아니 우리 민족이 낳은 여성 교육운동가 최송설당은 평생 모은 재산을 남김없이 희사하여 중등교육의 불모지였던 김천에 김천고등보통학교를 설립하였다.

최송설당은 어려서부터 남다른 총명함과 강한 의지, 결단력을 가지고 불우하고 가난했던 가문을 일으키고 선대의 누명을 벗겨 여장부로서의 면모를 십분 발휘하였으며, 민족의 장래를 위해서는 인재를 양성하는 길이 첩경이라고 굳게 믿어 교육을 통한 민족구국운동에 앞장섰던 것이다.

일본 제국주의의 식민지라는 시대적 아픔을 극복하는 방법은 영구히 사립학교를 일으켜 민족정신을 함양하여야 한다고 강하게 주장하였고, 김천고등보통학교를 통하여 민족의 앞날을 기대하였다. 그녀는 소녀시절 학자 집안의 분위기, 영친왕 보모로서의 궁중의 생활모습, 엄비의 숙명 · 진명 여학교의 설립과 양정학교에 대한 교육투자 목격, 모친의 '淨財를 育英에 쓰라'는 유훈, 민족지도자 卍海 韓龍雲과 愛山 李仁의 권유, 김천청년회 유지 등의 간청이 여사로 하여금 역사와 민족 앞에 가장 거룩하고 희망찬 앞날을 기약하는 김천고등보통학교를 탄생시켰던 것이다.

그리하여 김천고등보통학교는 일제치하 국내에서 11번째로 설립된 사립 중등교육기관이었으며, 설립자가 여류문인이며 독실한 불자였던 여성이었다는 데 그 특징이 있었다. 비록 적극적인 민족독립운동에 헌신하지는 않았지만 육영사업으로 민족의 앞날을 이끌어나갈 동량들을 배출할 보금자리를 마련하였다는 것이 최송설당의 역사적 업적이라고 할 수 있다.

崔松雪堂의 文學世界와 現實認識
—「諺文詞藻」를 중심으로—

1. 머리말

한국문학사에 있어 歌辭는 장르적 생명이 다른 장르에 비교하여 상대적으로 긴 편에 속한다. 古小說이 1930년대에까지 꾸준히 창작되었듯이 가사 작품도 최근에 이르기까지 일부 영남 사대부 집안의 여성들에 의하여 창작되어 왔다. 그 중 崔松雪堂 歌辭는 20세기에 들어와 창작된 대표적인 閨房歌辭라고 할 것이다. 崔松雪堂의 가사는 이미 학계에 소개된 지 오래되었으며,[1] 연구의

---

* 충북대학교 국어국문학과 교수.

대상이 되기도 하였다.[2] 가사문학 장르가 발생한 이래 특정 종교의 포교를 목적으로 쓰여진 작품을 제외하고 개인이 창작한 작품으로는 崔松雪堂 가사가 그 양에 있어서 압도적이라 할 수가 있다.

崔松雪堂의 가사가 학계에 본격적으로 알려지게 된 것은 沈載完으로부터라고 할 수가 있다. 그는 「崔松雪堂의 歌辭」에서 송설당 가사 49편 모두를 轉載하고 崔松雪堂의 생애와 업적, 송설당집과 漢詩文, 歌辭 作品을 간략하게 소개하였다. 그러나 이 글은 崔松雪堂 가사에 대한 解題的 성격의 글로, 본격적인 연구논문으로 보기는 어렵다. 그동안 崔松雪堂 가사에 대하여 집중적인 연구가 없었으나 許喆會가 「崔松雪堂의 詩歌硏究」라는 논문에서 崔松雪堂의 漢詩와 함께 가사를 논의한 바가 있고,[3] 최근에 북한의 리동윤이 「조선조 여류시인 송설당의 문학세계」라는 논문을 발표한 바가 있다.[4]

본고의 목적은 崔松雪堂이 가사 작품을 통하여 드러내고자 한 생각, 나아가 가치관을 밝히는 데 있다. 그러기 위하여 먼저 崔松雪堂 가사의 표현상의 특징과 작품의 내용을 분석하고 검토하였다. 그리하여 崔松雪堂 가사에 드러난 당대 현실에 대한 崔松雪堂의 의식을 유추해 보고자 한다.

---

1) 趙潤濟는 閨中歌道를 논하면서 '崔松雪堂의 歌辭 50首가 있다'고 하였다(『朝鮮詩歌史綱』, 동광당서점, 1937, 434쪽).
2) 沈載完, 「崔松雪堂의 歌辭」 『국어국문학연구』 제3집, 청구대, 1959.11 ; 許喆會, 「崔松雪堂의 詩歌硏究」 『韓國文學硏究』 제15집, 東國大學校 韓國文學硏究所, 1992, 309~333쪽 ; 리동윤, 「조선조 여류시인 송설당의 문학세계」 『한길문학』 통권 제10호, 1991(가을).
3) 허철회는 이 논문에서 송설당 가사의 내용을 '自然物의 禮讚과 美意識, 個人的 述懷의 裏面, 家門意識과 祖上崇拜, 紀行體驗과 遊覽'으로 나누어 논의하였다.
4) 리동윤이 어떤 자료를 가지고 글을 썼는지는 알 수 없으나 이 글에는 몇 가지 오류가 있다. 서두에서 송설당의 '사망 연대는 자세치 않다'고 한 것과 '『송설당집』은 그가 죽은 다음에 5촌 조카 최석태가 편집한 것'이라고 한 것은 뒤에 밝힌 바 명백한 오류다. 그는 또 이 글에서 송설당 가사의 詩語的 특성이 소박하고 생활적이라고 하였으나 "인민의 투쟁을 반영한 작품들이 비교적 적으며, 불필요하게 어려운 고사들을 많이 인용함으로써 시가문학의 사상적 품격을 떨어뜨리는 것도 있다"고 하여 자의적 해석을 내리고 있다.

2. 作者 崔松雪堂

崔松雪堂의 일생에 대해서는 이미 다른 글에서 자세하게 언급이 되었기에 여기서는 이 글을 쓰는 데 필요한 부분만 간략하게 작자에 대하여 언급하고자 한다.

崔松雪堂(1855~1939)은 경북 金泉에서 출생하여 朝鮮朝 末의 開化期와 日帝強占期를 살다 간 여성 교육가이다. 崔松雪堂의 장년이 되기까지의 삶은 명확하게 밝혀져 있지 않지만 그가 上京을 하여(1894) 嚴妃[5]의 소생인 英親王 李垠의 保姆가 되고부터(1897) 획기적인 두각을 드러내었다. 엄비로부터 두터운 신임을 받아 절친한 측근이 되었으며, 고종으로부터도 은혜를 입어 洪景來 亂 때 무고하게 連坐罪를 입은[6] 증조부 崔鳳寬이 復權 伸寃되는 恩典을 받기도 하였다. 그리하여 당시에 영향력이 큰 여성이 되어 많은 명사와 交遊하기에 이르렀고,[7] 많은 토지를 소유한 전국 굴지의 地主로서 큰 재력가가

---

5) 엄비 : 純獻皇貴妃(1854~1911). 嚴鎮三의 長女. 8세에 入闕. 景福宮에서 明星皇后의 侍衛尙宮으로 있다가 명성황후가 弑害된 후 俄館播遷 때 高宗을 모셨고, 1897년 아들 垠을 낳아 貴人에 책봉되었으며, 뒤이어 純妃로, 다시 純獻貴妃에 책봉되어 純獻皇貴妃라는 칭호를 받고 慶善宮에서 살았다. 1905년 養正義塾, 1906년 進明女學校를 설립하였고, 明信女學校(淑明女學校의 前身)의 설립에 거액을 기부하였다.

6) 홍경래의 난(1811) 때 그 증조부 崔鳳寬은 그의 외가 劉氏가 난에 가담하고, 그도 또한 宣川郡이 함락될 때 무관(副護軍)으로써 적극적으로 항전하지 않았다 하여 獄死하고 아들 4형제는 전라도 古阜에 流配되었다.

7) 송설당 문집의 서문은 당시의 거물 명사인 雲養 金允植이 썼고 문집 3권에는 당시의 많은 명사들이 쓴 松雪堂을 기리는 글이 실려 있다. 또 독립운동가 卍海 韓龍雲과 애국지사 愛山 李仁, 夢陽 呂運亨과도 교분이 두터워 학교설립에 이들의 자문과 도움을 받았으며, 여사의 동상 제막식(1935.11.30)에는 민족지도자인 宋鎮禹·呂運亨·方應模·白南薰·崔奎東·李仁 등을 비롯하여 전국 각지에서 1,000여 명이 참석하였고, 金性洙·韓相龍·曺晩植·張利郁·俞億謙 등이 축전을 보내왔다. 특히 당시『중앙일보』사장이었던 여운형과『동아일보』사장이었던 송진우,『조선일보』사장이었던 방응모는 송설당의 공덕을 크게 기렸다.

되었다. 그는 이 재산을 金泉高等普通學校(現 金泉中·高等學校) 설립에 모두 喜捨함으로써 敎育篤志家로 큰 자리매김을 하였다.

崔松雪堂은 또 문필에도 뛰어난 재질을 타고나서 당시 여성으로서는 드물게 文集 3권을 남겼는데, 여기에는 漢詩가 167首, 諺文詞藻라고 한 歌辭가 49편이 실려있다. 그는 자랄 때 부친 崔昌煥(書堂 訓長으로 생계를 유지했다고 함)으로부터 漢學과 국문을 배웠다고 하는데, 문집의 한시와 가사를 보면 유학의 經傳과 史書, 古人의 詩文을 자유자재로 援用하고 있어, 이로 미루어 그의 학식이 상당한 수준에 이르러 있었음을 알 수가 있다.

그는 서울 무교동의 자택 '松雪堂'에서 기거하다가 뒤에 金泉高普의 뒷산 중턱에 미리 지어 둔[8] 貞傑齋로 옮겨 살다가 거기서 일생을 마쳤다.

3. 崔松雪堂「諺文詞藻」의 梗槪

『松雪堂集』은 3권으로 되어 있는데 筆寫本이며, 당시의 명필 金敦熙[9]가 썼다. 「諺文詞藻」는 본문을 국문으로 쓰고 右肩에 漢字를 倂記하였다. 序文은 앞서 언급한대로 거물 정치인인 雲養 金允植[10]이 썼는데 '甲寅仲春八十翁淸風金允植序'라고 끝을 맺고 있다. 이것을 보면 이 서문을 쓴 시기는 甲寅年인 1914년이다. 그런데 『松雪堂集』의 發行年度를 1922년(또는 1921년)[11]

---

8) 만해 한용운의 자문을 받아 1919년에 지었으며 貞傑齋라 扁額하였고 6·25 때 소실되었다.

9) 김돈희(1871~1946) : 字는 公叔, 호는 惺堂. 근대의 서예가. 書畵協會 회장을 지냈으며, 鮮展의 심사위원을 지냈다. 顔眞卿체를 즐겨 쓰다가 晩年에는 黃庭堅의 行書를 본받았다. 김돈희는 『松雪堂集』외에도 청암사 입구, 북한산 등의 바위에 새긴 글씨도 쓴 것으로 추정된다.

10) 김윤식(1841~1920) : 호는 雲養. 조선말 격변기에 병조판서, 외무대신 등 고관을 지냈다. 韓日合邦 때 작위를 받았으나 3·1운동 때 독립 청원서를 일본정부와 조선총독부에 제출하였고 작위를 반납하였다. 그는 또 당시의 손꼽히는 문장가였으며 詩文을 모아 『雲養集』을 출판하였다.

이라고 하는바 김윤식의 서문을 미루어 생각하면 이 책은 이미 1914년 봄에 완성되었고, 무슨 사정에서였는지는 모르지만, 8년 뒤인 1922년에 가서야 발간이 된 것임을 알 수가 있다. 김윤식은 서문에서 다음과 같이 송설당의 시문을 기리고 있다.

> 또 베를 짜는 여가에 때로 문자를 익혀 閨中의 머리 꾸미개가 문득 붓 아래의 비단이 되었으니, 그 가운데 「松雪堂自序」를 보면 글을 더 다듬고 꾸미지 않아도 저절로 법도에 맞아 이치와 뜻이 탁 트였다. 律詩와 絶句며 여러 작품은 아울러 무르녹고 古雅하여 한 점 인간의 기운이 없으니, 봄에 흐드러지게 피는 꽃이 사람의 솜씨를 말미암지 않아도 붉고 흰 색채를 이루는 것과 같다. 國文歌詞에 이르면 더욱 뛰어나 격조가 깊고 담박하며, 말의 뜻이 和樂하고 아름다워 푸른 바다의 늙은 용이 다른 용의 턱 밑에 있는 明珠를 희롱하여 玲瓏한 명주의 빛이 파도 사이로 숨어서 비치는 듯하다. 부인께서는 배우지 않았는데도 이와 같을 수가 있는지, 공부를 하지 않고서도 이와 같이 할 수가 있는지를 모르겠다.12)

여기에 나타나 있듯이 이미 이 서문을 쓸 당시에는 『松雪堂集』에 실려 있는 漢詩와 國文歌詞가 모두 완성되어 그것을 서문을 쓴 김윤식이 읽고 평가를 할 수가 있었던 것이다. 따라서 『松雪堂集』에 게재되어 있는 諺文詞藻는 물론 모든 글은 1921년 이전에 쓰여진 것13)이 아니라 1914년 전에 지은 것이며, 1908년 정주·선천에 있는 조상의 묘소를 찾고 石物을 설치한 시기를 전후하여 이들 작품을 집중적으로 지은 것이라고 판단된다.

---

11) 『松雪六十年史』(松雪同窓會 外, 1991, 322쪽)에서는 1922년 12월에 『松雪堂集』을 발간하여 세계 각국의 도서관에 보냈다고 하였으나, 류연석(『韓國歌辭文學史』, 國學資料院, 1994, 339쪽)은 1921년에 이 책이 간행되었다고 하였다.

12) 又 機杼之暇 時習文字 閨中巾幗 便成筆下錦繡 而觀其松雪堂自序 文不可雕飾 自成規度 理義疎暢 律詩及絶句諸作 幷濃艶古雅 無一點煙火氣 如爛漫春葩 不由人工 紅白成章 至若國文歌詞 尤爲長處 而調格沖淡 辭意和婉 如滄海老龍 戱他頷下明珠 玲瓏寶彩 隱映於波濤之間 未知夫人不學 而能如是乎 不工而能如是乎.

13) 류연석, 『韓國歌辭文學史』, 국학자료원, 1994, 414쪽.

『松雪堂集』에 실려 있는 諺文詞藻 곧 歌辭 작품은 모두 49편이다. 조윤제는 이것을 50편이라고 하였는데,[14] 『松雪堂集』 제2권 목차에 「루대선묘봉심급립셕긔스」는 작품 이름이 아니라 그 아래 「송셕틔지졍쥬션쳔션묘봉심」 외 5편의 작품을 총괄하는 명칭이며 이것을 작품 이름으로 誤認한 것이다.

松雪堂 가사는 그 편수가 49편이나 되어 양적인 면에 있어서 타의 추종을 불허할 뿐 아니라 작품의 내용과 가치도 대단히 우수하다. 김윤식은 松雪堂의 문학적 재능이 뛰어남을 다음과 같이 피력하고 있다.

> 진실로 文筆에 종사하는 사람이 있어 일생동안 부지런히 螢雪의 어려움을 무릅쓰고 공부를 하였더라도 그가 지은 글이라 하는 것을 보면 매미 울음과 벌레 소리와 같아서 한 번 읊어 보기에도 부족하며, 그리하여 글다운 것은 얼마 되지 않는다. 부인(松雪堂을 지칭)은 일찍이 오랜 동안의 힘든 공부와 특별한 노력이 없었으면서도 학식이 넓고 넉넉하며 音律이 節操에 맞으니 어찌 천재가 아니겠는가?[15]

송설당 가사는 문장이 端雅하고 구김살이 없으며 流暢하다. 그리고 用事가 세련되며 典故가 해박하다. 朝鮮朝 末의 어수선한 환경 속에 落魄한 가문 태생이었던 송설당이 어떻게 이런 우수한 文筆을 구사할 수 있었던가? 雲養이 讚한대로 천재여서 가능했던가? 필자는 그렇게 생각하지 않는다.

송설당의 집안은 홍경래의 난 때 연좌되어 몰락하였지만 班族이었고, 그 부친 崔昌煥은 枳南居士라는 호를 가진 지식인이었으며 書堂 訓長을 한 사람이었다. 송설당은 최창환의 세 딸 가운데 맏딸이었는데 남자 형제가 없었기에 부모의 남다른 기대와 총애를 받고 어려서부터 훈장인 부친에게 글을 배웠다고 하였다.[16] 그러나 中年이 될 때까지는 世波의 辛酸을 겪으며 어렵게 살았

---

14) 심재완, 리동윤도 조윤제를 따라서 송설당 가사가 50편이라고 하였다.

15) 김윤식, 같은 글. 苟有操觚弄墨之士 雪窓螢火 兀兀窮年 及見其所謂文 則如蟬鳴虫咽 不足一吟 而爲覆瓿之資者 持不勝數 夫人曾無十年之苦 三冬之足 而蘊抱博洽 音響中節 豈非天才耶.

16) 『松雪六十年史』, 324쪽.

기 때문에 그 문학적 재능을 펴 볼 기회를 가지지 못하다가, 1897년 입궐하여 嚴妃를 보좌하며 10여 년간 안정된 궁중 생활을 하는 동안에 잠재되었던 송설 당의 문학적 재능이 發顯되어 이러한 우수한 詩文을 창작할 수 있었던 것으로 판단된다.

송설당 가사 49편은 대부분 歎老, 女歎, 自嘆 등 개인의 심회를 읊은 것과, 爲先之心을 나타낸 것, 화초나 鳥蟲을 두고 그 속성을 드러낸 것 등 다양한 주제를 구현하고 있다. 그것을 자세히 분석하여 논의하기 위해 다음에 그 槪要를 정리하였다.

〈표 1〉 松雪堂 歌辭 槪要

순번	작품명	분류	내용	句數
1	갈현성묘(葛峴省墓)	爲先	高祖 묘소를 찾아 각종 石物을 설치하고 祭奠을 베푼 뒤 山川에 先墓 守護를 祈願함.	37
2	감은(感恩)	弔哀	嚴妃의 大朞에 묘소인 永徽園을 참배하고 遺德을 기리며 슬퍼함.	46
3	감회(感懷)	歎老	앞 뒤 뜰의 樹木을 보고 인생이 늙어감을 한탄함.	16
4	견민(遣悶)	歎老	老松처럼 인생도 영원하기를 바람.	16
5	국화(菊花)	花卉	국화의 높은 절개를 기리고 人老花亦老를 한탄함.	47
6	근친(覲親)	思鄕	金陵에 있는 부모형제를 만나러 갔던 감회.	18
7	금릉풍경(金陵風景)	風物	金陵의 地形을 風水地理 용어로 풀이함.	40
8	김히회고(金海懷古)	風物	10년 만에 김해를 유람한 감회.	50
9	농쟈대본(農者大本)	爲民	농부들의 괴로움과 收穫의 보람.	54
10	동지야(冬之夜)	歎老	늙음을 한탄하고 先墓 奉審을 祈願.	19
11	란초(蘭草)	花卉	난초의 군자다운 자태와 梅蘭菊竹松 五淸을 예찬함.	10
12	명월(明月)	自然禮讚	계절, 월별로 달의 특징을 노래함.	60
13	목단화(牧丹花)	花卉	모란의 부귀로움을 칭송함.	30
14	무골산성묘 (舞鵑山省墓)	爲先	무골산의 六代 祖考와 五代 考妣의 산소에 石物을 按置하고 조상을 생각함.	37

			(未完成)	
15	무궁화(無窮花)	花卉	무궁화가 無窮無盡 피듯이 자손도 그처럼 번성하기를 기원함.	14
16	발환경뎨(發還京第)	紀行	金陵으로 覲親한 뒤 歸京하는 감회.	21
17	백셜(白雪)	自然禮讚	눈이 온 뒤의 雪景山川을 묘사하고, 萬古不變의 松雪을 기림.	23
18	백현급봉학산셩묘 (白峴及鳳鶴山省墓)	爲先	白峴 先墓(八·七代)와 鳳鶴山 先墓(六代 祖母)에 제반 석물을 안치하고 성묘한 감회.	46
19	봉선화(鳳仙花)	花卉	봉선화의 어여쁘고 고운 태도를 기림.	21
20	분쥭(盆竹)	花卉	盆에 심은 대나무를 두고 그 절개를 기리고 자신도 그 高節을 벗하겠다고 노래함.	37
21	서회(叙懷)	自嘆	지난 밤 비바람에 진 紅碧桃花를 보고 인생의 부상함을 탄식함.	18
22	석류(石榴)	花卉	석류의 外樣과 風味를 예찬함.	28
23	션묘립셕경영 (先墓立石經營)	爲先	失傳 先墓를 찾아 墓前 立石한 감회.	30
24	송뎡감회(松亭感懷)	歎老	松亭 壽藏地(幽宅地)를 둘러보며 느낀 감회.	38
25	송셕티지졍쥬션쳔 션묘봉심(送錫台之 定州宣川先墓奉審)	爲先	조카 최석태가 定州·宣川에 가서 失傳 先墓를 奉審하고 돌아옴을 기림.	13
26	송운동운셕 (松雲洞運石)	爲先	曾祖(崔鳳寬)가 伸冤되자 그 幽魂을 봉안하고 墓前 석물을 마련하여 발송하며 느낀 감회.	20
27	슈션화(水仙花)	花卉	수선화의 맑은 태도를 기림.	10
28	슐지(述志)	女歎	여자로 태어났기에 이루지 못한 한을 來生에는 丈夫로 태어나서 東西洋의 偉人이 되어 流芳百世하고 싶다는 포부를 나타냄.	30
29	실솔(蟋蟀)	蟲物	귀뚜라미가 밤새 울어 잠을 방해함을 나무람.	25
30	약슈동(藥水洞)	頌祝	고향 금릉에 내려가 자당을 모시고 약수동의 靈藥水를 찾아가 延年益壽를 기원함.	29
31	영도〻상연화 (永導寺賞蓮花)	花卉	연꽃이 君子氣像과 君子忠心을 겸함을 예찬함.	35

32	우음(偶吟)	閑情	인왕산의 石壁과 草木, 구름, 흐르는 물을 바라보며 萬端愁懷를 느낌. (未完成)	22
33	자감(自感)	自嘆	臨終詩의 성격을 띤 悲感的인 내용. (未完成)	8
34	ᄌ술(自述)	自傳	지나온 삶을 회고하여 술회함.	176
35	중양(重陽)	時節	중양절에 나들이를 하며 느낀 감회.	18
36	창송(蒼松)	節操	蒼松의 屬性을 들어 松雪堂號를 빗댐.	42
37	청암사(靑岩寺)	風物	청암사를 尋訪하고 人生無常을 한탄함.	37
38	청포도(靑葡萄)	花卉	청포도의 넝쿨이 長遠하고 그 열매가 아름다움을 예찬, 형제 자손이 그와 같기를 기원함.	40
39	춘풍억향원 (春風憶鄕園)	思鄕	새봄을 맞아 고향과, 고향의 母堂이며 諸節을 간절히 그리워하는 심회를 읊음.	23
40	츄감(秋感)	弔哀	화창한 봄날에 永徽園을 참배하고 그리움을 술회함.	20
41	츄야감회(秋夜感懷)	孤獨	가을밤에 잠 못 이루고 소설을 벗삼아 밤을 지새는 고독한 심회.	34
42	탄락엽(歎落葉)	歎老	가을에 떨어지는 낙엽을 보고 백발을 한탄함.	14
43	파초(芭蕉)	花卉	늙음을 한탄하고 파초만이 獨對春色함을 기림.	15
44	한선(寒蟬)	蟲物	寒蟬의 울음을 每陰이라 音借하고 그를 빌어 長生不死함을 선망함.	30
45	한양성중류람 (漢陽城中遊覽)	風物	한양의 勝景과 文物의 繁盛함을 기리고, 山川, 宮闕, 動·植物園, 博物館을 구경한 감회.	64
46	히당화(海棠花)	花卉	인생무상을 한탄하고 형제들이 和樂함을 당부.	26
47	향일화(向日花)	花卉	향일화의 一片丹心 충성심을 기림.	18
48	홍미(紅梅)	花卉	홍매를 사랑하고 기리는 정을 나타냄.	19
49	희우(喜雨)	頌雨	가뭄 끝에 내리는 비를 기림.	29

4. 崔松雪堂 文學의 位相

이미 언급한대로 松雪堂의 歌辭는 1910년을 전후하여 집중적으로 쓰여진 것이다. 이 시기는 국권을 일제에 侵奪 당한 민족적으로 매우 불행한 때였으며 송설당 자신도 그 비운의 격변하는 현실을 몸소 부딪쳐 나갔다.[17]

한국문학사에서 송설당의 가사는 장르의 역사로 볼 때 거의 끝자락에서 꽃을 피운 것이라고 할 수 있다.[18] 그러나 이 시기에는 양적인 면에서 전대의 어느 시기에 못지 않은 많은 작품이 창작되었다. 그리고 그 내용도 丈夫豪氣·風俗勸勉·遊覽紀行·風物敍景·頌祝追慕·憂國啓蒙·布敎信仰·懷古敍事·道德敎訓[19] 등으로 다양하다.

이 시기의 가사 작가들 중에는 多作을 한 사람이 많은데[20] 松雪堂은 49편의 서정가사를 지었으니, 특정 종교를 포교할 목적으로 가사를 量産한 작가를 제외한다면 개인의 서정가사를 가장 많이 지은 작가라고 할 수가 있다.

여성이 지은 가사를 內房歌辭라고 하는바 '內房歌辭의 발생은 兩班歌辭의 內房으로의 流入에서 비롯하였고, 그 主導的인 역할은 주로 嶺南地方의 婦女子들에 의해서 이루어졌다'[21]고 하거니와, 조선시대에 내방가사 작품을 지은 여성은 「閨怨歌」를 지었다는 許蘭雪軒과 「宣飯歌」를 지은 聾巖 李賢輔의 어머니 權氏를 꼽을 정도이다. 그러나 조선 말에 이르면 여러 여성들에 의

---

17) 1910년 국권을 빼앗긴 이래 1911년 송설당의 후원자였던 엄비가 세상을 떠나고 송설당도 그 무렵 궁중생활을 청산하고 1912년 8월에 武橋洞에 松雪堂이라 懸額한 저택을 건립하여 거기서 기거하였다.
18) 류연식은 갑오경장에서 현대까지의 가사를 '쇠퇴기의 가사문학'으로 분류하고 있다(같은 책, 60쪽).
19) 쇠퇴기 유명씨의 가사작품은 총572편이다(류연석, 같은 책, 334쪽).
20) 10편 이상의 가사 多作家로는 崔松雪堂 이전에 李容穆(18편), 梁秋湖(13편)가 있었고, 송설당 이후로는 金周熙(東學歌辭 98편), 趙愛泳(18편), 姜大成(26편)이 있었다.
21) 徐元燮, 『歌辭文學硏究』, 형설출판사, 1983, 68쪽.

하여 많은 내방가사 작품이 창작되기에 이른다. 그것은 조선 후기에 이르러 점차 여성이 禮俗의 얽매임에서 벗어나 주체성을 자각하고, 자아실현의 의지를 가지고 현실에 적극 참여하게 됨으로써 가능하게 된 것으로 볼 수 있다.

송설당은 가난한 선비의 딸로 태어나 장년이 될 때까지 현실과 부딪치며 많은 시련을 겪으며 살아왔기에 당시의 여느 여성과 비교하여 經綸의 폭과 인생의 깊이에 있어 큰 차이가 있다고 할 수 있다. 타고난 자질이 뛰어나고 남다른 인생을 산 송설당이기에 耳順의 나이에 비로소 그것이 49편의 가사 작품으로 결실이 되어 나타난 것이다.

5. 崔松雪堂의 文學世界

1) 表現技法

(1) 纖細한 感性的 表現

松雪堂의 가사 작품은 다정다감한 감정을 섬세하게 표현하고 있다. 이는 花卉를 두고 지은 작품들과 개인적 감회를 述懷한 작품에서 두드러진다.

>   黃梅時節 도라오민   海棠花를 압세우고
>   綠陰속에 半만우서   무르녹게 고흔틱도
>   나를보고 반기는듯
>
>   ─「牧丹花」

모란꽃이 해당화가 피는 시기보다 약간 늦게 綠陰이 우거지는 때에 화려하게 피는 것을 두고 이렇게 아기자기하게 표현하였다.

>   玉盆우에 嬋娟特色   凌波仙女 下降흔듯
>   水仙花가 네로구나   春夏秋 百花時節

고요寂寞 잠자다가   落木寒天 白雪中에
金盞玉臺 맑은態度   송이송이 香氣로니

　　　　　　　　　—「水仙花」

수선화가 百花齊放 뒤 겨울에야 선녀[22]처럼 향기로운 꽃을 피움을 표현한
것이다.

鬱鬱靑靑 저草木은 冠帶衣裳 彷佛한데
淡淡히 뜬구름은 오는손님 반기는듯
滾滾히 흐르ᄂ물 가는손님 餞別인듯

　　　　　　　　　—「偶吟」

이 작품은 작자가 私邸(武橋洞의 松雪堂)에서 仁王山과 北岳을 바라보며
지은 것인데, 맑게 뜬 구름과 세차게 흐르는 물(淸溪川 또는 漢江)을 의인화하
고 있다.

넌출마다 여름미져   큰송이와 져근송이
동골동골 燦爛ᄒ야   靑玉白玉 彫成흔듯
美人들이 노리기로   옷고름에 찰만ᄒ고
七八月이 도라오면   싀벽바람 찬이슬에
송이송이 구슬구슬   光彩더욱 瑩澈ᄒ다

　　　　　　　　　—「靑葡萄」

동글동글한 청포도 알을 청옥과 백옥에 비유하였고, 새벽 찬이슬을 머금은
청포도의 투명한 빛깔을 시각적으로 섬세하게 표현하였다.

輾轉反側 잠못일워   지닌일과 오ᄂ일을
두루두루 싱각다가   잠흔슘을 못일워라

---

22) 능파선녀 : 수선화의 별칭.

東方에 우는蟋蟀   너는무삼 恨이깁허
긴긴밤이 다盡토록   자른소릭 긴소릭로
喞喞切切 석거울고   겨中天에 놉히떠서
울고가는 외기러기   너는어이 나를미워
셔리차고 깁흔밤에   기룩기룩 부르지져
艱辛艱辛 들랴든잠   永永아조 업서진다

                            ―「秋夜感懷」

　가을밤에 홀로 이 생각 저 생각으로 가뜩이나 잠을 이루지 못하는데 귀뚜라
미와 기러기마저 울어 잠을 방해함을 원망하고 있다. 외로운 심사를 절실하고
예민하게 표현한 것이다.

風吹一夜 滿關山에   梅花一曲 반겨듣고
亽랑튼정 못니기어   黃蜂白蝶 앞세우고
紅梅消息 探知할졔   愛情으로 작지삼아
面面히 訪問한다   屛間梅月 兩相依라
屛風속에 숨엇는가   一山梅竹 自淸風에
바람에 붓쳣는가   梅柳爭春 春色分에
楊柳야 네아느냐   梅蘭同處 春正艶에
蘭草는 네알니라   盡日問花 花不語요
終夜問月 月不答을   아마도 紅梅즈최는
花姑네가 알니라

                            ―「紅梅(全篇)」

　이 작품은 송설당의 가사 작품 가운데서 가장 문학성이 높다고 할 수 있다.
작자는 상상의 날개를 마음껏 펼쳐 몽환의 세계에서 紅梅의 자취를 찾아가고
있다. '愛情으로 작지를 삼'는다는 표현도 좋지만 바람·楊柳·蘭草에 정을
붙여 홍매를 기리는 시정은 탁월한 바가 있다.

이닉몸은 어이ᄒᆞ야   千里鄕園 못가고서
夜夜夢魂 往來홀졔   母堂諸節 安康하고

同生姉妹 平安혼가 　　　懇切한 이心懷가
夢中에도 못니져라

　　　　　　　　　　　　 —「風憶鄕園」

여기서는 고향에 계신 부모형제를 그리워하는 심회를 간절하게 표현하고
있다.

위에서 인용한 부분에서 보듯이 송설당 가사 작품에서는 여성의 다정다감한
정서를 섬세하고 곱게 표현하고 있음을 볼 수가 있다.

　(2) 該博한 用事

松雪堂의 가사를 보면 전반적으로 用事를 자유자재로 구사하였으며 풍부하
다. 雲養이 지적했듯이 송설당은 "오랜 동안의 힘든 공부와 특별한 노력이 없
으면서도 학식이 넓고 넉넉"하여 經史와 옛사람의 시문을 충분히 익히지 않고
는 불가능한 해박한 용사를 가사 작품 속에 自由自在로 구사하고 있다.

비온뒤에 바라보면 　　　沐浴한 美人갓고
아츰날에 식로보면 　　　丹粧한 花仙이라
沈香亭畔 依欄干에 　　　盡日君王 看不足은
唐明皇재 楊貴妃가 　　　너를化히 되었구나

　　　　　　　　　　　　 —「牧丹花」

여기서는 唐 玄宗의 寵妃 楊貴妃를 모란의 化身이라 하였는데 '沈香亭畔
依欄干 盡日君王看不足'은 唐 李白의 시 淸平調 3首 중 세 번째 首의 詩句
를 用事한 것이다.

孤舟簑笠 져老翁은 　　　獨釣寒江 홀노잇고
老枝擎重 玉龍寒은 　　　山亭景槪 그아닌가
灞橋上에 가는손님 　　　더는나귀 치를치고
山陰속에 안진處士 　　　一幅生絹 宛然ᄒ다

　　　　　　　　　　　　 —「白雪」

여기에서 '孤舟簑笠翁 獨釣寒江雪'은 唐 柳宗元의 江雪에서 인용한 것이
며, 灞橋는 중국 陝西省의 灞水에 놓인 다리 이름으로 唐代에 도읍 長安에서
떠나는 사람들이 송별하던 곳이어서 銷魂橋라고 일컬어지던 곳이다.

것혼곳고 안은通히 　　　말근曲調 맛당키로
舜임君이 洞簫지어 　　　吹成九曲 南薰殿에
鳳凰이 츔을츄니 　　　　鳳眼竹이 네아니며
　　　　　　　　　　　　　　　　－「盆竹」

'舜임君～'은 『禮記』의 "舜作五絃之琴以歌南風 '南風之薰兮 可以解吾
民之慍兮'"를 用事한 것이다.

峴山에 墮淚碑23)는 　　　羊叔子24)의 遺躅이오
雍門의 거문고는 　　　　孟嘗君25)의 눈물이라
漆園26)에 化한胡蝶 　　　莊周夢이 依稀하며
華表에 우는鶴은 　　　　丁令威27)가 도라왓다
齊景公의 落照恨은 　　　가는歲月 어이하며
李靑蓮28)의 問月懷는 　　　古今興亡 알고져라
　　　　　　　　　　　　　　　　－「松亭感懷」

'현산의 타루비', '양숙자의 유촉', '옹문의 거문고' 등을 거침없이 引用한

---

23) 현산의 타루비 : 晉나라 때 襄陽 太守를 지낸 羊祜가 善政을 베푼 덕을 기려 그
　　지방민이 峴山에 세운 비. 이 비를 바라보는 사람은 모두 눈물을 떨어뜨렸다 하여
　　杜預가 지은 이름임.
24) 양숙자 : 양호를 가리킴.
25) 雍門敲琴의 故事에서 나온 말. 雍門周가 거문고로써 齊나라의 孟嘗君을 감탄케
　　하였다는 故事.
26) 칠원 : 莊周가 蒙이란 곳에서 漆園의 벼슬아치가 되었기에 莊子를 漆園吏라 하기
　　도 한다.
27) 정령위(漢의 遼東 사람. 도술을 통하여 학이 되어 갔다고 함)가 신선이 되어 白鶴
　　으로 化身하여 華表위에 앉아 "내가 집을 떠난 지 천 년이 되었는데, 이제 돌아오
　　니 성곽은 여전한데 사람들은 변했다"고 했다는 故事.
28) 이청련 : 李白을 가리킴. 靑蓮居士라고 하기도 함.

이 작품에 이르면 송설당의 용사가 얼마나 풍부한가를 잘 알 수가 있다.

(3) 適切한 言語驅使

문학작품, 그 중에서도 詩歌에서는 언어의 선택이 작품의 문학성을 좌우한다고 해도 과언이 아니다. 그런 관점에서 볼 때 송설당은 천부적인 시인이라고 할 수가 있다. 그의 가사에 보이는 언어구사는 뛰어난 바가 있다.

달아달아 발근달아   거울갓치 발근달아
月臨天宇 玉乾坤에   半島江山 明朗하다
달아달아 발근달아   上元佳節 발근달아
火樹銀花 不夜城에   才子佳人 뫼엿구나
달이달아 발근달아   春風三月 발근달아
梨花院落 溶溶月에   笙歌簫鼓 淸雜하다

― 「明月」

이 작품은 民謠風[29]으로 措辭를 하여 마치 노래를 흥얼거리듯이 엮어갔다. 밝은 달을 거울에 비겼으며, 그 빛이 온 나라를 비추고 上元날(정월 보름) 명절과 춘풍삼월에 재자가인이 달 아래 모여 음악을 흥겹게 연주하며 노는 모습을 멋스럽게 노래하였다.

白蝶紛紛 나러들고   白鷗翩翩 떠나간다
天上霏霏 써러지니   白樂天이 그아니며
水中점점 덥허오니   白凌波가 네로구나
閉却山門 千日睡는   白雲先生 잠들엇고
萬古歷史 編纂홀졔   白眉先生 씌맛첫다
明月蘆花 秋江上에   鶴을일코 彷徨ᄒ며
一千里外 吳門上을   말에비겨 바라본듯

― 「白雪」

---

29) 민요풍 : 시가에서 이러한 형식을 月令體 형식이라고도 하며 「農家月令歌」·「사철가」 등에서 사용되었다.

눈이 내리는 모습을 흰나비가 펄펄 날고 백구가 훨훨 나는 것으로 묘사하였고, 눈의 흰 屬性에 맞추어 白鷗·白樂天·白凌波·白雲先生·白眉先生 등, '흰 白' 字로 시작되는 人名과 事物名으로 적절하게 엮어 나갔다.

송이송이 고흔態度   鳳凰식가 나려왓나
淡蕩ᄒ고 繁華ᄒ야   어엿부고 스랑흡다

—「鳳仙花」

여기서는 봉선화의 모습을 봉황새에 빗대었으며 깨끗하면서도 번화하다고 그 외양을 잘 묘사하였다.

金紗步障 둘러친듯   구슬발이 玲瓏하다
三伏中에 結實ᄒ야   七八九月 점점크미
錦囊처럼 둥근속에   선櫻桃빗 紫瑪瑙를
鏡面朱砂 점씩은듯   가득소복 담어잇다

—「石榴」

石榴의 모습을 묘사한 작품인데, 초여름에 석류꽃이 잔뜩 핀 모습을 비단 장막이나 구슬발로 표현한 것이 일품이고, 석류가 익었을 때 그 붉은 석류 알을 비단주머니 속에 든 밝은 앵두빛 붉은 瑪瑙가 마치 鏡面朱砂로 점을 찍어 놓은 듯하다고 묘사하였다. 古今에 石榴를 묘사하되 이렇게 비유가 적절한 시문은 찾아보기가 어려울 것이다.

一步二步 지促ᄒ야   逶迤山路 들어가니
重重層層 져石面에   朱紅으로 식인姓名
半朝廷이 긔로구나

—「青岩寺」

이 작품은 松雪堂이 金泉에 있는 청암사에 가 보고 그 풍물을 묘사한 것이다. 청암사 입구의 바위에 지금도 뚜렷이 남아있는 여러 岩刻 人名을 보고 半朝廷은 되겠다고 한 것은 적절한 표현이다.[30]

<pre>
네소릭 드러보면   每陰이자 分明ᄒ다
每양每人字 그늘陰人字   每陰每陰 우는구나
네쯧을 生覺ᄒ면   地上仙號 앗가울가
萬山綠樹 每樣잇서   四時繁陰 祝願이라
네祝願과 갓게되면   너도應當 죽지안코
나도應當 늑지안어   우리모다 神仙일세

                              —「寒蟬」
</pre>

이 작품에서는 매미의 울음소리를 '每陰'(늘 綠陰, 곧 늘 우거진 숲)이라고 音借하여 不老長生의 소망을 붙여보았다. 일종의 말놀음(fun)으로 재미있는 익살을 부려본 것이다.

2) 作品의 內容

(1) 觀照와 靜觀

松雪堂은 가사 작품을 통해서 여성다운 다정다감한 정서를 직관적으로 표현하고 있다. 그러나 지나친 감정의 流露를 자제하여 지적이고 객관적인, 대상과의 교감을 통한 정제된 정서를 드러내고 있다. 이러한 관조의 세계를 나타낸 가사는 송설당 가사에서 많은 양을 차지하는데 花卉나 蟲物을 두고 지은 작품의 대부분이 여기에 해당된다. 작자는 여러 종류의 꽃이나 동물의 속성을 제재로 하여 작품에서 꽃이나 동물을 의식과 감정을 가진 사람으로 의인화해서 마치 그들과 대화하듯이 표현하고 있다.

---

30) 필자는 2003년 10월 10일에 청암사를 방문하여 작품에 나오는 풍광을 확인하였다.

```
蘭草蘭草 져蘭草야          네어듸로 좃츠왓노
名在山林 處士家라          處士좃츠 예왓는야
郁郁淸香 君子佩라          君子좃츠 예왓난야
                    (중략)
말근香氣 고흔態度          花中上品 分明흔듯
深谷중에 生長히도          곳답기는 第一이라
                                    ─ 「蘭草」
```

난초는 본래 산림에 살던 것이기에 인간의 山林處士와 내력이 같으며, 君子의 志趣를 지녔으니 그 맑은 향기와 고운 태도는 꽃 가운데 上品이라고 하였다.

```
金陵故園 一叢竹을          玉盆에 옴겨다가
窓前에 노와두고            日日時時 相對ᄒ니
너와나와 두스이에          志趣情義 흔가지라
志趣도 갓거니와            情義도 限量업다
네가비록 草木類나          高節淸風 갓츄어서
君子淑女 구든節이          마듸마듸 믹쳣구나
                                    ─ 「盆竹」
```

玉盆에 옮겨 심은 叢竹은 비록 초목의 종류나 높은 절개와 맑은 風格을 지녔기에 君子와 淑女의 志趣며 情義를 지녔다고 기렸다.

```
달아달아 발근달아          仲秋望夜 발근달아
一年明月 今宵多는          太平烟月 질겨논다
달아달아 발근달아          九秋重陽 발근달아
年年依舊 黃花月에          醉흔흥이 滔滔ᄒ다
                                    ─ 「明月」
```

이 작품은 송설당 가사 중에서도 표현기교가 뛰어난 秀作이다. 작자는 달에서 일년 사계절 시절마다 다르게 느껴지는 감흥을 흥겨우나 담담하게 나타내고 있다.

> 南窓門 珠簾밧계   各色花木 벌엿는듸
> 그중에 져石榴는   스람보고 반기는듯
> 입을열고 반만우서   脣紅齒白 스랑흡다
>
> — 「石榴」

> 靑葡萄야 靑葡萄야   네본곳이 어딀넌지
> 우리花階 옴겨온후   한架子를 지엿더니
> 넌츌넌츌 버더나가   줄기줄기 얼크러져
> 限量업시 茂盛ᄒ고   限量업시 長遠ᄒ다
>
> — 「靑葡萄」

가을이 되어 익어서 벌어진 석류를 丹脣皓齒의 수줍은 미인으로 형용하여 기렸고, 架子를 타고 잘도 넌츌넌츌 뻗어 가는 무성한 포도나무 줄기의 무성함을 稱歎하였다.

이처럼 송설당은 주변의 자연물을 작품의 대상으로 하였으되 대상을 論理的思辨에 의하여 파악하지 않고 직관으로 그 속성을 해석하여 주제를 구현하였다.

(2) 爲先之心

松雪堂은 가문에 대한 애착심과 친족에 대한 애착이 남다르다. 특히 洪景來 亂 때 연좌되어 화를 입은 조상에 대한 爲先之心은 신앙에 가까울 정도다.

전통사회에서 딸은 태어난 친정과 同氣에 대하여 부양의 의무가 없으며 친정 가문에 큰 애착을 가지지 않는 것이 일반적이다. 송설당은 아들이 없는 집의 세 자매 가운데 맏딸로 태어나 부모의 사랑과 기대를 크게 받고 성장하였으며, 이미 언급한대로 자신은 가정을 이루지 않았고 슬하에 자녀도 없었다. 그의 가사에는 노모에 대한 효심과 兄弟愛, 나아가 가문의 번성을 바라는 마음이 절절히 나타나 있다. 가문의식을 드러낸 작품으로는 「觀親」·「發還京第」·「藥水洞」·「靑葡萄」·「春風憶鄕園」·「海棠花」 등이 있다.

春風花柳 繁華時에　　　燕語鶯啼 숨결갓다
秋風이 이는곳에　　　　草木마다 愁心이라
져草木을 비겨보니　　　白髮親堂 두렵도다
戀親之心 더욱간절　　　鐵馬를 促行ᄒᆞ야
金陵故鄕 나려가서　　　母堂前에 拜謁ᄒᆞ고
兄弟合席 깃분情誼　　　엇더타 比할손야
藥水洞에 靈藥水가　　　延年益壽 흔단말을
古老相傳 들엇기로　　　九十母堂 侍衛ᄒᆞ고
藥水洞을 향ᄒᆡ가니　　　金陵自古 名勝地라

　　　　　　　　　　　　　―「藥水洞」

우리兄弟 우리子孫　　　너와갓치 蕃盛ᄒᆞ고
너와갓치 長遠ᄒᆞ야　　　百千世를 無窮ᄒᆞ계

　　　　　　　　　　　　　―「靑葡萄」

三月東風 三日날에　　　燕子는 나라드러
隔年相逢 깃버ᄒᆞ니　　　네비록 微物이나
信義를 구지직혀　　　　녯主人을 ᄎᆞ져온다
이ᄂᆡ몸은 어이ᄒᆞ야　　千里鄕園 못가고서
夜夜夢魂 往來ᄒᆞᆯ졔　　母堂諸節 安康ᄒᆞ고
同生姉妹 平安흔가　　　懇切흔 이心懷가
夢中에도 못니져라

　　　　　　　　　　　　　―「春風憶鄕園」

海棠花야 海棠花야　　　져萱草를 네아느냐
白髮慈親 獻壽發願　　　北堂春雨 심엇더니
여름업는 쏫보시고　　　不肖女息 싱각ᄒᆞᆺ
歎息ᄒᆞ고 恨ᄒᆞ신들　　쓸데업는 외론신세

　　　　　　（중략）

海棠花야 海棠花야	常棣之花 네아느냐
和睦헐스 우리兄弟	同氣一身 連흔가지
父母이슬 가치바다	芳菲茂盛 一般이라
須臾라도 잇지마러	歲歲長春 피오리라

―「海棠花」

송설당 집안에서 홍경래 난에 연좌되어 몰락한 집안의 명예를 회복하고 失
傳된 조상의 묘소를 찾는 일은 가문의 숙원이었다. 그 무거운 숙명적인 짐이
송설당에게 지워진 것이니 그의 부친 崔昌煥은 송설당이 어려서부터 이를 누
누이 딸에게 각인시켰던 것이다. 그러한 來歷을 송설당은 「自述」에서 자세하
게 피력하고 있다.

부친晝夜 歎息말삼	家運이 不幸ㅎ야
辛未年 西賊亂에	外家劉氏 禍厄으로
우리집에 밋쳐와서	부친님 四兄弟분
南道로 오신후에	邱壑이 迫頭흔즁

(중략)

늬가남의 宗孫으로	膝下三女 샏이로다
뉘를가히 依賴ㅎ며	어느子孫 代를이어
先世基業 일워보며	先塋香火 부졀흐고
祖父以上 六世墳墓	定州宣川 뫼셧스니
千里遠程 먼먼길에	何日何時 츠져가서
省謁ㅎ고 도라오리	地下에 도라간들
先祖靈前 엇지가며	늬가눈을 감을소냐

이러한 부친의 간곡한 말을 들으며 자란 송설당은 조상의 伸寃과 실전 분묘
를 찾아 修築하는 일을 畢生의 과업으로 알고 그것을 인생의 한 목표로 삼았
던 것이다.

우리父親 歎息말삼	晝晝夜夜 귀에져져
늬아모리 어리기로	一時나 이즐손가

(중략)

心曲間에 밋친근심	門戶保全 墳墓修築
子孫忠孝 相傳ᄒ야	和順崔氏 繁昌ᄒ기
一生祝願 이精誠을	뉘가잇셔 능히알며
何日何時 풀어볼고	

이미 세월이 오래 경과한데다 가문마저 몰락하여 여간한 큰 세력과 재력이 있어도 힘든, 伸寃이라는 큰 일은 일개 여자의 능력으로는 힘에 겨운 것이었다. 그러나 송설당이 궁중에 들어가 영친왕의 保姆가 되고 嚴妃의 眷顧를 받게 되자 이 문제가 해결되어, 光武 5년(1901)에 숙원이 이루어졌다. 그리하여 증조부와 조부가 伸寃되고 4촌 동생들이 벼슬을 除授받기에 이르렀다. 송설당은 이날의 감격을 다음과 같이 표현하였다.

洞洞燭燭 지닌다가	神明이 眷顧ᄒ고
皇天이 感動ᄒ샤	光武오년 십일월에
蕩滌伸寃 天恩무리	復覩陽春 이날이야

宿願이었던 伸寃이 이루어지자 송설당은 戊申年에 親墓를 修築하고 조카인 崔錫台를 定州·宣川에 보내어 失護되었던 四代 以上 八代祖의 분묘를 찾아 수축하는 사업을 마치고 산소에 성묘를 하였다. 그러한 일련의 과정과 작자의 심회가 작품 중「送錫台之定州宣川先墓奉審」·「先墓立石經營」·「葛峴省墓」·「舞鵑山省墓」·「白峴及鳳鶴山省墓」·「松雲洞運石」 등에 잘 드러나 있는데 역시「自述」에 저간의 일을 모두 정리하여 서술하고 있다.

戊申年 오월일에	親墓修築 立石ᄒ고
門戶를 成立코져	遠近宗族 다모아다
惱苦를 不顧ᄒ고	農業者는 田畓쥬고
學業者는 工夫식여	一門을 安保ᄒ고
偏親을 慰勞ᄒ니	稀罕ᄒ고 깃부것만
우리부친 못뫼신일	平生에 恨이로다

뎡쥬선천 累代墳墓   엇지ᄒ야 省謁홀고
晝夜로 洞洞타가   甲寅春 이월일에
姪兒錫台 發送ᄒ야   一百四年 失傳先墓
奉審ᄒ고 도라오니   엇지아니 萬幸인가
十歲前에 싁인마음   各墳墓를 封築하고
碑石床石 排置ᄒ니   우리祖宗 累代靈魂
萬分一을 위로홀가

－「自述」

부모의 산소에 石物을 세우고 원근 종족을 돌본 뒤, 甲寅年(1914) 봄에 어릴 적에 선친 최창환으로부터 귀에 젖게 들은 先墓 奉審을 한 뒤에 立石을 완료하고 그 회포를 나타낸 부분이다.

(3) 歎老와 人生無常

전술한대로 송설당의 가사는 1908년을 전후하여 창작되기 시작하여 1914년에 완성된 것이어서 작자의 나이 50대 중반 이후에 지어진 것이다. 당시의 여성으로서는 보기 드문 파란의 인생을 살아왔기 때문에 여러 감회가 있어서인지 그의 가사에는 늙음과 인생무상을 한탄하는 내용의 작품이 여러 편 있다. 「感懷」·「遣悶」·「叙懷」·「松亭感懷」·「自感」은 그러한 정서가 주제인 작품이고, 「菊花」·「靑岩寺」·「歎落葉」·「芭蕉」·「海棠花」·「冬之夜」 등의 작품에서도 景物을 대하여 자신의 늙음을 한탄하고 인생무상을 슬퍼하는 마음을 드러내고 있다.

老將은 無用이라   氣力이 漸衰ᄒ니
老當益壯 虛言일세   마음까지 줄어간다
달빛듸로 벗을삼아   이리져리 거닐다가
압뒤뜰을 徘徊ᄒ며   花草樹木 點考ᄒ니
어졔아참 피든꼿시   今日져녁 落花되고
지나간봄 싁닙싁가   이가을에 黃葉이라
花草樹木 너의들은   썩가오면 回生ᄒ나

可憐하다 우리人生 한번가면 자최업다

        —「感懷」

王孫은 歸不歸라   한番가면 못올人生
萬端心懷 指向업서 長吁短歎 결노ᄂᆞ다

        —「叙懷」

　자신이 늙어 기력이 점차 쇠잔해짐을 아침에 피던 꽃이 저녁에 낙화가 되고, 봄에 돋은 새잎이 이 가을에 黃葉이 되며, 花草나 樹木은 때가 되면 다시 회생하나 인생은 한 번 죽어 속절없음에 비겨 한탄하고 있다.

有實無實 梧桐實과 有絲無絲 楊柳絲는
各其한씩 쑨이언만 한갈갓흔 져老松은
四時靑靑 푸르럿다 우리人生 너와갓치
하날님씌 發願ᄒᆞ여 한번오면 가미업게

        —「遣悶」

　그리하여 한때 뿐인 梧桐實과 楊柳絲와는 달리 四時靑靑한 老松처럼 永生할 수 있게 하느님께 간절히 發願을 하고 싶기도 하다.

滄海一粟 우리浮生 泡花世界 暫時로다
來來去去 冥冥中에 그뉘라서 免ᄒᆞ리오
나도쏘한 늘근懷抱 古人感歎 업슬소냐
夕陽을 등에지고   壽藏地를 ᄎᆞᆺ가니
져문것이 景公落照 솟ᄂᆞᆫ것이 孟嘗눈물
이落照 이눈물을   後千年에 뉘가다시
悲感히도 쓸듸업고 歎息ᄒᆞᆫ들 무엇ᄒᆞ리
古今事가 一般이기 닉懷抱를 닉가慰勞

        —「松亭感懷」

　그러나 인생이 왔다가 가는 것을 누가 면하겠는가? 悲感해도 쓸데없고 歎

息해도 소용없는 것, 사후에 壽藏地로 정해 둔 곳31)을 돌아보며 스스로의 회포를 스스로 위로하였다.

 (4) 感恩, 女歎, 其他

 송설당 가사에는 이상에서 論及한 내용의 작품 외에도 風物, 感恩, 女歎 등을 내용으로 하는 다양한 작품이 있다.

 「金陵風景」에서는 金泉의 지형을 風水地理의 관점에서 풀이하고 예찬하였으며, 「金海懷古」와 「漢陽城中遊覽」은 각각 경남 김해와 한양의 풍물을 예찬한 것이다. 또 嚴妃의 大喪 때 묘소인 永徽園을 참배하고 간절히 애도하는 마음을 담은 작품이 「感恩」인데 다음 구절을 보면 엄비가 송설당에게 어떠한 존재였는기 히는 것을 짐작할 수가 있다.

> 泰山갓치 놉흔德澤　　海水갓치 깁흔恩惠
> 此世仰報 못다ᄒ고　　來生으로 期約ᄒ야
> 가이업시 哀痛ᄒ나　　寂寞荒原 쓴이로다

 송설당은 여자로 태어난 것을 한스럽게 여겼으며 차생에는 반드시 남자로 태어나 큰 뜻을 이루어 보겠다는 소망을 가졌다. 「述志」에 그러한 심정이 잘 드러나 있다.

> 半島江山 三千里에　　二千萬中 芸芸흔中
> 나도民族 一分子로　　一片靈臺 갓췻건만
> 人間三樂 됴타흔들　　이몸이 女子되고
> 三從之義 至重ᄒ나　　닉몸에ᄂ 관계업다
>   (중략)
> 此世上에 싸인恨을　　明明ᄒ신 上帝前에
> 次例次例 發願ᄒ야　　白頭山下 南向나라
> 三千里 花中世界　　孝子忠臣 積善家에

---

31) 송설당의 묘소. 현재 김천시 부곡동 김천중·고등학교 뒤쪽에 위치해 있다.

丈夫몸이 되야나서	四書三經 六韜三略
次例涉獵 能通커든	伊傅周召 스승삼고
堯舜禹湯 님군맛나	國家事業 다흔後에
東西洋의 偉人으로	流芳百世 흐야불가

다른 여성들의 작품에 드러나는 女歎의 내용은 여성으로 태어나 여성이기 때문에 겪는 차별대우와 고난을 한탄하고 그러한 차별적 모순을 위로 받으려는 내용이 중심인 데 비하여, 송설당이 한탄하는 내용은 특별하다. 곧 이 작품에서는 여성으로서 사회생활을 하며 겪는 한계를 표현하고 來生의 바람을 나타내었다.

또 「農者大本」에서는 농부들의 농사짓는 괴로움과 수확하는 보람을 寫實的으로 잘 나타내었는데 이 작품은 송설당 가사에서 그 관심이 외부를 향한 유일한 작품이라고 하겠다. 이러한 대 사회적 관심 역시 주로 남성들의 작품에서 나타나는 바, 이로 미루어 송설당의 계몽의식 나아가 민족의식의 일단을 알 수가 있는 것이다.

| 普天之下 큰根本이 | 萬事중에 第一이라 |
| 農事짓는 우리同胞 | 辛勤勞苦 莫甚흐네 |

(중략)

그중에도 숨은근심	모닐젹에 날가물가
모닌뒤에 큰비올가	東風부러 싹마를가
이근심과 져괴롬을	어듸다가 比喩흐리
그렁져렁 지닉다가	六月炎天 當到흐면
쌈이흘너 沐浴되고	몸이타셔 흑빗이라
이럼으로 말흐기를	나락마다 辛苦로다
六七月이 얼는지나	八月달이 當到흐면
이들겨들 곳곳마다	누른구룸 이러나니
바라봐도 빅부르고	開暇흐기 神仙이라

농업이 근본이던 당시에 작자는 농민의 艱難稼穡을 누구보다 절실하게 이

해하고 있었던 것이다. 그것은 그가 가난한 落班의 딸로서 성장과정에서 농민의 고통을 생생하게 체험했었기 때문일 것이다.

이 작품에서는 모낼 때의 가뭄 걱정, 모를 낸 뒤의 큰비 걱정에 한여름 뙤약볕에 김을 메는 고통 끝에 벼가 누렇게 익는 가을이 되어 느끼는 보람을 여실히 나타내었다.

6. 崔松雪堂 文學에 드러난 現實認識

송설당 가사에서 드러나는 그의 현실에 대한 인식은 그의 인생관 또는 가치관이라고도 할 수기 있다. 가사 작품을 통해서 유추할 수 있는 그의 가치관은 크게 둘로 나눌 수가 있다. 그 하나는 개인적인 것으로서 가문의 번성을 바라고 거기에 혼신의 노력을 다하는 것이었으며, 또 하나는 일반적인 가치관으로서 持節과 信義를 지킴으로써 충효를 실현하는 것이었다.

송설당은 그 부친 崔昌煥으로부터 遺託받은 그 증조부 崔鳳寬의 伸寃問題를 해결하고 平安北道 定州·宣川에 失護되어 있는 先墓를 奉審·修築하였으며, 그러한 내용이 여러 가사작품에 切切하게 나타나 있음은 이미 전술한 바가 있다. 여기서는 송설당 가사에 나타난 그의 일반적인 가치관인 持節·信義와 忠孝意識에 대하여 언급하고자 한다.

1) 持節·信義

송설당은 지조와 절개를 일생의 큰 신조로 삼았다. 그것은 그의 堂號를 '松雪'로 한 것에서 미루어 알 수가 있다. 전통사회에서 지절이나 신의는 남성들의 전유물로 인식되었으나 송설당은 여성으로서 이것을 사람이 지켜야 할 가장 가치 있는 덕목으로 생각하였으니, 이것이 곧 송설당의 인생관이요 나아가 민족의식이었던 것이다.

「蒼松」에서 嚴冬雪寒에도 凌霜高節로 倨傲하는 소나무의 持節을 예찬하고 자신의 堂號가 거기에 근거함을 나타내었다.

風霜疾苦 늘근몸이   本色本心 不變ㅎ니
千種萬種 草木중에   너갓튼類 또잇난냐.
白雲明月 됴커니와   白雪중에 빗이인다.
蒼松白雪 두글ㅈ를   相合ㅎ니 松雪이라.

歲寒然後에야 더욱 잘 알 수가 있는, 본색과 본심을 변하지 않는 지조와 충성심을 작자는 「菊花」▪「盆竹」에서도 기리고 있다.

節槪롭다 져菊花야   神奇롭다 져菊花야
落木寒天 蕭瑟흔데   너만홀노 피엿고나

국화가 綠陰芳草 繁華할 때를 버리고 重陽佳節에 冷霜凉露를 가소로워하며 피는 아름답고 높은 절개는 화초중의 제일이라고 예찬하였다.

또 「盆竹」에서는 분에 담은 叢竹의 高節清風이 자신과 같다고 기렸다.

金陵故園 一叢竹을   玉盆에 옴겨다가
窓前에 노와두고   日日時時 相對ㅎ니
너와나와 두ㅅ이에   志趣情義 흔가지라
志趣도 갓거니와   情義도 限量업다
네가비록 草木類나   高節清風 갓츄어서
君子淑女 구든節이   마듸마듸 믜쳣구나

사람을 평가할 때 가장 중요하게 생각하는 덕목은 信義라고 할 수가 있다. 신의는 달리 節義라고도 표현된다. 그리하여 "내 머리는 벨지언정 나의 신의는 굽힐 수가 없다(吾頭可斬 吾信不屈)"고 하였다. 송설당의 信義는 그 대상이 어럿이되 궁극적으로는 하나라고 할 수가 있다. 부모님의 遺訓에 따라 증조부의 신원을 성취한 것과 조상의 산소를 奉審하고 修築한 것은 조상과 부모에 대한 신의를 지킨 것이고, 송설당을 發身하게 한 嚴妃를 추모하고 그 은덕을 저버리지 않은 것은 은인에 대하여 신의를 지킨 것이다. 나아가 많은 재산을 모두 喜捨하여 김천고보를 설립함으로써 민족교육에 이바지한 것은 민족에 대한 신의를 지킨 것이다. 이러한 그의 시종일관한 행적은 그의 가사 작품에 일관된 주제로 구현된 信義에 바탕을 둔 것이라고 할 수가 있다.

2) 忠 孝

전통사회를 유지하는 가장 중요한 덕목은 충효사상이라고 할 수가 있다. 충효에 上下와 男女가 있을 수가 없다. 송설당은 효심이 남달랐으며, 특히 爲先之心이 대단하였음은 前述한 바 있나. 그런네 忠과 孝는 별개의 것이 아니라 그 근본은 하나다.[32] 崔松雪堂이 여러 가사 작품을 지을 때는 일제에 국권을 빼앗긴 庚戌國恥를 前後한 시기였다. 부모와 조상에 대한 효심이 남달랐던 송설당에게 있어서 亡國의 한도 뼈저리지 않을 수가 없었을 것이다. 그러나 그의 가사 작품에서 일제에 대한 저항의식이나 국권회복의 염원이 직접적으로 표출된 것은 찾기가 어렵다. 송설당은 천품이 온유한 여성으로서 투사적인 인물이라고는 할 수가 없다. 그는 모든 것을 속으로 삭이고 관조하는 한국의 전통적 여성이었다. 송설당은 연꽃·해바라기 등의 속성을 들어 그 花卉의 충절을 기림으로써 나라를 잃은 한과 그 나라에 대한 자신의 충성심을 간접적으로 표현하였다.

<blockquote>
向日花는 忠臣花라   키도크고 軒昂ᄒᆞ다
닉마당에 심은쯧을   그뉘라셔 斟酌ᄒᆞ랴
달과갓치 둥근쯧이   희를向히 기우리니
아참씩는 向東ᄒᆞ고   져녁씩는 向西ᄒᆞ여
한씩라도 일치안코   忠心誠意 직혀간다
</blockquote>

---

32) 군자는 집을 나가지 않아도 나라에 가르침이 이루어지는 것이니, 효도는 임금을 섬기는 길이다(君子 不出家而成敎於國 孝子所以事君也 : 大學傳 九).

꼿닙마다 빗누르니　　　　中央正色 이아닌가
임을向혼 一片丹心　　　　須臾인들 옴길손야
肅霜寒風 蕭瑟한데　　　　花葉이色 不變ᄒ니
뒤뜰에 雪中孤松　　　　　네가的實 닉벗인듯

　　　　　　　　　　　　　　—「向日花」

　주지하는 대로 해바라기는 해를 따라 그 花盤을 이동한다 하여 이름 붙여진
꽃이다. 이 작품에서 작자는 해바라기의 꽃잎이 누르니 中央正色 임(왕이나
王權을 상징함)의 모습이요, 그 임을 향한 일편단심을 須臾라도 변할 수 없음
을 자신과 동일시하였다. 이것도 오히려 부족하다고 여겨 肅霜寒風이 蕭瑟해
도 不變하는 뒤뜰의 雪中孤松을 '的實한 닉벗'이라고 강조하였다.

牧丹芍藥 海棠花며　　　　暎山紅과 倭躑躅이
네아모리 繁華ᄒ들　　　　君子氣像 당ᄒ소냐
송이송이 믹친열믹　　　　向日花瓣 恰似ᄒ니
君子忠心 兼備ᄒ듯

　　　　　　　　　　　　　　—「導寺賞蓮花」

　여기에서는 牧丹·芍藥·海棠花·暎山紅·倭躑躅 등 내로라하는 이름
난 꽃들이 君子氣像에 있어 연꽃을 당할 수 없다고 하고, 蓮實이 向日花, 곧
해바라기의 씨와 흡사하니 君子의 충성심까지 겸비하였다고 하였다.
　이미 언급한대로 송설당의 가사에서는 명확하게 抗日 抵抗意識이 표출된
것을 발견할 수가 없다. 다만 몇 편의 가사에서 간접적으로 나라에 대한 변치
않는 충성심이 나타난 것은 찾아볼 수가 있다. 앞에서도 언급하였듯이 당시에
송설당이 交遊한 사람들은 呂運亨·宋鎭禹·韓龍雲 같은 독립운동가들이었
다. 이들이 송설당의 知己로 후견인 역할을 한 것은 송설당의 志趣가 자신들
과 상통하는 바가 컸기 때문일 것이다. 또한 1931년에 자신의 전재산을 희사하
여 金泉高普를 설립할 때에도 당시 일제의 실업학교 설립 유도를 물리치고 기
어코 인문계 高普 설립을 관철하였는데 이 또한 국권을 회복하는 인재를 양성

하려는 애국심이 작용하였기 때문이다. 따라서 비록 적극적으로 그 가사 작품
에 민족의식이나 독립의식을 고취하는 내용은 담지 않았을지라도 해바라기와
연꽃 등 자연물의 속성을 들어 은근히 나라에 대한 충성심과 애국하는 마음을
담았던 것이다.

송설당은 旗幟를 세워 부르짖고 총칼을 부려 일본에 대항한 熱血 애국지사
는 아니었을지언정 無言으로 광복을 聲援하고 민족교육에 헌신한 충효를 실
천한 여성이며, 그러한 그의 면모가 그의 가사 작품 가운데 잔잔히 그리고 호
소력 있게 스며들어 있다고 하겠다.

3) 가문의식과 민족의식

앞에서 언급하였듯이 崔松雪堂은 가문의 숙원을 모두 해결하고 난 뒤에 다
음 사업으로 원근 종족 중 농사를 짓는 사람에게는 전답을, 학업을 하려는 자
에게는 공부를 시키는 사업을 베풀었다.

<blockquote>

戊申年 오월일에   親墓修築 立石ㅎ고
門戶를 成立코져   遠近宗族 다모아다
惱苦를 不顧ㅎ고   農業者는 田畓쥬고
學業者는 工夫식여   一門을 安保ㅎ고

</blockquote>

이는 가문의 회복과 창달을 위한 사업으로 이러한 거창한 일은 대개 일부
남성들에 의해서만 이루어지던 것이었다. 조선후기 이후에 경제적 부를 이룬
落班이나 庶民 가운데 가문의 회복과 창달을 위한 사업을 시도한 경우는 흔하
다. 그런 사업의 내용은 가문의 결속을 꾀하기 위하여 가문구성원 간에 경제적
으로 상호 부조하고 학업을 勸奬하는 것이었다.[33] 그러나 그런 사업은 현실의
벽에 부딪혀 용이하게 이루어질 수 없었다. 송설당은 여성으로서 그것을 실현

---

33) 박연호, 『교훈가사연구』, 도서출판 다운샘, 2003, 68~90쪽 참조.

하였으니 실로 여장부였다. 가문 회복과 창달을 위한 그의 이러한 사업은 가문만을 위한 소극적인 차원에 머물지 않고 민족을 위한 보다 큰 사업으로 확대되었으니 그것이 바로 전재산을 희사하여 이룬 인문계 사립 高普 설립의 실현이었던 것이다. 그것은 修身齊家에서 나아가 민족적 성취로 나아간 것이니, 가문의식이 민족의식으로 확장된 것이라고 할 수가 있는 것이다.

7. 맺음말

이상에서 崔松雪堂의 가사에 대하여 전반적인 논의를 시도하여 보았다.

崔松雪堂은 조선조 말에 몰락한 班族의 딸로 태어나서 어려운 환경 속에서 부친으로부터 한문교육을 받았으며 노년기에 들어서 경제적인 부를 이루어 신분의 안정을 회복하고 난 뒤에 49편이라는 많은 분량의 가사 작품과 167수의 한시를 지었다. 이들 가사 작품은 소재와 내용이 다양하다. 그리고 표현기교에 있어서는 표현이 섬세하며 해박한 用事를 구사하였고 언어구사가 적절하다. 작품의 내용에 있어서는 여성다운 다정다감한 정서를 직관적으로 드러내어 觀照와 靜觀의 시적 세계를 구현하였다. 또 여러 작품을 통하여 절절한 가문의식과 爲先之心을 토로하였고, 노년에 이른 자신의 처지를 한탄하고 인생무상을 슬퍼하는 등 개인적 심회를 읊기도 하였다.

이러한 崔松雪堂 가사를 분석해보면 崔松雪堂의 현실에 대한 인식, 곧 인생관과 세계관을 유추해볼 수가 있다. 崔松雪堂은 여러 작품에서 持節·信義, 나아가 忠孝를 기렸다. 대상에 대한 변치 않는 마음, 그것은 가까이는 자신의 은인이었던 嚴妃를 향한 마음이요, 나아가 민족과 국권을 상실한 조국을 향한 것이기도 하였다.

崔松雪堂은 문학적 자질이 뛰어난 여성이었다. 표현기교가 뛰어나고 내용이 우수하기도 하지만 一見 개인의 담담한 정서를 드러내는 수법으로 자신의 인생관과 세계관을 진술하게 나타내었고, 나아가 당시 국권을 상실한 민족을 향해 변함없이 간직해야 할 민족적 恒心을 일깨우기도 한 것이다. 비록 밖을 향하여 팔을 걷고 절규하지는 않았을망정, 온유하고 서정적인 표현 속에는 우리 민족이 변함없이 간직해야 할 마음가짐을 여러 가지로 강조하여 드러내었던 것이다.

필자는 본고에서 崔松雪堂의 문학작품 중에서 '諺文詞藻'라고 한 가사 작품만을 대상으로 하여 표현기교, 내용, 작자의 사상과 현실인식을 정리하여 보았다. 필자의 가사문학에 대한 淺見의 소치로 부족하거나 지나친 管見이 있을 수 있을 것이다. 다만 필자의 이 글이 崔松雪堂 문학의 본질을 보다 깊이 있게 연구하려는 이에게 작은 도움이 되기를 바란다.

崔松雪堂의 漢詩槪觀

권 태 을*

---

1. 松雪堂集 내용
2. 松雪堂의 人品과 詩文에 대한 評
3. 松雪堂의 詩槪觀
4. 總　結

---

1. 松雪堂集 내용

崔松雪堂(1855~1939)의 '松雪堂集'은 3권 3책의 석판본으로 1922년 12월 1일 발행되었다. 서문은 雲養 金允植이 쓰고 傳은 栗峰 申鉉中이 닦았으며 본문은 총 324面이다.

> 제1권 : 송설당 작품만 수록함. 한시 5·7言 絶句·律詩·排律의 167題 240여 수를 수록하였고, 산문은 「松雪堂序」·「松雪堂記」·「祭文」(2편) 등을 수록하였다.

---

* 상주대학교 교수.

제2권 : 諺文詞藻(한글가사) 총 49題를 수록하였다.

제3권 : 당대 유명 인사들이 송설당이 쓴 「松雪堂原韻」에 次韻하거나 송설당 시를 쓴 것으로 7언 절구 7수, 5언 율시 3수, 7언 율시 151수와 松雪堂詞(2편)·賦(1편)·序(7편)·記(15편)·說(3편)과 銘·上樑文·表·松雪堂集後 등 6편이다.

〈표 1〉 문집1권 소재 송설당의 시문목록

번호	종류	제목	번호	종류	제목
1	詩	思親(어버이 생각)	87	詩	途中見田婦摘麥穗(도중에 촌 아낙 보리이삭 따는 것을 보고)
2	詩	憶鄕第庭畔小松(고향집 뜰가의 작은 소나무를 생각하며)	88	詩	夕(저녁에)
3	詩	春望(봄풍경)	89	詩	深夜急雷(깊은 밤 세찬 우뢰)
4	詩	卽事(바로 지음)	90	詩	漢江觀漲(한강에서 불은 물을 보며)
5	詩	毛之洞(모지동에서)	91	詩	詠笠帽(갈모를 읊음)
6	詩	途中(가늘 길에)	92	詩	純獻貴妃輓(순헌귀비 만시)
7	詩	贈斗兒(두아에게 줌)	93	詩	興仁門外淸凉寺避暑(흥인문 밖 청양사에서 피서하며)
8	詩	鳳凰臺(봉황대)	94	詩	次人碧蹄店韻(어떤 이의 벽제점시에 차운함)
9	詩	瀑布(폭포에서)	95	詩	憶斗兒(두아를 생각하며)
10	詩	日本美人圖(일본 미인도)	96	詩	逢僧(중을 만나)
11	詩	漆夜吟(캄캄한 밤에 읊음)	97	詩	雪景(눈 경치)
12	詩	夜雨(밤비)	98	詩	次人晬宴韻(남의 생일잔치시에 차운하여)
13	詩	題埃人(이정표에 부침)	99	詩	醫師洪鍾哲晬宴韻(의사 홍종철 생일잔치운)
14	詩	詠扇(부채를 노래함)	100	詩	長門怨(장문궁의 원망)
15	詩	月夜(달밤)	101	詩	昭君怨(왕소군의 원망)
16	詩	自懷(품은 생각)	102	詩	新年偶懷(신년의 우연한 회포)
17	詩	庭桑(뜰의 뽕나무)	103	詩	雪止(눈이 그침)
18	詩	林檎(능금)	104	詩	與文醉山共賦(문취산과 함께 읊음)
19	詩	石榴(석류)	105	詩	怪石(기이한 돌)
20	詩	鳳仙花(봉선화)	106	詩	次人松京懷古韻(남의 송경 회고시에 차운함)

21	詩	芭蕉(파초)	107	詩	木覓賞花(남산의 꽃구경)
22	詩	瑟琶(비파)	108	詩	次人龍灣八景韻(남의 용만 팔경시에 차운함)
23	詩	瑟(거문고)	109	詩	撥悶(외로움을 달래며)
24	詩	琴(거문고)	110	詩	餞春(봄을 보냄)
25	詩	指環(가락지)	111	詩	贈人(어떤 이에게 줌)
26	詩	鏡(거울)	112	詩	漫筆(붓가는 대로)
27	詩	扇(부채)	113	詩	散步(산보)
28	詩	烟竹(담뱃대)	114	詩	消寂(적적함을 없앰)
29	詩	梳(빗)	115	詩	記夢(꿈을 기록함)
30	詩	眼鏡(안경)	116	詩	荷池夜雨(연못의 밤비)
31	詩	仙人掌(선인장)	117	詩	詠牛(소를 읊음)
32	詩	葵(아욱)	118	詩	詠物五首(사물을 읊은 다섯 수)
33	詩	桃(복숭아)	119	詩	次書童韻(서당 아이 시에 차운함)
34	詩	菊(국화)	120	詩	月夕卽事(달밤에 지음)
35	詩	竹(대나무)	121	詩	獨坐(홀로 앉아)
36	詩	梅(매화)	122	詩	初秋雨後(첫가을 비온 뒤)
37	詩	蘭(난초)	123	詩	言志(뜻을 말함)
38	詩	月桂(월계수)	124	詩	贈鄭寢郎華陰崙秀(침랑 정화음 윤수에게 줌)
39	詩	萱草(망우초·忘憂草)	125	詩	靑巖寺(청암사)
40	詩	憶紅梅十首(홍매를 생각하며)	126	詩	瞻佛(부처를 우러러 보며)
41	詩	松雪堂原韻(송설당 원문)	127	詩	松簷(솔가지 처마)
42	詩	夏日園中雜詠(여름 날 동산의 여러 가지를 읊음)	128	詩	間居信筆(한가히 살며 붓가는 대로)
43	詩	促織(귀뚜라미)	129	詩	久雨初晴(장마가 처음 개이고)
44	詩	動物園鸚鵡(동물원 앵무새)	130	詩	花階(꽃섬돌)
45	詩	詠蛙(개구리를 읊음)	131	詩	苦熱(무더위)
46	詩	鞦韆詞(그네)	132	詩	早秋初夜(이른 가을 초야)
47	詩	深夜獨坐(깊은 밤 홀로 앉아)	133	詩	贈申栗峰鉉中(율봉 신현준에게)
48	詩	伏熱(복더위)	134	詩	虫聲(벌레소리)
49	詩	早朝卽事(이른 아침에)	135	詩	秋霖(가을 장마)
50	詩	雜詠(두루 읊음)	136	詩	書贈文醉山(문취산에게)
51	詩	是非(옳고 그름)	137	詩	自述(스스로 술회함)
52	詩	觀漚有感(물거품을 보고 느낌이 있어)	138	詩	逢佳節思親(가절을 만나 어버이 생각)

53	詩	登樓(누각에 올라)	139	詩	聞雁聲憶弟(기러기 소리에 아우를 생각하며)
54	詩	望漢江(한강을 바라보며)	140	詩	寄語蝴蝶(나비에게 부치는 말)
55	詩	雨外風帆(비오는 데 돛배)	141	詩	對月問懷(달에게 회포를 물음)
56	詩	夜吟(밤에 읊음)	142	詩	金海懷古(김해 회고)
57	詩	池荷(연못의 연)	143	詩	八龍庵(팔용암)
58	詩	漁翁(낚시하는 늙은이)	144	詩	藥水洞(약수동)
59	詩	月夕聞鶴唳(달밤에 학 울음을 듣고)	145	詩	武橋川漂母(무교천 빨래하는 여인)
60	詩	田家景(농가 풍경)	146	詩	聞鵑聲有感(두견새 소리 듣고 느껴)
61	詩	畫鶴(학 그림)	147	詩	老去歎(늙음의 한탄)
62	詩	畫梅(매화 그림)	148	詩	先塋事送錫台至定州宣川(선대묘소의 일로 석태를 정주·선천에 보내며)
63	詩	秋雁(가을 기러기)	149	詩	偶吟(우연을 읊음)
64	詩	半月(반달)	150	詩	樵夫詞(초부사)
65	詩	偶吟(우연히 읊음)	151	詩	蘭花(난꽃)
66	詩	霜落(서리 내림)	152	詩	李尙書載克夫人趙氏輓(이상서 재극의 부인조씨 만사)
67	詩	秋雨(가을 비)	153	詩	甘雨(단비)
68	詩	秋崖晚景(가을 언덕 늦경치)	154	詩	敬和樵石山人晬燕韻(공경히 초석산인 생일잔치시에 화운함)
69	詩	贈坎上人(감상인에게 줌)	155	詩	聞歐西戰報有感而作(서구 전쟁 소식을 듣고 느낌이 있어 지음)
70	詩	餞秋(가을을 보내며)	156	詩	以宣川定州先塋石儀事出加佐洞有感而作(선천·정주의 선조 묘소 석의의 일로 가좌동을 나서며 느낌이 있어 지음)
71	詩	落葉詩送人(낙엽시로 사람을 보냄)	157	詩	賀金雲養允植八旬晬筵(운양 김윤식 팔순잔치를 축하함)
72	詩	夜詠(밤에 읊음)	158	詩	與鄭華陰出加佐洞(정화음과 가좌동을 나서며)
73	詩	詠燈(등을 읊음)	159	詩	觀李漢模治石(이한모가 돌 다듬는 걸 보고)
74	詩	自嘲(스스로 비웃음)	160	詩	松雪堂原韻(송설당 원운)

75	詩	元朝祝 二首(설날 빎)	161	詩	定州先川宣壟設石儀回路有感而作(정주·선천의 선영에 石儀를 차리고 돌아오는 길에 느낌이 있어 지음)
76	詩	渡漢江(한강을 건너며)	162	詩	高陽先山石物畢役有感而作 三十一韻(고양 선산의 석물을 마치고 느낌이 있어 지음, 31운)
77	詩	遣悶(번민을 떨쳐 버림)	163	詩	表訓寺凌波樓(표훈사 능파루에서)
78	詩	鳥啼山客猶眠(새 우는데 산객은 오히려 잠들어)	164	詩	正陽寺歇惺樓(정양사 혈성루에서)
79	詩	睡起(잠에서 깨어)	165	詩	楡岾寺山映樓(유점사 산영루에서)
80	詩	謾吟(마음대로 읊음)	166	詩	釋王寺(석왕사)
81	詩	雜詠(여러 가지를 읊음)	167	詩	慈親八十八壽生朝識喜(어머님 팔십 팔세의 생일 아침에 기쁨을 적음)
82	詩	野川(들판의 내)	168	文	松雪堂序(송설당 서)
83	詩	鷺梁津(노량진)	169	文	松雪堂記(송설당 기)
84	詩	見家書(집의 편지를 보고)	170	祭文	曾祖(증조)
85	詩	春閨怨(규방의 원망)	171	祭文	九代祖(구대조)
86	詩	田夫夏半耨畝(농부 한여름 김매기)			

2. 松雪堂의 人品과 詩文에 대한 評

1) 松雪堂의 人品

"부인이 태어나 어려서부터 자질이 보통 아이와 다르고 지성스런 효심은 하늘에 뿌리내린 듯하여 부친의 伸雪(마음에 맺힌 원한을 풀고 수치스러움을 씻음) 하라는 명을 마음에 깊이 새겼다(晩菊 鄭潛, 松雪堂序, 원문략 이하도 같음)."

"이 집의 주인은, 뜻과 기개가 깊고도 아득하며 기운과 절개가 영특하고 뛰어나 세세한 일에 얽매이지 않고 늘 큰 지략을 품고 있어 도량이 넓은 대장부의 기상을 지녔다(天岡 李萬鼎, 松雪堂記)."

"오늘날, 부인은 사람 중의 英才요 여자 중의 豪傑로서 松雪을 취하여 호로 삼았다(逸遊 金毅洙, 松雪堂記)."

"아마, 당세에 필을 잡은 자로 하여금 이(註·선조의 억울함을 신설한 사실)를 듣게 하였더라면 한 사람의 女史가 동아세아에서 탁월한 절조로 새로 태어났을 것이요, 변함없는 충성은 弘儒·傑士의 위에 빼어나서 시종이 명실상부 하였으리라(新安 朱愿錫, 松雪堂記)."

"아, 최씨의 정성스러운 힘은 소나무 같고 눈 같아 당당히도 그 색을 변하지 않았으며 엄숙히도 그 기상을 떨구지 않았으니, 가히 정신상의 丈夫요 여자 중의 志士라 일컬을 만하다(石村 李秉宰, 松雪堂說)."

"壯하면서도 溫順하고 엄숙하면서도 굳세며 너그럽고도 넓으며 慷慨하면서도 엄연한 大丈夫의 기상이 있었다. 정정한 기상과 표표한 태도는 또한 松雪에 비할 만하여 세상 사람이 松雪堂이라 부르는 호는 이로 말미암아 성립된 것이다(平山 申鉉中, 松雪堂傳)."

요약하면, 송설당은 부모에게뿐 아니라 선조의 억울한 누명을 벗기는데도 지성을 다한 효녀다. 게다가, 행한 바와 이룩한 사업을 보면 굳은 절조가 있고 변함 없는 충성심이 있어 여중 장부요 지사의 기품을 지닌 분이었다 할 수 있다.

2) 松雪堂의 詩文에 대한 評

"베 짜는 여가에 때때로 문자를 익혀 규중의 부녀자로서 문득 붓을 대면 비단같은 글을 이루었으니, 송설당이 손수 지은 序文을 보면, 꾸미지 않았는데도 절로 규칙과 법칙을 이루어 의리가 통하여 막힘이 없고 율시 및 절구의 여러 작품은 곱고 아름다움과 예스럽고 우아함을 겸하여 한 점의 속된 기운이 없이 마치 봄꽃이 활짝 피어 흐드러지듯 인공을 거치지 않고도 홍백의 무늬를 이루었다(金允植, 松雪堂集序, 原文略 이하도 같음)."

"내가 그의 志行과 事業을 보니 실로 열렬한 대장부도 행하기 어려운 바가 많고 문장이 또한 예스럽고 우아하며 몹시 아름다워 옛 女史에게서 구하여도 그 짝할 만한 이가 드물었다(華陰, 鄭崙秀, 次松雪堂韻小序)."

"문장은 절로 베 짜듯이 나와 문장가와 女士의 명예를 겸하였도다. 한 덩이 정신의 원기는 우뚝하여 무너뜨리는 물결에 선 砥柱같고 백 편의 아름다운 글은 밝기가 모래를 헤쳐 금을 단련하는 것 같다. 마음을 寓意하고 시를 읊되 반드시 經典의 의리를 좇아 지었다(左山 李英九, 松雪堂銘)."

"문득, 이 세상 오늘을 당하여서도 그의 忠義로 인한 분노와 憂國의 뜻은 性情의 바른 데서 나온 것이요 한탄과 영탄으로 드러난 것은 그의 詩文 약간 편인데, 말하자면 은혜에 감사하고 지난 일을 회고한 글들이 이것이다(栗峰申鉉中, 松雪堂傳)."

요약하면, 송설당은 시문에 능하여 억지로 꾸미지 않아도 절로 뛰어난 글을 이루었다. 굳은 절조와 장부다운 기상이 있어 忠憤 憂國의 정서를 시로 표현하였으나 경전의 의리로 다진 사상적 바탕과, 타고난 천성이 우아하고 고상하여 그 시문 역시 예스럽고 우아하며 아름다워 한 점의 속된 기운이 없었다.

이에, 송설당이 김윤식에게 서문을 청하며 한 말을 첨기하여, 그의 문학관 일면을 엿보게 한다.

"지은 바 文稿가 이같이 얼마 안 되나 쉽게 버리지 못하고 엮은 것은, 뒷사람에게 보이려고 한 것이 아니라 비취새가 그 깃을 사랑함과 같음에서였다(松雪堂集序)."

3. 松雪堂의 詩槪觀

송설당의 시를 창작태도상 크게 言志의 詩와 天機自發의 詩로 대분하여 살피고자 한다. 전자는, 시는 뜻을 말한 것(詩言志 : 書經 舜典)이란 詩觀을 취한 것으로 風教에 목적을 두고 사물을 통하여 작자의 뜻을 의도적으로 드러내는 경우요 후자는, 性情에 근본하여 天機(자연의 오묘한 이치)가 저절로 드러난 시(盧啓元, 息山家狀)란 말에서 취하였으니 이는 곧 작자의 성정이 자연의 이치와 物我一體境에 도달했을 때 시가 절로 창작되는 경우이다.

1) 言志의 詩에 나타난 諸意識

(1) 孝意識

송설당은 부모에게만이 아니라 원통하게 무고로 죽은 증조의 한을 풀어드림으로써 조야가 인정하는 효녀로 명성이 났다.

「思親·어버이 생각」의 시를 보아도 송설당의 효심을 가늠할 수 있으니,

> 깊고 깊은 한강수요
> 높고 높은 삼각산이로다.
> 너르고 큰 하늘 그 위에 있어
> 손으론 아득하여 잡기 어렵네.
> 深深漢江水, 高高三角山.
> 昊天在其上, 雙手遠難攀.

라고, 은혜의 가없음을 노래하였다.

또 선조의 원통함을 설원한 뒤 송설당이 짓고 손수 쓴「松雪堂原韻」에서도,

> 여름 겨울의 효성 진실로 미치지 못하여
> 봄 밤 가을 낮 한은 길기만 하네.
> 夏淸冬溫誠不及, 春霄秋日恨須長.

라 하였다.

「見家書·집의 편지를 보고」시를 보면,

　　자세히 글 줄 따르니 바르다가 기우는데
　　평안 두 자 검사해도 착오가 없네.
　　만 금을 주고 산단 말 헛말이 아니니
　　잠시는 집 떠난 게 집에 있을 때보다 낫네.
　　細逐書行正復斜, 平安二字檢無差.
　　萬金抵得非虛語, 暫道離家勝在家.

라고, 읊었다. 집안의 '平安'함을 확인하고 그 고마움을 절감함이 言外에 절절
히 함축되었음을 독자는 느낄 수 있다.

　　또한, 「林檎·능금」의 시로서는 어머니의 자애와 송설당의 사친이 동시에
드러냈으니,

　　아득히 생각나니, 동쪽 뜰 아래
　　한 그루 능금나무 있음을.
　　어머니 엄히 열매 지킴은
　　바로 자식 먹이시려는 마음인 것을.
　　遙想東庭下, 一樹有林檎.
　　慈兮嚴護實, 知是飼子心.

이라고, 읊었다. 한 알의 능금을 통하여 어머니의 사랑을 느끼는 송설당의 효
심 또한 예사롭지 않음을 알 수 있다.

　　나아가, 송설당이 증조부의 원통함을 풀기 위하여 서울에 와 있으면서 다음
의 시 「石榴·석류」를 지었다.

　　날마다 어머님 생각에 젖어
　　문을 열고 석류와 마주하네.
　　누가 알았으랴, 서역의 과실이
　　맵고 신 세상에 머물 줄이야.
　　日日北堂思, 開門對石榴.
　　誰識西域果, 辛酸世間留.

라고, 읊었다. '맵고 신 세상'에 옮겨 와 날마다 고향을 그리듯 발갛게 익어가는 석류와 마주하는 작자의 마음속에는 선조를 위하여는 어떤 고통도 감내해야 하는 아픔이 크면 클수록 思母의 정도 발갛게 익어가는 석류속 같았음을 연상케 하였다.

이같은 신고 끝에 선조의 설원을 성취하고 실전했던 묘소를 되찾고 상석·비석 등을 세울 때 쓴 「以宣川定州先塋石儀事 出加佐洞有感而作·선천·정주의 선조 묘소 석의의 일로 가좌동을 나서며 느낌이 있어 지음」이란 시에는,

> 십 년을 겨를 없던 일
> 올 가을로 기약한 듯 하였네.
> 선영은 천 리 밖에서도
> 아마 이 마음의 슬픔을 아시리.
> 十載靡遑事, 今秋若有期.
> 先靈千里外, 倘識此心悲.

라고, 爲先의 어려움과 慕先의 간절한 심회는 先靈(선조의 영혼)이나 아시리라 한 말 속에 다 풀어 놓았다.

이 밖에도, 송설당의 효심을 하늘이 낸 것이라 할 만큼 지극했음을 다른 시문에서도 많이 볼 수 있었다.

(2) 敎育意識

송설당은 배우지 않으면 "옷 걸친 마소"(馬牛裾 : 贈斗兒)가 되리라 경계하였으며, 평소에도 독서에 열중하였음을 「月夜·달밤」 시로서도 알 수 있다.

> 책 보느라 새벽 촛불은 닳는데
> 오래 앉았어도 정신 맑아짐을 깨닫네.
> 사방 길엔 사람 자취 없는데
> 이웃 닭이 울어 그치지 않네.

検書曉燭短, 坐久覺神淸.
四逕無人迹, 隣鷄不已聲.

특히, 송설당은 교육은 인격을 닦는 바탕임을 강조하여 「觀李漢模治石·
이한모가 돌 다듬는 걸 보고」란 시를 지었는데,

良工이 망치와 끌을 내리니
점점 아름다운 빛 드러나네.
스스로 군자의 덕 닦음을
일찍이 쪼고 갊에 비유하였지.
良工椎鑿下, 漸看有光華.
自修君子德, 曾比琢而磨.

라고, 읊었다.
이 시는, 先山의 석역을 맡은 이한모가 돌다듬는 모습을 보고 읊었는데, 갈
고 닦아 빛을 낸다는 뜻의 절차탁마가 곧 학문의 과정이며 이의 궁극적 목적이
君子가 되는 데 있음을 노래한 것이라 할 수 있다.
또한, 여자들이 장신구로 가락지를 귀하게 여김에 비하여 송설당은 「指
環·가락지」라는 시를 지어,

세상 사람들 부인의 장식 가운데
한갓 금옥 가락지 중한 줄만 아네.
원만 성취함에 막힌 데 없으면
바다에 능하고 또 산에도 능하리.
世識婦人飾, 徒重金玉環.
圓成無滯限, 能海又能山.

라고, 읊었다. 둥글어 모나지도 않고 시작과 끝이 한결같은 가락지의 형상에서
원만을 성취함에 막힌 데 없음을 보았던 것이다. 이 또한, 앞의 시와 주지가
같아서 어떤 경우에서도 두루 갖춰 모자람이 없는 인격자가 귀함을 은유한 것

이라 할 수 있다.

송설당은 인간 존재의 가치는 유용한 존재가 되는 데 있음을 「松·소나무」
시로 은유하였다.

> 담장 안에 심은 소나무 한자 남짓하여
> 가지와 잎 몇 성상 겪었냐고 물었더니,
> 내 나이 이미 늙음을 비웃기나 하듯
> 다른 날 동량됨을 보지 못 하리라네.
> 院裏栽松一尺强, 間渠枝葉幾經霜.
> 似笑吾人年已老, 未見他時作棟樑.

소나무가 자라 마룻대와 돌보감이 될 때까지 지금 키우는 사람은 늙어서 못
보리란다. 사람의 교육이 바로 이런 것이다. 인재를 양성하되 그 인재는 다음
세대의 주역들인 것이다.

송설당의 교육관은, 인재를 양성하는 궁극적 목적은 유용한 존재를 기르기
위함에 있으나 그 유용한 존재는 곧 인격자로서 君子의 道를 실천하는 사람이
어야 한다고 보았다. 나아가, 송설당은 교육(양육)이란 내가 보지 못할 다음 세
대의 인재를 기르는 일이기에 百年大計임도 잘 알고 있었다 하겠다.

(3) 自意識

이 항에서는 여자의 몸으로 태어난 恨을 어떻게 극복해 갔는지를 살피기로
한다. 먼저, 송설당 자신을 종합적으로 드러낸 「松雪堂原韻·송설당 원운」
시를 보면,

> 외람히도 송설당이라 칭한 나를 비웃으나
> 이 마음은 뭇 꽃들과는 짝하기 싫어서였네.
> 세월 겪으며 푸르고 창창한 바탕 기대하고
> 다만 사랑한 것은 티없이 맑고 깨끗함이었네.
> 家業을 실추하여 망극한 심정 가없어도
> 여자로 태어난 이내 몸 恨은 길기만 하였네.

인간 세상 많은 풍상 겪은 액운을
이 다음 내 장차 옥황께 하소하리.
笑我濫稱松雪堂, 此心不欲伍群芳.
可期經歲靑蒼質, 秖愛無塵皎潔光.
業墜箕裘情靡極, 身爲巾幗恨須長.
人間多少風霜劫, 他日吾將訴玉皇.

라고, 읊었다. 두련(1·2구)은 松雪로 호를 삼은 이유, 함련(3·4구)은 창창함과
깨끗함에의 추구, 경련(5·6구)은 가문의 명예 회복에 여자란 신분으로 겪어야
했던 恨, 미련(7·8구)은 스스로 회구하여 극복해 가는 과정에서의 괴로움은 하
늘(옥황)이나 알 일이라고 암시한 데에 송성달의 무한한 정회를 느낄 수 있다.

「記夢·꿈을 기록함」이란 시는 長詩인데 그 중에서,

태어나길 부녀의 몸 되어
풍상에 절로 분주하고 골몰하였네.
밤낮으로 늘 기펴지 못하고
육순을 하루같이 살았다네.
입신양명은 본래 길 없으니
사업인들 하물며 기약할 수 있으랴.
生爲巾幗身, 風霜自奔汩.
晝宵常矍矍, 六旬如一日.
立揚本無路, 事業況可必.

라고, 읊었다. 기약할 수 없는 사업을 성취할 때까지의 '기펴지 못하고 산' 육
십 생애는 오로지 부녀의 몸으로 태어난 숙명 때문이었다.

그러기에, 중까지도 여자의 몸임을 비웃음에 대하여, 「表訓寺 凌波樓·표
훈사 능파루에서」는,

꿈에 금강산 십 년이나 보고
이제 와 능파루에 오르네.
내 눈썹 그림 보고 중은 웃지 마라

남아였다면 일찍이 장쾌히 유람했으리.
夢見金剛已十秋, 今來得上凌波樓.
看吾眉黛僧休笑, 寧是男兒始壯遊.

라고, 응대 하였다.

나아가, 송설당은 「自述·스스로 술회함」 시로서는,

내세엔 무슨 因果 얻을 것인가
충효 가문의 활달한 사람이고 싶네.
한 가지로 현량한 이윤과 부열의 짝 되어
태평성대에 요임금을 만나고 싶네.
東西 사업 다 경영한 뒤에
백세에 남긴 성덕 達文으로 펼치리.
他生做得何因果, 忠孝家中快活人.
共作賢良伊傅侶, 遭逢聖代帝堯君.
東西事業經營後, 百世遺芳發達文.

라고 읊어, 충효 가문에 남아로 태어나 성군을 보필하는 어진 신하가 되어 스스로는 인생의 사업을 완수할 뿐 아니라 聖德을 백세에 남기는 문장가가 되고 싶음을 노래하였다.

역시 「自懷·품은 생각」 시로서는,

문장에는 이백과 두보라 일컫고
將略은 관우와 장량이랴 말하네.
태평성대엔 가락이나 울리고
난세엔 충성과 선량함 다 하리.
文章稱李杜, 將略說關張.
盛代鳴音律, 亂世竭忠良.

라고 읊어, 송설당이 추구했던 인간형이 어떤 것이었는지를 잘 드러내 주었다.

그러나, 위의 몇 시를 통해서도 송설당은 여자의 몸이란 한계를 절감하면서

도 결코 좌절하지 않은 자존심이 도도함도 엿볼 수 있다. 송설당은 자신을 신
선이 지상으로 귀양 온 謫仙이라 한 시로「琴‧거문고」에서는, "속세에 인연
있어 신선계에서 쫓겨나니"라 하였고,「鳳仙花‧봉선화」시로서는,

> 천 길 나는 봉황 기다리기 어렵거늘
> 하물며 또 十洲의 신선임에랴.
> 애처롭구나, 두 아름다움 겸하고도
> 이름을 下界의 땅에다 전함이.
> 難期千仞鳳, 況又十洲仙.
> 堪惜兼雙美, 名傳下界田.

라고, 읊었다. 봉황과 신선의 두 고상함을 겸하여 이름을 얻고서도 속세에 살
아야만 하는 봉선화가 곧 자신이라고 은유한 것이다. 寓意함이 도도함을 엿볼
수 있다.

이 밖에도「桐‧오동나무」시로서는, 거문고감이 될 오동나무가 버려짐을
보고 "가련쿠나, 이 세상 사랑하는 이 없으니 / 어쩌면 뿌리를 嶧陽으로 옮기
랴"라고 읊어, 오동나무의 산지인 역양으로 가고픔으로 자신의 처지를 우의 하
였고, 역시「閒居信筆‧한가히 살며 붓가는 대로」란 시에서도, "끝났구나, 지
금 알아주는 이 못 만나 / 책상엔 먼지 가득한 거문고 뿐이네"라고, 하였다.

「畫鶴‧학 그림」시에서도,

> 돌벼랑에 기댄 푸른 소나무
> 밑에는 백학 한 마리.
> 홀로 서서 흰 깃털 쓰다듬으니
> 언제나 긴 날개쭉지 펼치랴.
> 蒼松偃石崖, 下有一白鶴.
> 獨立刷霜毛, 何時奮長翮.

라고 읊어, 스스로를 날개 펴 날지 못하는 그림의 학에 비유하였다.

그러기에「言志‧뜻을 말함」의 시에서는, "표연히 세상 잊고 가 / 동정호에

돛배 띄웠으면"이라 하였고, 「撥悶·고민을 떨쳐 버림」이란 시에서는,

> 흰 구름은 계수나무문 안에 머물고
> 푸른 풀은 서재를 에워쌌네.
> 이 즐거움 같이 할 사람 없어
> 홀로 한 항아리 술을 따르네.
> 白雲棲桂闥, 綠草繞芸窓.
> 此樂無人共, 獨斟酒一缸.

라고 읊어, 한계적인 처지에서 벗어나기 위하여 결코 현실과 비굴하게 타협할 수 없음을 여실히 보여 주었다. 女中 豪傑이라 평한 데도 이유가 있음을 이 시로서도 알 수 있다.

　이같이, 여자 몸이란 신분적 고민은 심각한 것이기는 하였으나 송설낭의 사기 존재에 대한 自意識은 남달라 「瀑布·폭포」시로서는, 높은 곳에서 쏟아지며 산을 진동시키는 폭포수를, "아나니, 네가 산에 있는 것 네 성질 아님을 / 어느 때 능히 큰 강 너른 데 이르랴(知爾在山非爾性, 何時能到大江平)"라고 하여, 갇힌 데(산) 있을 존재가 아니라 열린 데(강) 있을 존재인 폭포수가 곧 자신임을 은유하여, 어떤 한계에서도 좌절하지 않았음을 보여 주었다. 이같은 한계에의 극복은 확고한 자의식을 지닌 존재였기에 가능했음을 「怪石·괴이한 돌」에서는,

> 뜰 가에 우뚝 선 자 남짓한 키
> 층층기복 마른 골격 아주 천연스럽네.
> 늘 연하에 깊이 감추어져 보호되니
> 티끌 세상 힘센 이야 겁내지 않네.
> 屹立庭除尺許身, 層崚瘦骨近天眞.
> 幽藏母被煙霞護, 不畏塵間有力人.

라고, 읊었다. 이는, 송설당이 자신의 존재의의를 怪石에다 寓意한 것이다. '천연스런 골격'을 지녔기에 연하가 怪石을 보호하듯, '세상 힘센 이'를 두려워

않는 자존 내지 자의식을 지니고 살았기에 송설당은 알아주는 이 없는 세상에
서도 결코 좌절하지는 않았던 것이요, 당대 인사들이 송설당에게는 丈夫의 氣
象‧志士의 氣品이 있었다 한 것이리라.

　끝으로,「鳶‧솔개」시를 보면

　　　　대문 앞 고목에 주린 매 울어도
　　　　어찌해 사람에게 동정받지 못하는가.
　　　　제비 하소연 꾀꼬리 참언 도리어 가소로워
　　　　날마다 하늘로 날아만 오르누나.
　　　　門前古木嘯飢鳶, 底事於人不受憐.
　　　　鳶訴鶯讒還可笑, 爭如日日戾于天.

라고 노래하여, 어떤 어려운 환경에서도 지조를 굽혀 가며 시속에 영합하는 무
리와는 결코 함께 하지 않았음을 극명하게 드러내 보였다.

　송설당의 자의식은 당시 사회적 최악의 한계였던 여자라는 것에 대한 수용
은 현실직시였으며 극복은 자존심을 끝까지 지키려는 지조로 이루어졌다. 그러
기에, 당대 선비들이 송설당을, 여자 중의 호걸로, 여중의 장부요 지사의 기상
과 기품을 지닌 女史로 보았던 것이다. 이같은 自意識은 松雪로 自號를 삼고
堂號를 삼은 데에 크게 응축되었다 할 수 있다.

　(4) 社會意識

　송설당은「觀漚有感 물거품을 보고 느낌이 있어」란 시를 통하여,

　　　　한 거품 겨우 사라지자 또 한 거품 이니
　　　　뜬 세상 뜬 인생과 다를 게 없잖은가.
　　　　세인은 뺏고 주느라 어지럽도록 뽐내니
　　　　무한히 공명 다툼은 유구하기만 하리.
　　　　一漚纔減一漚浮, 浮世浮生有異不.
　　　　世間夸奪紛紛予, 無限功名擬久悠.

라고, 당시 세태를 개탄하고 비판하였다. 흐르는 물의 물거품이 사라지지 않듯이 '뺏고 주는 일'을 능사로 여기는 인간이 있는 한 공명 다툼은 종식되지 않으리라는 비판이다. 당시가 일제 강점기였다는 사실을 생각하면 송설당의 분노와 실망은 표현 밖에서도 느낄 수 있다. 이같이, 공명을 다투고 이익을 추구하는 무리를「雀·참새」시를 통하여서도,

<blockquote>
재주껏 먹이 얻느라 저물도록 시끄럽고
우거진 숲 성근 울타리 한 마을을 이루네.
모두가 생계 족한 줄 아지 못하고
어찌 翟公門으로만 들려고 하는가?
爭枝得食暮喧繁, 叢薄踈籬自一村.
不識網羅生計足, 何須去入翟公門.
</blockquote>

라고, 만족할 줄 모르는 세상 인심을 비판하였다. 재잘대는 참새떼처럼 무리를 지어 책공문(이익만 추구하는 세상인심)으로 몰려드는 세태 풍습을 개탄하다 못해 이익만을 추구하는 무리를 준엄히 꾸짖고 있음을 느낄 수 있다.

게다가, 겉은 그럴싸한데 실속이 없는 일 곧, 뜻있는 말 대신 뜻이 안 통하는 소리를 아름답게 여기는 일이 현실적으로 나타나고 있음을,「動物園鸚鵡·동물원 앵무새」를 통하여서는,

<blockquote>
혀로는 붉은 옥 부리를 열고
몸은 녹색의 황금옷을 입었네.
아름다운 소리나 알아듣기 어려우니
어찌 남의 기롱 받음을 면하랴.
舌開紅玉嘴, 身着綠金衣.
華音難曉得, 那免被人譏.
</blockquote>

라고, 경계하였다. '붉은 옥부리'를 하고 '황금옷'을 입고 자기는 아름다운 소리를 낸다고 자랑하나 그것은 전혀 이치에도 안 닿고 뜻도 없는 앵무새의 반복된 소리일 뿐 사람의 말은 아니었다.

일제하에서 이같은 소리가 암시하는 바가 큼도 사실이다. 알아듣지도 못하는 소리가 난무하는 현실이기에 방향 감각을 상실한 사람들이 많음을 「題堠人·이정표에 부침」이란 시에서,

> 오사모에 골풀입은 팔척의 키
> 마을 이름 여행 경로 새것같이 새겼네.
> 동에서 와 서로 가느라 늘 분주하니
> 인간의 길잃은 사람 누구이던가.
> 烏帽龍鬚八尺身, 村名里數刻如新.
> 東來西去長奔走, 誰是人間失路人.

라고, 반문하였다. 이정표는 늘 새것같이 새겼는데 동서를 분주히 오가는 길잃은 사람은 줄지 않는다.

이같은 현실이 송설당이 살았던 현실이었기에 그는 「是非·옳고 그름」이라는 시를 통하여,

> 옳으니 그르니 만사가 어지러우니
> 세상의 선악을 넌들 능히 분별하리.
> 고금의 변하는 모습 끝남이 없거니
> 높은 하늘 한 조각 구름 보게나.
> 是是非非萬事紛, 世間善惡孰能分.
> 古今變態無終極, 看取長空一片雲.

라고 읊어, 자기중심·자기이익으로서만이 시비를 다툴 일이 아니라, 보다 큰 것·보다 높은 것·모두에게 옳은 것을 볼 줄 알아야한다고 권유하였던 것이다.

송설당이 처했던 사회는 한 마디로 말세적 현상이 일어나고 있었다. 거품처럼 이는 공명 다툼, 만족할 줄 모르는 이익 추구의 무리들, 겉만 있고 속이 없으므로 소리만 난무하고 뜻이 통하는 말이 없는 앵무의 세계, 방향 감각을 상실한 행인들, 이 모든 현상이 송설당이 목도한 현실의 것들이었다. 이같은 현

실은 가히 망국적 병폐였기에 개탄하다 못해 엄히 꾸짖고 비판한 송설당의 비분강개한 忠憤이나 나라의 장래를 생각하는 憂國의 정은 각 시에 은미하게 함축되어 있어 당대 선비들도 송설당을 志士的 기풍이 있다고 하였던 것이다.

　(5) 國家意識

　송설당은 「燭·불꽃」이란 시에서,

> 火王이 도읍을 세워 만 년을 기약터니
> 남북으로 에두른 장성 눌 위함이던가.
> 甲乙로 명리를 다투어 오늘도 정함없으니
> 껴안아 단합할 날은 언제이런가.
> 火王建都萬年期, 長城環裏是誰爲.
> 甲乙高名今未定, 擁來團會問何時.

라고 읊었다. 진시황이 만리정성을 쌓았으나 불꽃같이 이는 名利 다툼이 있는 한 사회는 물론 국가·세계의 화평은 기대할 수 없다고 노래한 것이다.

　송설당은 고려의 도읍지에서 「次人松京懷古韻·남의 송경회고시에 차운함」이란 시를 지어, "聖德은 늘 새 일월에 걸렸는데 / 남은 백성은 오히려 옛 산하에 남았네(聖德長懸新日月, 餘民猶在舊山河)"라고 읊어, 나라는 바뀌었으나 백성은 예대로라고 노래하였다. 역사의 현장은 곧 송설당에게는 오늘과 미래를 비춰볼 수 있는 거울같은 것이었다. 1911년 순헌귀비(엄비)가 승하했을 때, 「純獻貴妃輓·순헌귀비 만사」 시에서도,

> 예의나 법도는 列聖祖 때와 다르나
> 비통함은 남은 백성에게 있네.
> 儀文非聖祖, 悲痛有遺民.

라고, 읊었다. 나라가 망하여 역대 임금 때와는 상례조차 다르나 왕비의 죽음을 애도하는 백성은 조선조와 다른 게 없다는 속뜻이다. 亡國民의 恨은 言外

에 절절히 펼쳐 놓았음을 느낄 수 있다. 이같은 憂國의 情恨은「漢江觀漲 ·
한강에서 불은 물을 보며」란 시에서도 나타났으니,

> 백구 해오라기 무리 잃어 물을 데 없고
> 고기와 용이 굴을 옮겨 마침내 잊어버렸네.
> 어찌하면 홍수 다스릴 손을 빌어
> 범람하는 물길 틔어 옛대로 안정시키랴.
> 鷗鷺失群休問諸, 魚龍移窟肯忘於.
> 何當借得治洪水, 疏導橫流奠舊居.

라고, 읊었다. 범람하는 외세의 홍수에 무리를 잃거나 삶터(굴)를 잃은 백구 ·
해오라기 · 물고기 · 용 등은 곧 망국민의 투영임을 알 수 있다. 감정의 절제가
심할수록 송설당의 忠憤 · 義氣는 더욱 절실하게 느껴진다. 이런 점에서 당대
선비들도 송설당의 시는 古雅 · 優雅하다고 본 것 같다.

「渡漢江 · 한강을 건너며」 시에서는,

> 하나같이 맑은 모래 석양에 걸으니
> 강물도 나의 마음같이 넘실거리네.
> 원하나니, 이 무궁히 흐르는 물 이끌어
> 어진 물결 지어내어 세상을 적시었으면.
> 一色晴沙步夕陽, 江流同我素心長.
> 願言挹此無窮逝, 幻作仁波漸八荒.

이라고, 읊었다. '仁'은 사랑 · 은혜 · 동정 · 기름(養)이니 곧 어진 물결(仁波)
은 기르고 살리는 물결이다. 仁波가 절실히 요구되는 현실이 곧 조선의 현실이
었으니, 한강물로 仁波를 짓고 싶은 송설당의 憂國念은 이 시로서도 절감할
수 있다.

　1914년 7월에 발발한 1차세계대전의 소식을 듣고, 「聞歐西戰報有感而
作 · 서구 전쟁 소식을 듣고 느낌이 있어 지음」에서는,

구제함이 급하여도 黃人의 의리 가까이 할 일
전쟁에는 응당 백성의 슬픔 많으리.
훌륭한 솜씨로 누가 능히 대양을 숨죽여
편안히 큰 내 건널 배를 보급하랴.
纓冠倘近黃人義, 鋒鏑應多赤子愁.
良手誰能洋海去, 平安普渡巨川舟.

라고, 읊었다. 동맹국을 돕는 일이 급하여 전쟁을 일으킴이 국제적 의리는 아니라 하였다. 黃人의 義는 정치를 잘하여 국력을 강성히 함을 일컬음이니, 전쟁의 일차적 책임은 국력 신장을 못하여 자립하지 못함에서 비롯되는 것임도 송설당은 알고 있었다. 대양을 숨죽일 솜씨는 세계전을 진정시킬 솜씨이기 전에 조선에 더욱 시급한 솜씨였던 것이다.

송설당의 국가의식은, 세계 속의 조선임을 인식하고 있었으며 나라의 흥망이 다 국력의 강약과 밀접한 연관이 있음도 알고 있었다. 특히, 송설당의 시는 망국민의 恨이나 우국의 忠憤·義氣를 가장 절제된 감정의 이면에 은밀히 함축시켜 놓았고, 국권회복에의 강렬한 염원은 자연현상에다 교묘히 寓意하였다.

2) 天機自發의 詩에 나타난 몇 特性

(1) 物我一體의 自然美

「鷺·해오라기」 시에서는,

해오라기 구슬 같은 물보라 사이를 나니
흰 날개 너울너울 푸른 산에 어리네.
네 고상한 기품 그림에 담을 수만 있다면
그릴 때 그림 안 되어도 마음은 한가하리.
群飛屬玉浪花間, 白羽遙明映碧山.
使爾淸標如入畵, 畵時難畵底心閑.

라고 읊어, 자연과의 완전한 일체감을 느낄 때 자연은 온전히 나의 것이지 일부러 소유하려 해서 될 일은 아니라 하였다. 結句의 표현에 이같은 想의 묘미가 있음을 본다.

「鳥啼山客猶眠 · 새 우는데 산객은 오히려 잠들어」에서는,

> 복숭아꽃 비 머금고 버들가지 연기 머금어
> 해뜨는 창으로 가니 모든 경치 아름답네.
> 두어 마디 새소리에 띠집 처마 조용한데
> 오히려 산 사람은 잠에서 깨질 않네.
> 桃花含雨柳含煙, 初日當窓齊景姸.
> 數聲啼鳥茅簷靜, 猶自山人未覺眠.

라고, 읊었다. 자연과 완전 동화된 산 사람의 넉넉한 삶이 잘 묘사된 시다. 천지에 번진 봄기운이 산 사람에게까지 한 가지로 상통함을 자연스럽게 느낄 수 있다.

「獨坐 · 홀로 앉아」에서도,

> 일없어 사립문 대낮에도 늘 잠그고
> 홀로 앉아 거문고 켜니 내 절로 한가하네.
> 물빛이 평평하게 푸른 풀밭을 나누니
> 隱者의 마음은 백운 간에 머무르네.
> 柴門無事晝常關, 獨坐彈琴我自閒.
> 水色平分靑草外, 野心留住白雲間.

라고, 읊었다. 청정한 공간을 울리는 거문고 소리, 푸른 풀밭을 가르며 흐르는 시냇물의 넉넉함에 동화된 시인의 흥취가 문득 하늘의 백운 간에 머무름을 노래하였다. 물아일체의 자연미를 최대한 살린 시라 하겠다.

위의 시들은, 자연과 인간 · 인간과 자연이 일체라는 수수 자연미를 느끼게 하였다.

(2) 贍麗(넉넉하고도 고운)한 詩情

「漫筆·붓가는 대로」란 시에서는,

> 보릿물결에 집집이 윤나고
> 숲 그늘 곳곳이 짙네.
> 은거하니 절로 기쁜데
> 푸른 산 둘러 겹겹이 그림일세.
> 麥浪家家潤, 樹陰處處濃.
> 幽居堪自悅, 靑嶂畵重重.

라고, 읊었다. 보릿물결과 숲그늘과 그림같은 산이 점층되며 삶의 넉넉함을 그려내었다. 이같은 넉넉함은 자연과의 일체감에서 얻어지는 것이지만 이 일체감은 무한한 자연의 혜택을 느꼈을 때만 가능한 것이기도 하다. 그러기에, 시인의 감사해하는 고운 마음씨도 동시에 느낄 수 있다.

「贈坎上人·감상인에게 줌」으로는,

> 고승이 사람 올까 꺼리어
> 외로운 암자 푸른 봉우리로 에워쌌네.
> 종소린 감출 수 없으니
> 백운이 깊다 말하지 마소.
> 高釋畏人尋, 孤庵繞碧岑.
> 鐘聲藏不得, 休道白雲深.

라고, 읊었다. 승려와 시인 사이의 넉넉한 정을 절묘하게 묘사하였다. 푸른 봉우리 속의 암자는 승려의 수도처이기에 속인을 꺼린다. 그러나, 종소리를 감추지 않음은 시인의 방문을 허여함이니, 僧俗이 엄연히 다르면서도 하나요 닫힘이 곧 열림임을 느끼도록 한 시의 묘미가 있다. 시공을 초월하여 왕래하는 人情의 넉넉함과 아름다움을 맛볼 수 있다.

「雜詠·두루 읊음」 시에서도,

> 천지엔 티끌 가라앉고
> 산과 시내엔 밝은 달 해맑네.
> 응당 만 리 밖에도
> 이 밤은 다 넓고 잔잔히 맑겠지.
> 天地氛埃靜, 溪山皓月淸.
> 惟應萬里外, 此夜盡空明.

라고, 읊었다. 시인의 깨끗한 마음이 천지간에 가득찬 元氣(만물 생성의 근원적 기운)와 일맥상통함을 느끼게 한 시다.

瞻麗한 시들 역시 그 바탕에는 물아일체의 심경이 담겼다. 그러면서도 이들의 시는, 자연에 몰입한 심경의 상태를 그리기 보다는 자연의 무한한 혜택을 인간이 누리며 산다는 넉넉함과 고운 심정을 묘사하였다.

(3) 天機發見에의 감동

자연의 오묘한 이치(天機)는 사물을 통하여 형상화된다.

「木覓賞花·남산의 꽃구경」 시에서는,

> 종남산 봄색 좋은데
> 나무마다 다 붉은 꽃 달았네.
> 사람 없이 절로 피고 지니
> 모름지기 동풍을 원망치 마라.
> 終南春色好, 樹樹盡看紅.
> 無人自開落, 不須怨東風.

라고, 읊었다. 꽃이 피고 지는 현상은 동풍이 부는 한 이치의 구체화된 모습임을 노래한 것이다. 필 때의 즐거움도, 질 때의 서운함도 동풍의 탓임을 시인은 한 이치상에서 본 것이다.

「月夕卽事·달밤에 지음」에서도,

> 꽃 피니 봄은 부귀하고
> 달 오르니 밤은 분명하네.
> 가는 것은 무궁히 흐르는 물
> 천추에 소리 다함이 없네.
> 花開春富貴, 月出夜分明.
> 逝者無窮水, 千秋不盡聲.

라고, 읊었다. 봄의 꽃·밤의 달이 자연의 순환하는 현상이요 이 순환이 가없을 것임은 멈출 줄 모르는 물소리를 들음으로써 깨달을 수 있음을 노래하였다. 곧, 물소리가 天機의 作爲인 것이다.

「雜詠·여러 가지를 읊음」에서는,

> 단비 그치자 밝은 해 선명하여
> 억지로 등지팡이 짚고 앞내를 건너네.
> 물 가 버들 언덕의 꽃 한가지로 뜻을 얻어
> 바알간 꽃눈 샛노란 잎 아릿다움 다투네.
> 惠雨初晴白日鮮, 强携藤丈過前川.
> 汀柳岸花俱得意, 嫩紅新綠鬪嬋娟.

라고 읊어, 天機 발견의 감동을 비온 뒤의 산야로 나들이하는 일로 극대화 시키었다.

天機發見의 감동을 읊은 시들은, 시인의 귀와 눈을 통하여 새삼 만상의 현상 뒤에는 그렇게 한 이치가 있음을 깨달을 수 있게 하였다.

(4) 詩中畵의 묘사

「早朝卽事·이른 아침에」란 시를 보면, 일상의 생활을 한 폭의 풍경화처럼 그려 보였다.

횅하니 쪽창문 희미하게 밝아오면
이로부터 인심은 온갖 생각 생기네.
이미 이웃집들 동정을 아나니
구름 보고는 흐릴지 맑을지 점치네.
까마귀 까악까악 울며 하늘 높이 날고
닭은 푸드득 내려 사방으로 흩어지네.
이부자리 정돈하고 세수 마치고
바쁘게 안팎에서 제각기 할 일 하네.
呀然窓竇漸微明, 從此人心百慮生.
已向隣家知動靜, 爲看雲物占陰晴.
烏啼啞啞冲天去, 鷄下于于散地行.
整頓枕茲咸盥洗, 紛紜內外各經營.

이른 아침의 정경이 靜中動으로 잘 묘사되었다. 송설당의 인품은 장부답고
지사다운 일면이 있다 하였으나, 섬세한 審美眼도 있었기에 섬려하고도 우아
하며 속된 기운이 없는 시문을 창작할 수 있었으리라 본다.
「秋田驅雀 · 가을 논 새쫓기」에서는,

온 들판 누릇누릇 참새떼 많아
아이 시켜 상답 벼 보게 보내네.
쫓아도 가잖으니 아이 마음 괴로워
네놈들 어이하리, 종일을 울부짖네.
野色靑黃鳥鵲多, 敎兒去看上坪禾.
驅之不去兒心苦, 盡日啼號奈爾何.

라고 읊어, 새 쫓는 아이를 들판에 세운 가운데 그 아이의 안타까운 심정까지
를 느끼게 하였다.
또한, 「田夫夏半耨畝 · 농부 한여름 김매기」 시에서는,

누런 먼지 다 걷히고 벼 무성하니
온 손가락 호미질 힘줄이 가볍네.
동리 집엔 사람없어 대낮도 고요한데

낮닭이 지붕에 날아올라 우네.
黃雲割盡稻靑靑, 百指揮鋤着力輕.
里舍無人晝涔寂, 午鷄飛上屋頭鳴.

라고, 읊었다. 농절기의 김매기에 낮닭을 등장시켜 회화적 효과를 더하였다. 그러나, 이런 시가 농촌의 한가한 모습만을 그린 것으로 보아서는 안 된다. 농부의 호미질이 가벼움은 풍년에의 기대감 때문이요, 낮닭이 지붕에서 읊은 주린 배를 채울 수 없기 때문이다. 농부의 김매기 그림은 농촌생활의 한 단면도이기도 하다.

「秋雨·가을비」 시로서는,

새 높이 못 날고 수심에 젖어 앉았는데
비맞은 꽃 경각에 뜰 계단을 채우네.
꿈결같이 풍파 이는 바다인가 놀라니
한 초당 유람선의 뱃집같네.
鳥不高飛坐愁濕, 泡花頃刻漲庭階.
依然夢愕風波海, 一草堂如畵舫齋.

라고, 노래하였다. 가을 비바람에 꽃물같이 지는 모습을 풍파로 묘사하였기에 유람선의 뱃집 같다고 한 초당은 사실적인 회화성을 띠는 동시에 시인의 출렁이는 감정까지도 함축해 놓았다. 「秋崖晚景·가을 언덕 늦경치」에서는,

푸른 벼랑에 빨간 잎 고르게 물들더니
굽이굽이 구름병풍 비단수로 단장하네.
국화가 사이사이 점을 찍으니
가을 풍경이 봄 풍경보다 낫네.
蒼崖紅葉色初勻, 曲曲雲屛綿繡新.
更是菊花相點綴, 九秋風景勝三春.

라고, 읊었다. 제목 그대로 늦가을 산수화의 한 폭을 연상케 하였다. 특히나, 단풍 든 푸른 벼랑에 山菊花가 점을 찍듯 하였다는 묘사는 詩中畵의 妙와 靜

中動의 정감까지를 함께 성취한 것이라고 하겠다.

詩中畵의 회화적 효과를 거둔 작품을 통하여서는, 송설당의 섬세한 심미안이 특출함은 물론 창작기법으로서 묘사력이 뛰어남도 확인할 수 있다.

4. 總 結

崔松雪堂의 漢詩를 통하여 알 수 있는 것은 다음과 같다.

첫째, 松雪堂의 詩文에 대한 동시대인의 평가는 虛禮로서가 아니라 작품 자체가 지닌 가치성에 입각한 객관적인 평가였음을 확인할 수 있었다.

둘째, 松雪堂의 詩는 창작태도상에서 보아, 현실에서 느낀 자신의 뜻(생각)을 의도적으로 드러낸 言志의 詩와 자연의 이치가 시인의 性情과 일치하여 그대로 시로 드러나는 天機自發의 詩로 대분할 수 있었다.

言志의 詩에 나타난 주제의식을 孝·敎育·自我·社會·國家意識 등으로 살펴 보았다. 이들 주제의식을 담은 유형의 시들은 송설당이 몸소 겪었던 현실로 시적 대상이 나로부터 세계에 미치었음을 알 수 있다.

더구나, 송설당의 시는 선조의 설원을 성취한 때(1901년)를 전후하여서부터 1912년 송설당을 건립하고 1922년 문집을 발간하기 이전에 창작되어 시적공간은 주로 나라 잃은 시기였다. 송설당은 현실을 직시하여 인간답게 사는 일로부터 나라를 회복하고 세계의 평화를 염원했던 애민·애국·우국의 간절한 정회는 많은 시에서 느낄 수 있으나 그것은 극도로 절제된 시어에 은미하게 함축되었다는 특성이 있다.

天機自發의 詩로서는, 物我一體의 자연미·瞻麗한 詩情·天機發見에의 감동·詩中畵의 묘사 등에 나타난 특성을 살펴보았다. 이들 특성을 지닌 시에서 공통적으로 느낄 수 있는 것은, 송설당의 섬세한 심미안이 특출함과 창작기법으로서의 묘사력이 뛰어남을 확인할 수 있었다. 첨기할 일은, 살피지 못한 4편의 산문에서도 구성미나 표현미가 특출함을 볼 수 있었다는 사실이다.

최송설당 관련자료 분석과 전망[*]

김 형 목[**]

1. 머리말

최송설당의 육영사업가・자선사업가로서 면모는 비교적 널리 알려져 있다. 일찍부터 평양 白善行과 대구 金蔚山・徐寺媛・朴順道 등과 쌍벽을 이룬 여걸 중 한 사람은 바로 그녀였다.[1] 1930년대 『동아일보』・『조선일보』・『조

---

* 이 글은 최송설당기념회에서 2004년 6월 26일 성균관대학교 600주년기념관에서 개최한 『최송설당의 삶과 민족교육 그리고 문학』이라는 주제하에 발표한 내용을 수정・보완함.
** 독립기념관 한국독립운동사연구소 선임연구원.

1) 新安 朱愿錫,「松雪堂記」『松雪堂集』, 1922 ; 金壽吉,「崔松雪堂女史 一代記, 三十萬圓을 敎育에」『三千里』5월호, 삼천리사, 1930, 47쪽 ; 이광수,「옛 朝鮮

선중앙일보』·『매일신보』와『삼천리』·『개벽』등 신문·잡지는 그녀에 대한 활동상을 대대적으로 보도하였다. 특히 김천공립보통학교(이하 김천고보로 표기함) 설립이라는 '至高至純'한 육영사업은 당대인에게 깊은 감명을 주었다.[2] 남존여비라는 인습 등이 잔존하는 상황에서 여성으로서 이러한 '대과업'은 어느 누구도 감히 상상조차 힘든 상황이었다. 더욱이 인문계 중등교육기관 설립은 식민교육정책과 정면으로 배치되는 문제였다.

일제는 세계적인 대공황 여파에 따른 구조적인 모순을 인적·물적 수탈 강화로 이를 완화하려는 입장이었다. 생활환경 개선, 농가부업 장려, 근검저축 장려, 위생생활 개선 등을 구호로 내건 농촌진흥운동은 이를 반증한다. 이는 식민지적 수탈을 은폐·호도하려는 술책에 불과하다. 그 결과로 대다수 한국인은 草根木皮로 겨우 생존권을 유지하기에 급급한 실정이었다.[3] 이마저 여의치 않은 경우에는 정든 고향산천을 등지고 만주·연해주로 새로운 보금자리를 찾아 떠날 수밖에 없었다. 물론 새로운 이주지도 몽상일뿐 생존을 위한 척박한 현실과 사투로 점철되었다. 만성적인 식량부족은 삶에 대한 희망을 빼앗을뿐만 아니라 무력감을 팽배시켰다. 비애·분노·좌절은 감당하기 힘든 삶의 무게로 성큼 다가왔다.

이때 '자신의 전재산인 30만 원 거금으로 중등교육기관 설립' 보도는 독자들 눈을 의심케할 만한 '뜨거운 감자'나 다름없었다. 이는 김천지역 차원을 넘어 민족교육 시행에 목말라하던 사회활동가들을 흥분시키기에 충분한 요인이었다. 곧 김천고보 탄생은 근대교육사상 '분수령적' 의미를 지닌다. 4년제를 6

人의 根本道德, 全體主義와 구실主義 人生觀」『동광』 34, 1932, 4쪽 ; 『조선일보』 1930년 3월 5일 「전재산을 밧처 학교를 세운 부인, 눈물 겨운 그의 반생과 녀걸다운 그의 긔염-金泉中學 設立한 崔松雪堂女史 談-」, 1935년 11월 14일 사설 「白崔 兩女史의 奉仕的 事業」.

2) 『조선일보』 1930년 2월 26일 「武橋町 崔松雪堂女史 金泉에 中學設立, 故鄕에 학교를 위하야 二十餘萬圓 寄附」 ; 『동아일보』 1930년 2월 27일 사설 「松雪堂의 慶事 散財」, 3월 5일 「崔松雪堂女史 聲明書 發表 出生地인 金泉을 爲하야 中學設立基金調達」 ; 송설동창회·김천중고등학교, 『송설60년사』, 1991, 43쪽.

3) 김형목, 『상록수의 꿈과 희망, 최용신과 샘골강습소』, 순국선열유족회, 2005, 12쪽.

년제로 변경하는 공립보통학교 승격운동도 대부분 좌절로 점철되었다. 심지어 공립보통학교의 一面一校制마저도 조선총독부 당국자의 표방한 바와 달리 지지부진한 상황이었다.4) 김천고보 설립은 경북도청에서 해결할 수 없을 만큼 중차대한 문제였다. 특히 중등교육을 갈망하던 경북일대 청소년들은 이를 계기로 희망찬 미래를 스스로 설계할 수 있는 요인이었다.5) 금릉학원 고등과 증설은 이와 같은 분위기 속에서 이루어졌다. 향학열 고조는 중등교육에 대한 주민들 관심을 촉발시켰다.6)

물론 설립자 의도와 달리 설립 과정은 그리 순탄하게 진행되지 않았다. '民度와 時勢'에 적합한 교육을 기치로 내건 식민교육정책은 이를 가로막는 최대 장애물이었다.7) 저들의 궁극적인 목적은 "명령에 절대적으로 복종하는" 순종적인 植民地型 인간을 양성하는 데 있었다. 즉 실업교육과 보통교육에 치중된 저급한 실용교육을 통한 愚民化 교육은 궁극적인 지향점이나 다름없었다.8) 同祖同根論에 입각한 內鮮一體는 차별화를 전제로 한 동화정책의 산물이었다. 그런 만큼 김천고보 설립은 이에 대한 정면적인 '도전장'일 수밖에 없었다.

주지하듯이 김천고보 설립자는 최송설당이었다. 육영사업가로서 널리 알려진 바와 달리, 그녀의 행적이나 교육이념 등을 파악할 사료는 너무 소략할 뿐

---

4) 『동아일보』 1930년 3월 24일 「積立金 업슴으로 一面一校 遙遠 아즉 여듧 면은 학교가 업다, 金泉評議會의 物議」.
5) 『조선일보』 1931년 9월 20~21일 「鄕土敎育을 高潮하는 金泉高普校를 차저」.
6) 『조선일보』 1930년 4월 12일 「金泉 金陵學院 高等科 增設 래 이십일부터」.
7) 정재철, 『일제의 대한국식민지교육정책사』, 일지사, 1985, 296쪽 ; 박득준, 『조선근대교육사(영인)』, 한마당, 1989, 202~206쪽.
8) 김형목, 『1910년 전후 야학운동의 실태와 기능』, 중앙대박사학위논문, 2001, 134~135쪽.
   초등학교 개념은 소학교·보통학교·국민학교 등의 과정을 거쳐 최근에 정립되었다. 統監府와 朝鮮總督府 초기에는 소학교·보통학교 등을 혼용·사용하였다. 물론 공식적인 명칭은 보통학교였다. 명칭 변화는 "時勢와 民度에 적합한" 식민지교육을 시행하는 입장에서 비롯되었다. 즉 저급한 보통교육과 실업교육 장려는 우민화교육·차별교육을 지탱하는 밑바탕이었다. 「조선교육령」에 나타난 한국인의 고등교육·전문교육 제한은 이러한 의도를 분명하게 보여준다.

이다. 그나마 자신이 직접 남긴 회고록·자서전 등은 전무하다. 김천고보 설립을 전후한 시기의 관련기사, 교주 동상제막식, 사망 직후 신문·잡지 등에 나타난 기사가 대부분을 차지한다. 보도 내용은 '특집기사'로서 성격에서 크게 벗어나지 않는다.

이 글은 최송설당 관련자료 수집과 주요 내용을 중심으로 논의를 전개하고자 한다. 가사문학에 대한 부분은 많은 연구 성과물이 나와 있으므로 최대한 언급을 생략하였다. 미진한 부분을 보완할 수 있는 경우에만 한정하기로 한다. 김천고보 관련 기록은 최송설당과 관련된 부분만 다루었다. 나아가 자료 활용 방안 등도 간략하게 정리하였다. 이 글은 최송설당의 참모습을 재조명하는 데 조금이나마 도움이 되기를 바랄 뿐이다.

2. 관련자료 수집현황

최송설당에 관한 자료는 매우 소략한 느낌을 지울 수 없다. 이는 전통사회에서 성장한 과정이나 궁중생활과 같은 활동영역 등 시대적인 상황 속에서 비롯되었다. 곧 그녀는 '신여성'으로서 사회활동이나 생활이 거의 없었던 사실과 무관하지 않다.9) 자신의 주변사나 일상사 등을 직접 기록으로 남기지 않은 원인은 여기에서 찾을 수 있다. 특히 절제를 요구한 궁중생활은 자신의 일상사를 직접 기록하지 않아야 한다는 강박관념으로 작용하였을지도 모른다. 다만 문학을 통하여 자신의 심정이나 감회 등은 우회적으로 표현하였다. 그녀의 시문학에 관한 연구는 남·북한에서 이루어졌다. 북한의 경우는 지나치게 이데올로기에 편중된 입장을 떨쳐버릴 수 없다. 전통문학에 가까우면서 근대문학 가교로서의 성격은 중요한 문학사적 의미를 지닌다.10)

---

9) 윤정란, 『한국기독교 여성운동의 역사』, 국학자료원, 2003, 70~77쪽.
10) 심재완, 「최송설당의 시가연구」『국어국문학연구』3, 청구대, 1959 ; 허미자, 『조선조여류시문집』4, 태학사, 1989 ; 허미자, 「근대화 과정의 문학에 나타난 성의

시문집『송설당집』발간은 그녀가 상당한 지적 능력을 지닌 인물임을 알 수 있게 한다.[11] 당대 최고 문장가인 金允植이 시문집「서문」을 썼다는 사실은 이를 반증한다. 부친으로부터 받은 전통교육은 자기 감정을 은유적으로 표현할 수 있는 지적 기반이었다.[12] 궁중생활도 지적 능력을 배양하는 밑거름이나 다름없었다. 영친왕 보모로서의 자격은 풍부한 일반상식과 더불어 학문적인 능력이 요구되었다. 이는 궁중생활 청산과 더불어 당시의 신문·잡지 등을 구독하는 가운데 한층 심화될 수 있었다. 자연현상이나 식물 등에 관한 남다른 관심과 격조 높은 표현은 문학가로서 기질을 잘 보여준다.[13]

무남독녀인 그녀에 대한 기대는 기울어진 가문을 일으켜 세워야 한다는 '막중한' 사명의식을 고취시켰다. 부친은 어릴 때부터 이러한 소망을 직접 토로하였다.[14] 그녀는 三從之道에 순종하는 한 여성이 아니라 몰락한 화순최씨 가문을 계승·부흥시켜야 하는 주인공이었다. 재종제 崔光翼을 양자로 입적함은 가문을 계승하려는 강한 의식에서 비롯되었다. 조상들에 대한 伸寃運動이나 先山墓域 정비 등은 이를 실천하는 문제였다.[15] 선조에 대한 현창사업은 자신

갈등구조 연구」『인문과학연구』12, 성신여대, 1992 ; 리동윤, 「조선조 여류시인 송설당의 문학세계」『한길문학』10, 한길사, 1991 ; 허철회, 「최송설당의 시가연구」『국어문학연구』15, 동국대 한국문학연구소, 1992 ; 권대을, 「최송설당의 한시개관」『최송설당의 삶과 민족교육 그리고 문학』, 최송설당기념사업회, 2004 ; 한석수, 「최송설당의 문학세계와 현실인식」『최송설당의 삶과 민족교육 그리고 문학』, 최송설당기념사업회, 2004.

11)『大韓每日申報』1908년 1월 18일 잡보「文明女史」.
   그녀는 미국에서 발간된『공립신보』를 구독할 정도였다. 이는 당시 국내에서 발간된 대부분의 신문·잡지 등을 구독하고 있음을 의미한다. 그런 만큼 국제정세에 대한 식견도 상당한 수준임을 추측할 수 있다. 다만 여성단체나 사회단체 등에 가담은 극도로 자제하였다.

12) 김희곤, 「최송설당(1855~1939) 연구」『한국근현대사연구』32, 한국근현대사학회, 2005, 10쪽.

13) 金允植, 「松雪堂集序」『松雪堂集』.

14) 최송설당, 「自述 즈슐」『송설당집』 ; 晩菊 鄭潛, 「松雪堂序」『송설당집』.

15) 최송설당, 「自述 즈슐」『송설당집』 ; 申鉉中 찬(권태을 역), 「松雪堂傳」『송설당집』, 간행위원회, 1922.

들 명예를 회복하는 동시에 자긍심을 일깨우는 요인이었다.

한편 최송설당의 인문계 중등학교설립 선언은 현지 활동가들을 크게 자극
시켰다. 평생을 모은 전재산 기부는 이들에게 사회운동을 촉진시키는 새로운
돌파구나 다름없었다.[16] 李正得·黃義準 등은 김천고보후원회를 조직하는
등 재단법인 설립을 적극적으로 지원하고 나섰다.[17] 이들은 각 면 단위로 수
금위원을 임명하는 등 향후 활동과 의연금 모금을 결정하였다. 의연금 모금액
수는 10만 원에 달하는 거금이었다.[18] 민족해방운동을 둘러싼 이념적인 갈등
은 이러한 가운데 점차 완화되기에 이르렀다. 김천고보 설립은 현지 최대의
숙원사업이었다. 후원회는 무주·거창·문경·봉화 등 12개 군에 임원을 파
견하는 등 후원·동참을 호소하였다.[19]

受任五理事인 高德煥·李漢騏·崔錫台·金鍾鎬·崔東烈 등은 도청
당국자는 물론 직접 조선총독부 관리들과 교섭을 벌였다. 김천군수 松山도 이
들과 함께 활동하는 등 지원을 아끼지 않았다.[20] 최송설당 자신도 각종 인맥을
동원한 재단 설립인가를 위한 노력에 나섰다. 이러한 노력은 일제의 실업학교
설립인가 회유책 등을 거절할 수 있었다.[21] 김천보교 설립에 대한 열정은 갖은

---

16) 『조선일보』 1930년 3월 17일 「金泉 崔女史의 所有 高普校로 移動 동산과 부동
산 전부를」.

17) 『조선일보』 1930년 3월 17일 「金泉高普 後援 隣郡에 要應援」.

18) 『조선일보』 1930년 3월 17일 「金泉高普 後援 隣郡에 要應援」 ; 『동아일보』
1930년 3월 21일 「金泉高普 後援 義捐金이 遝至」, 3월 25일 「高普後援會 의연
금 답지」.

19) 『조선일보』 1930년 3월 21일 「金泉高普 後援會서 十萬圓 義捐募集 각 면을 분
담하야 出張募集키로 決議」.

20) 『동아일보』 1930년 3월 26일 「二十八日 認可願 김천고보교」, 3월 31일 「金泉高
普의 許可願 提出, 김천 일곱 유지가 대구 와서 崔松雪堂女史 事業」 ; 『조선일
보』 1930년 5월 22일 「金泉高普 認可로 又 復道에 陳情 수임자와 후원자 대표
들이」, 5월 24일 「金泉有志 代表 高普 實現 促進 지난 이십일에」, 11월 10일
「金泉高普 後援 道에 往訪 陳謝」.

21) 『조선일보』 1930년 6월 17일 「金泉高普 受任者 總督 訪問次 上京」 ; 『동아일
보』 1930년 10월 5일 사설 「尙 未解決의 金泉高普 當局의 責任을 問함」, 11월
7일 「萬餘坪 基地에 校舍를 新築 當局者들은 準備에 奔忙 許可된 金泉高普」.

난간을 정면으로 돌파할 수 있는 구심점이었다. 1931년 5월 6일 송설학원 인가와 곧이은 9일 개교는 김천고보 발전을 위한 기반 구축으로 이어졌다.[22]

이는 김천이라는 한 지역적인 문제로 그치지 않았다. 呂運亨·宋鎭禹 등 선각자들은 김천고보를 동양의 '오아시스'에 비유할 만큼 큰 기대감을 표시하였다. 1935년 11월 31일 거행된 校主 최송설당 제막식에서 행한 연설문은 이러한 사실을 그대로 보여준다.[23] 각지에서 몰려든 지사들은 여사에 대한 찬사와 아울러 김천고보의 무궁한 발전을 기원하는 등 격려를 아끼지 않았다. 당일 참석하지 못한 인사들은 의연금을 출연하거나 축전을 보내는 등 세인의 관심을 집중시켰다.[24] 바야흐로 경북 도내는 물론 1930년대 국내의 '대표적인' 사립중등교육기관 중 하나가 바로 김천고보였다. "寂寞의 金泉을 活氣찬 金泉으로, 草野의 金泉을 理想의 金泉으로"라는 표현은 이를 반증한다.[25]

이 장은 최송설당과 관련된 자료를 신문류·잡지류·사진류·기타 등으로 대별하였다. 물론 여기에 제시된 기록물이 전부는 아니다. 앞으로 더욱 보완할 필요성을 느낀다. 특히 김천고보 설립인가신청서와 인가서, 경북도당국에 낸 청원서, 조선총독부와 교섭과정 등은 학교사 재조명 차원에서 반드시 밝혀야 할 과제임에 틀림없다.[26]

1) 신문류

(1) 대한매일신보

- -.『대한매일신보』 1908년 1월 18일 잡보「文明女士」.
- -.『대한매일신보』 1908년 1월 16일 잡보「부인의 유지」.

---

22) 송설동창회·김천중고등학교,『송설60년사』, 43~44쪽.
23)『조선일보』 1935년 12월 5일「崔松雪堂女史 銅像除幕式 所感(一), 一記者」 ; 송설동창회·김천중고등학교,『송설60년사』, 45쪽.
24) 최송설당기념사업회 엮음,『송설당집』Ⅱ, 명상, 2005, 277~280쪽.
25)『동아일보』 1931년 4월 25일「金泉高普校의 創立」.
26)『동아일보』 1930년 3월 26일「二十八日 認可願 김천고보교」.

(2) 『동아일보』

-. 『동아일보』 1924년 2월 9일 「金泉高普 計劃 期成準備會 組織」.
-. 『동아일보』 1924년 2월 19일 「高普 期成會 活動 金泉高普期成會」.
-. 『동아일보』 1924년 3월 10일 「金泉高普 準備」.
-. 『동아일보』 1924년 3월 10일 「金陵靑年會 義捐」.
-. 『동아일보』 1924년 3월 21일 「金泉高普 期成 來準 二十九日 發起會」.
-. 『동아일보』 1924년 4월 1일 「三十萬圓 豫算으로 金泉高普 計劃」.
-. 『동아일보』 1924년 7월 25일 「高普 期成會 執行委員會」.
-. 『동아일보』 1924년 11월 13일 「高普 期成 懇談」.
-. 『동아일보』 1924년 11월 17일 「金泉市民大會 執行委員會 高普 期成問題로」.
-. 『동아일보』 1926년 3월 1일 「金泉高普 期成 有望 有志의 援助로」.
-. 『동아일보』 1927년 2월 19일 「高普 期成에 活動 金泉高普 期成會」.
-. 『동아일보』 1927년 3월 2일 「發起人會 準備 金泉高普 期成會」.
-. 『동아일보』 1927년 3월 15일 「資金 三十萬圓의 金泉高普 運動 期成會에 發起人會 開催하고 資金徵收 方法 決定」.
-. 『동아일보』 1927년 3월 17일 「金高 發起人會」.
-. 『동아일보』 1927년 3월 29일 「金高 期成會에 執行委員會 進行方針 討議」.
-. 『동아일보』 1927년 6월 8일 「金泉高普 期成 事業 成績 良好」.
-. 『동아일보』 1927년 6월 25일 「高普 期成會 執行委員會」.
-. 『동아일보』 1927년 7월 11일 지방논단 「高普 期成會, 金泉 一記者」.
-. 『동아일보』 1927년 8월 2일 「社會團서도 極力 後援 金泉高普 期成에」.
-. 『동아일보』 1929년 5월 29일 「◇正租一百石 최송설당긔부」.
-. 『동아일보』 1929년 9월 18일 「崔松雪堂女史」.
-. 『동아일보』 1930년 2월 26일 「崔松雪堂女史 特志에 金泉人士 大歡喜, 유지들은 감사전보를 보내 ◇敎育事業後援會 發起」.
-. 『동아일보』 1930년 2월 26일 「中等學校設立費로 三十萬圓 巨財提供」.
-. 『동아일보』 1930년 2월 27일 사설 「松雪堂의 慶事, 三十萬圓의 散財」.
-. 『동아일보』 1930년 3월 1일 「崔松雪堂女史特志에 金泉人士 大歡喜, 유지

들은 감사전보를 보내 ◇교육사업 후원회 발기」.

-.『동아일보』 1930년 3월 5일 「崔松雪堂女史 聲明書 發表 출생지인 김천을 위하야 中學設立基金調達」.

-.『동아일보』 1930년 3월 6일 「金泉高普校 後援會 創立 이 일에 김천 유지가 조직 認可速하면 明年에 開學」.

-.『동아일보』 1930년 3월 11일 「金泉高普 基地 買收契約 成立」.

-.『동아일보』 1930년 3월 15일 「金泉高普 後援 事業方針 決定 관계자 련합회의 개최하고 卽席에서 三千圓崔 義捐」.

-.『동아일보』 1930년 3월 16일 「高普基地 買收에 一千圓을 義捐 최녀사의 일이 감사타고 李昌求氏까의 特志」.

-.『동아일보』 1930년 3월 24일 「財團手續 終了로 道에 認可願 提出, 金泉高普 設立後聞」.

-.『동아일보』 1930년 3월 24일 「積立金 업슴으로 一面一校財 遙遠 아즉 여듧 면은 학교가 업다 金泉學評會의 物議」.

-.『동아일보』 1930년 3월 25일 「高普後援會 의연금 답지」.

-.『동아일보』 1930년 3월 26일 「二十八日 認可願 김천고보교」.

-.『동아일보』 1930년 3월 26일 「金泉公普校의 男女共學反對 — 學父兄의 物論藉藉」.

-.『동아일보』 1930년 3월 31일 「金泉高普校의 許可願 提出 김천 일곱 유지가 대구 와서 崔松雪堂女史 事業」.

-.『동아일보』 1930년 4월 2일 「高普後援會 同情金 遝至」.

-.『동아일보』 1930년 4월 12일 「經營難에 싸젓든 金陵學院 曙光 片順男氏 財 畢死活動」.

-.『동아일보』 1930년 10월 5일 사설 「尙未解決의 金泉高普」.

-.『동아일보』 1930년 10월 21일 「不認可로 世論沸騰튼 金泉高普校 實現 사십만원을 적립해 노핫는데 허가를 안해 비난을 밧든 사건 實業敎育의 前提로」.

-.『동아일보』 1930년 11월 7일 「萬餘坪 基地에 校舍를 新築 當局者들은 準備에 奔忙 許可된 金泉高普」.

-.『동아일보』 1930년 11월 12일 「二萬餘圓의 住宅까지 提供 金泉高等普校

의 校母 崔松雪女史 熱誠」.

-. 『동아일보』 1930년 12월 25일 「金泉高普校는 明春 正式 認許 그동안에 각 항 준비한다고 改正 高普令 發表 談에」.

-. 『동아일보』 1931년 1월 2일 「敎員 人選도 不遠 決定 新學期에는 斷然 開學 관석 제사공장을 가교실로 사용 金泉高普 開校 不遠」.

-. 『동아일보』 1931년 1월 2일 「高普校 設立으로 入學이 逐日 增加 교보입학을 준비하고저 金泉 金陵學院 曙光」.

-. 『동아일보』 1931년 2월 7일 「金泉高普校 法人으로 認可 학교로는 아즉 허가 안돼 責任者는 準備에 奔忙」.

-. 『동아일보』 1931년 2월 10일 「金泉高普 理事 事業進行 協議 대표 五교씨 교장 교섭 상경 校長은 安, 鄭 兩氏説」.

-. 『동아일보』 1931년 2월 12일 「崔松雪堂 來訪」.

-. 『동아일보』 1931년 2월 19일 「未收金回收와 辭任幹部普選 金泉高普 後援會 活動」.

-. 『동아일보』 1931년 2월 22일 「金泉高普校 假校舍 再入札 ◇來二十五日에」.

-. 『동아일보』 1931년 3월 3일 「金泉高普設立 義捐金 遝至」.

-. 『동아일보』 1931년 3월 4일 「新學期 臨迫으로 學校許可 促進 학생모집을 해야 되겟다고 金泉高普幹部 知事 訪問」.

-. 『동아일보』 1931년 3월 5일 「金泉高普校 同情金 遝至」.

-. 『동아일보』 1931년 3월 7일 「金泉高普校 五學級 申請」.

-. 『동아일보』 1931년 3월 9일 「金泉高普校 同情金 遝至」.

-. 『동아일보』 1931년 3월 12일 「金陵學院 準備科」.

-. 『동아일보』 1931년 3월 12일 「金泉高普 同情金」.

-. 『동아일보』 1931년 3월 14일 「金泉高普 同情金」.

-. 『동아일보』 1931년 3월 17일 「金泉高普 敎員 許可願 提出 교장은 안일영씨」.

-. 『동아일보』 1931년 3월 21일 「金泉高普校 正式으로 認可」.

-. 『동아일보』 1931년 3월 29일 「金泉高普校에 安陵 鄭學 兩氏 赴任」.

-. 『동아일보』 1931년 3월 30일 「殺到한 金泉高普 新入受驗生」.

-. 『동아일보』 1931년 4월 2일 「金泉高等普通學校 合格者 三十一日 發表分」.

-. 『동아일보』 1931년 4월 14일 「工事遲延으로 二十日頃 開校」.

-. 『동아일보』 1931년 4월 16일 「金泉高普 開校 來 二十一日에」.

-. 『동아일보』 1931년 4월 25일 「金泉高普校 開學式 延期」

-. 『동아일보』 1931년 4월 25일 「金泉高普校의 創立 － 그 前途를 祝함, 金泉
　　　　　　一記者」.

-. 『동아일보』 1931년 5월 11일 「金泉高普 開學 五月 九日부터」.

-. 『동아일보』 1931년 5월 22일 「金泉高普校 寄附募集 許可 후원회 대표명
　　　　　　의에 지난 十六日 附로」.

-. 『동아일보』 1931년 5월 28일 「金泉高普校 後援理事會 事業進行策 決議」.

-. 『동아일보』 1931년 5월 31일 「每日 五十錢 貯金 金泉高普에 寄附 김천
　　　　　　선웅수씨의 교육렬 百日 貯金額 五十圓」.

-. 『동아일보』 1931년 7월 15일 「金泉高普 後援會」.

-. 『동아일보』 1931년 8월 23일 「金高後援會 從業員 決定」.

-. 『동아일보』 1931년 9월 25일 「金泉高普後援會 寄附募集 着手 理事와 從
　　　　　　事員 總出動으로」.

-. 『동아일보』 1931년 10월 14일 「崔松雪堂女史 熹宴 祝賀會 金泉高普에서」.

-. 『동아일보』 1931년 11월 10일 「金泉高普에 寄附金 遝至」.

-. 『동아일보』 1932년 1월 9일 「金泉高普에 千圓을 寄附 呂煥玉氏 特志」.

-. 『동아일보』 1932년 2월 4일 「金泉高普校 寄附金 遝至」.

-. 『동아일보』 1932년 2월 4일 「金泉高普校長 鄭烈模氏에 就任」.

-. 『동아일보』 1932년 3월 4일 「金泉高普校 寄附金 遝至」.

-. 『동아일보』 1932년 4월 7일 「今春의 合格者 ◇專門과 中等校」.

-. 『동아일보』 1932년 4월 19일 「金泉高普에 寄附金 遝至」.

-. 『동아일보』 1932년 4월 29일 「金泉高普에 寄附金 遝至」.

-. 『동아일보』 1932년 5월 5일 「金泉高普에 寄附金 遝至」.

-. 『동아일보』 1932년 6월 30일 「高等女學校 ◇金泉에 設置 申請」.

-. 『동아일보』 1932년 7월 14일 「高等高普 上梁式 擧行」.

-. 『동아일보』 1932년 9월 7일 「金泉高普校 寄附金 遝至」.

-. 『동아일보』 1932년 9월 7일 「金泉 位良面 公普校 開校, 면장 리중재씨의

헌신적 노력 生徒八十名이 超過」.

-. 『동아일보』 1932년 9월 17일 「金泉高普後援 寄附金이 遝至, 後援會의 맹 렬한 활동으로 累計 一萬六千餘圓」.

-. 『동아일보』 1932년 9월 19일 「金泉高普校 新築 校舍로 移轉 지난 十五日 부터」.

-. 『동아일보』 1932년 9월 29일 「金泉高普校 寄附金 遝至」.

-. 『동아일보』 1932년 10월 6일 「金泉의 자랑인 高等普通學校, 短期間에 稀 有의 發展」.

-. 『동아일보』 1932년 10월 7일 「金泉의 자랑인 高等普通學校, 短期間에 稀 有의 發展」.

-. 『동아일보』 1932년 11월 1일 「金泉高普校 寄附金 遝至, 累計 萬八千餘圓」.

-. 『동아일보』 1932년 11월 16일 「金泉高普校 寄附金 遝至」.

-. 『동아일보』 1932년 11월 30일 「金泉高普校寄附金 五萬圓은 郡內에서, 달 은 군에 대하야 수치라고 二十邑面長 總活動」.

-. 『동아일보』 1932년 12월 31일 「金泉高普校 寄附金 遝至」.

-. 『동아일보』 1933년 1월 12일 「金泉高普에 五百圓 寄附, 報恩郡 壽弘氏」.

-. 『동아일보』 1933년 3월 10일 「中等程度以上 男女校자 今春 入學案內(8)」.

-. 『동아일보』 1933년 3월 17일 「金泉高普校에 寄附金 遝至」.

-. 『동아일보』 1933년 3월 18일 「金泉高普校에 寄附金 遝至」.

-. 『동아일보』 1933년 3월 24일 「金泉高普校 入學許可者」.

-. 『동아일보』 1933년 4월 25일 「寄附期限의 延長을 申請, 달은 기부금이 많 은 까닭에 金泉高普校 寄附金」.

-. 『동아일보』 1933년 4월 29일 지방논단 「寄附金募集, 各面長에게 一言, 金 泉一記者」.

-. 『동아일보』 1933년 7월 2일 「金泉高女校 寄附 成績 良好, 明春에 開校」.

-. 『동아일보』 1933년 11월 5일 「金泉高普 音樂會」.

-. 『동아일보』 1934년 1월 22일 「南道力技大會 金泉에서 開催」.

-. 『동아일보』 1934년 1월 22일 「金泉高普耐寒運動」.

-. 『동아일보』 1934년 3월 21일 「金泉高普의 志願者 六倍」.

-. 『동아일보』 1934년 3월 30일 「各地方男女中等校 入試合格者」.

-.『동아일보』1935년 11월 25일「崔松雪堂銅像建立 寄附도 許可, 金品이
　　　運至」.

-.『동아일보』1935년 12월 1일「金泉高普落成式, 昨日 莊嚴하게 擧行 崔松
　　　雪堂銅像도 除幕」.

-.『동아일보』1935년 12월 1일 사설「거룩한 崔松雪堂」.

-.『동아일보』1935년 12월 1일 지방논단「崔松雪堂銅像 建立에 際거하야,
　　　金泉 一記者」.

-.『동아일보』1935년 12월 3일「三大記念을 機會로 餘生의 手財마자 喜捨,
　　　三萬圓들 特別敎室建費 自擔, 金泉高普와 崔松雪堂」.

-.『동아일보』1935년 12월 14일「崔松雪堂銅像 寄附金運至」.

-.『동아일보』1936년 1월 26일「金泉高普 入學須知」.

-.『동아일보』1937년 6월 4일「金泉高普校 特別敎室新築」.

-.『동아일보』1937년 7월 7일「金泉高普財團 理事及 平議員會」.

-.『동아일보』1937년 10월 13일「金泉高普 秋季運動」.

-.『동아일보』1938년 1월 24일「金泉高等普通學校 生徒募集規定」.

-.『동아일보』1938년 1월 25일「金泉高等普通學校 難攻의 關門突破」.

-.『동아일보』1938년 2월 11일「金泉高等普通學校 生徒募集規定」.

-.『동아일보』1938년 2월 26일「金泉高普에 古金庫를 寄贈 金泉金融組合
　　　에서」.

-.『동아일보』1938년 3월 7일「金泉高普 卒業式」.

-.『동아일보』1938년 4월 1일「金泉高普校에 敎鍊用具 寄附 金泉 金琪振
　　　氏 特志」.

-.『동아일보』1938년 4월 8일「金泉中學校 銃器 受納式」.

-.『동아일보』1938년 5월 12일「金泉中學 創立記念」.

-.『동아일보』1938년 6월 20일「金泉中學校의 '푸-ㄹ' 落成式」.

-.『동아일보』1938년 9월 27일「金泉中學校 維持會高 組織」.

-.『동아일보』1938년 9월 27일「金泉中學校 敎育財團聯合會」.

-.『동아일보』1938년 10월 13일「金泉中學校의 秋季運動會 盛況」.

-.『동아일보』1938년 12월 7일「金泉中學校에 特別敎室 增築 그 工費는 三
　　　萬餘圓」.

-. 『동아일보』 1939년 1월 27일 「金泉中學校 學級을 增設 五特學級을 더 늘인다」.
-. 『동아일보』 1939년 3월 18일 「難攻의 關門突破, 金泉中學校 合格者」.
-. 『동아일보』 1939년 4월 2일 「金泉中學校 十學級 遂 認可」.
-. 『동아일보』 1939년 4월 10일 「特別敎室建築에 崔校主 萬圓喜捨 健步하는 金泉中學」.
-. 『동아일보』 1939년 4월 14일 「金泉中學 入學式」.
-. 『동아일보』 1939년 5월 13일 「金泉中學校 學級 增加 記念式 擧行」.
-. 『동아일보』 1939년 6월 17일 「崔松雪堂女史 別世, 今日 金泉 自宅에서」.
-. 『동아일보』 1939년 6월 22일 「故崔松雪堂葬儀 學校葬으로 執行決定」.
-. 『동아일보』 1939년 6월 25일 「故崔松雪堂 葬儀 大盛況裡에 擧行」.
-. 『동아일보』 1939년 6월 29일 「故崔松雪堂女史 遺産整理完了」.
-. 『동아일보』 1939년 8월 12~17일 「故崔松雪堂女史의 四十九日祭를 當하야, 金泉支局 一記者」.
-. 『동아일보』 1939년 10월 11일 「金泉中學校 秋季大運動會」.
-. 『동아일보』 1939년 10월 11일 「金泉中學校 理事評議員 聯合會」.
-. 『동아일보』 1940년 3월 5일 「金泉中學校 第五回 卒業式 擧行」.
-. 『동아일보』 1940년 3월 20일 「金泉中學校 入學者 名單」.
-. 『동아일보』 1940년 4월 9일 「金泉中學校 財團 評議員 改選」.
-. 『동아일보』 1940년 4월 24일 「敎諭, 職員에 待遇 改善 講堂 新築等을 可決 金泉中學 財團理事, 評議員會」.
-. 『동아일보』 1940년 4월 24일 「金泉中學 增築에 五千圓을 惠擲 特志家 李昌求氏 快擧」.
-. 『동아일보』 1940년 4월 24일 「高調된 敎育熱 寄附金 還至 金泉中學 增築費로」.
-. 『동아일보』 1940년 4월 24일 「敎室 增築費로 金千圓을 喜捨 盧亨九女史 美擧」.
-. 『동아일보』 1940년 5월 7일 「金泉中學에서 退職金制 創定」.

(3) 조선일보

-.『조선일보』1926년 11월 16일「國恩에 報答코자 社會事業에 投資, 자긔가 모흔 재산을 푸러 고아원 등을 설립하랴고, 崔松雪堂의 美擧」.

-.『조선일보』1930년 2월 26일「武橋町 崔松雪堂女史 金泉에 中學設立, 고향에 학교를 위하야 二十餘萬圓 寄附」.

-.『조선일보』1930년 3월 2일「金泉中學校 設立 後援會 創立大會 지방유지들의 발긔로」.

-.『조선일보』1930년 3월 2일「金泉 社會團體 崔氏에게 祝電」.

-.『조선일보』1930년 3월 3일 사설「金泉中學 後援會－崔松雪堂女士의 篤志」.

-.『조선일보』1930년 3월 3일「新學期 臨迫으로 學校許可 促進 학생모집을 해야되겟다고 金泉普校 幹部 知事 訪問」.

-.『조선일보』1930년 3월 4일「財團手續 終了로 道에 認可願提出－金泉普校 設立後聞」.

-.『조선일보』1930년 3월 5일「전재산을 밧처 학교를 세운 부인 눈물 겨운 그의 반생과 녀걸다운 그의 긔염－金泉中學 設立한 崔松雪堂女史 談－」.

-.『조선일보』1930년 3월 14일「金泉高普校 基地 買收確定 벌서 의연바든 것이 近三千圓」.

-.『조선일보』1930년 3월 17일「金泉 崔女士의 所有 高普校로 移動 동산과 부동산 전부를」.

-.『조선일보』1930년 3월 17일「金泉高普 後援 隣郡에 要應援」.

-.『조선일보』1930년 3월 21일「金泉高普 後援會서 十萬圓 義捐募集 각 면을 분담하야 出張募集키로 決議」.

-.『조선일보』1930년 3월 21일「金泉高普 後援 義捐金이 遝至」.

-.『조선일보』1930년 3월 26일「金泉高普 建築 래 사월에 공사 착수 明春에 開校 豫定」.

-.『조선일보』1930년 3월 29일「金泉高普校 義捐金 續報」.

-.『조선일보』1930년 4월 12일「金泉 金陵學院 高等科 增設 래 이십일부터」.

-. 『조선일보』 1930년 4월 18일 「金泉高普 後援 義捐遝至 續報」.

-. 『조선일보』 1930년 4월 28일 「金泉高普 後援 義捐遝至 續報」.

-. 『조선일보』 1930년 5월 13일 「金泉高等普通校 學制 變更을 慫慂, 인구밀도와 도내 정세를 보아서 실업교보다 고보가 필요타고, 一般住民들은 奮起」.

-. 『조선일보』 1930년 5월 18일 「高普學制 變更에 絕對不應 決議, 일인들도 고보설립에 찬동 金泉住民有志會서」.

-. 『조선일보』 1930년 5월 22일 「金泉高普 認可로 又復 道에 陳情, 수임자와 후원회 대표들이」.

-. 『조선일보』 1930년 5월 24일 「金泉有志 代表 高普 實現 促進 지난 이십일에」.

-. 『조선일보』 1930년 6월 2일 「實業校主張하든 것 道에서도 問題轉換」.

-. 『조선일보』 1930년 6월 5일 「當局 旣定方針으로 金泉高普를 不許, 시민대표와 후원회에서는 總督府에 許可交涉」.

-. 『조선일보』 1930년 6월 17일 「金泉高普 受任者 總督 訪問次 上京」.

-. 『조선일보』 1930년 6월 28일 「金泉 社會團體 崔女史 歡迎會 이십구일에 개최」.

-. 『조선일보』 1930년 7월 2일 「金泉高普校主 崔女史 歡迎會 천여 명이 모혀」.

-. 『조선일보』 1930년 8월 5일 「金泉高普 問題 결국 주민들의 요망대로 高普校로 實現」.

-. 『조선일보』 1930년 9월 10일 「金泉 金陵學院 新任 講師 歡迎」.

-. 『조선일보』 1930년 9월 17일 「金泉 金陵學院 片 講師 送別宴」.

-. 『조선일보』 1930년 10월 13일 「金泉 金陵學院 認可願을 提出」.

-. 『조선일보』 1930년 11월 10일 「金泉高普 後援 道에 往訪 陳謝」.

-. 『조선일보』 1930년 11월 12일 「崔松雪堂女史 又復 高普에 寄附 곡가 폭락에 영향잇다고 二萬餘圓을 더 내여」.

-. 『조선일보』 1930년 11월 14일 사설 「白崔 兩女史의 奉仕的 事業」.

-. 『조선일보』 1930년 12월 3일 「金泉高普校 不日間 認可 總財團 三十萬 二千百圓」.

-. 『조선일보』 1930년 12월 11일 「崔松雪堂女史 去 七日에 上京」.

-. 『조선일보』 1930년 12월 27일 「金泉高普校 建築基地 工事 학무국장 권유
　　　로 교주의 승낙을 바더」.

-. 『조선일보』 1931년 1월 1일 「敎育事業에 犧牲한 崔松雪堂 一生 一九三十
　　　年에 자최를 남긴 그들의 業績(一)」.

-. 『조선일보』 1931년 1월 12일 「金泉高普 設計問題 雙方聯合會 開催 래 십
　　　오일 오후 한시에」.

-. 『조선일보』 1931년 1월 31일 「金泉高普 後援 臨時大會 開催」.

-. 『조선일보』 1931년 2월 13일 「본사를 방문한 崔松雪堂女史」.

-. 『조선일보』 1931년 3월 11일 「金泉高普 基地 買收契約 成立」.

-. 『조선일보』 1931년 3월 15일 「金泉에 高普校 近間 認可될 듯」.

-. 『조선일보』 1931년 3월 15일 「金泉高普 義捐金遝至」.

-. 『조선일보』 1931년 3월 27일 「金泉高普校 定式으로 認可」.

-. 『조선일보』 1931년 9월 20일 「鄕土敎育을 高調하는 金泉高普校를 차저
　　　(上), 金泉支局 ＲＳ生」.

-. 『조선일보』 1931년 9월 21일 「鄕土敎育을 高調하는 金泉高普校를 차저
　　　(下), 金泉支局 ＲＳ生」.

-. 『조선일보』 1932년 1월 11일 「金泉高普校에 義捐金이 遝至」.

-. 『조선일보』 1932년 2월 6일 「金泉高普校 寄附金 遝至」.

-. 『조선일보』 1932년 3월 7일 「金泉高普校에 義捐金이 遝至」.

-. 『조선일보』 1932년 3월 14일 「金泉高普 寄附金 遝至」.

-. 『조선일보』 1932년 4월 2일 「金泉高普校 合格者」.

-. 『조선일보』 1932년 5월 28일 「金泉高普 義捐金 遝至」.

-. 『조선일보』 1932년 10월 23일 「金泉高普校 學父兄會 發起」.

-. 『조선일보』 1934년 2월 15일 「金泉高等普通學校 生徒募集」.

-. 『조선일보』 1934년 5월 12일 「金泉普校生 二三四學年 盟休 敎員 退職問
　　　題로 發端」.

-. 『조선일보』 1934년 5월 16일 「金泉高普 盟休 無條件으로 解決 學父兄會
　　　召集 協議 結果 十四日부터 一齊 登校」.

-. 『조선일보』 1934년 10월 26일 「崔松雪堂의 奇禍 七千圓 貴金屬 盜難, 그
　　　집에 잇던 사람이 절취 도주 本町署 各地로 搜査」.

-.『조선일보』 1935년 3월 13일「金泉高普校 合格者」.

-.『조선일보』 1935년 5월 7일「金泉高普 評議會」.

-.『조선일보』 1935년 5월 8일「金泉高普 保護者會」.

-.『조선일보』 1935년 11월 30일 사설「金泉高普의 盛事」

-.『조선일보』 1935년 12월 2일 사설「崔松雪堂女史의 壯擧, 나머지 私財를 全部義捐」.

-.『조선일보』 1935년 12월 5일「崔松雪堂女史 銅像除幕式 所感(一), 一記者」.

-.『조선일보』 1935년 12월 6일「崔松雪堂女史 銅像除幕式 所感(二), 一記者」.

-.『조선일보』 1935년 12월 7일「崔松雪堂女史 銅像除幕式 所感(三), 一記者」.

-.『조선일보』 1935년 12월 8일「金泉 富豪들께 反省을 更促함」.

-.『조선일보』 1935년 12월 8일「崔松雪堂女史 銅像除幕式 所感(四), 一記者」.

-.『조선일보』 1935년 12월 9일「最後의 財産까지 又復 三萬圓 寄進 金泉高普 特別敎室 新築費富로 崔松雪堂女史의 至誠」.

-.『조선일보』 1935년 12월 10일「崔松雪堂女史 銅像除幕式 所感(五), 一記者」.

-.『조선일보』 1936년 1월 1일「金普 生育의 慈母 全財産을 바친 崔松雪堂女史」.

-.『조선일보』 1936년 1월 26일「金泉高普 入學須知」.

-.『조선일보』 1936년 2월 21일「金泉高等普通學校 生徒募集」.

-.『조선일보』 1936년 3월 12일「金泉高普校 中等學校 合格者」.

-.『조선일보』 1936년 3월 14일「金泉高等普通學校 入學試驗 問題」.

-.『조선일보』 1939년 6월 17일「金泉中學校主 崔松雪堂女史 今日 午前十時 永眠」.

-.『조선일보』 1939년 6월 20일「訃告」.

-.『조선일보』 1940년 3월 19일「金泉中學校 入學者 名單」.

(4) 중외일보

-. 『중외일보』 1930년 2월 26일 「三十萬圓 提供하고 中學設立을 依賴, 지금
　　　　　　세상에 듯기 어려운 갸륵한 미담 ◇유지들은 수속에 분망 중◇
　　　　　　崔松雪堂女史의 美擧」.

-. 『중외일보』 1930년 2월 26일 「유싱긔」.

-. 『중외일보』 1930년 2월 27일 「시사만필」.

-. 『중외일보』 1930년 3월 15일 「金泉高普校 設立 積極 後援決議 崔松雪堂
　　　　　　義捐金外 十萬圓 寄附金募集 自進寄附 遝至」.

-. 『중외일보』 1930년 5월 17일 「高普設立의 初志一貫 邁進, 당국의 실업교 설
　　　　　　립권유는 설립자측의 본의가 아니라 ◇金泉有志大會決議◇」.

-. 『조선중앙일보』 1934년 10월 26일 「금붙이 六千圓어치 훔처 가지고 逃亡,
　　　　　　武橋町 崔松雪堂의 親族이 主人 沐浴간 사이에」.

-. 『조선중앙일보』 1934년 10월 29일 「五萬金 預金通帳 盜難事件 또 發生,
　　　　　　犯人은 朝鮮鑛業會社給仕 情婦家 潛伏中 逮捕」.

-. 『조선중앙일보』 1935년 5월 14일 「崔松雪堂女史의 銅像建立期成會, 金泉
　　　　　　高普學父兄會에서」.

-. 『조선중앙일보』 1935년 12월 2일 「崔松雪堂女史 銅像除幕式盛大 三十日
　　　　　　金泉高普校에서」.

-. 『조선중앙일보』 1935년 12월 3일 「崔松雪堂女史 또 三萬圓 喜捨 八十一
　　　　　　歲 高齡으로 最後까지 育英에 盡粹」.

-. 『조선중앙일보』 1935년 12월 6일 「사회에 드리는 감사의 말슴」.

(5) 매일신보

-. 『매일신보』 1914년 3월 24일 「五十石으로 救春窮, 최송설당의 아름다온
　　　　　　일, 베 오십셕으로 빈민구제」.

-. 『매일신보』 1930년 10월 27일 「崔松雪堂 志願대로 金泉高普校 實現 校制
　　　　　　는 二코쓰制 採用 不遠間 正式으로 認可」.

-. 『매일신보』 1934년 11월 15일 「崔松雪堂女史 貴金屬賊漢 전남 장성 가서
　　　　　　배회하다가 發覺되여 遂就縛」.

2) 잡지류·논문

-.『개벽』11호, 개벽사, 1934.

-. 최송설당,『송설당집』1-3, 1921.

-. 허미자 편,『조선조여류시문집』4, 태학사, 1989.

-. 金壽吉,「최송설당여사 일대기」『삼천리』5월호, 삼천리사, 1930.

-. 이광수,「옛 朝鮮人의 根本道德, 全體主義와 구실主義 人生觀」『東光』6
월호, 1932.

-. 加納安正,『金泉全誌』, 小杉養文堂, 1932.

-. 金鍾鎬,「松雪堂 女史와 金泉中學」『松雪』2, 김천중학교, 1956.

-. 김천중고등학교동창회,『송설50년』, 1981.

-. 송설동창회,『松雪六十年史』, 육십년사편찬위원회, 1991.

-. 李仁,『半世紀의 證言』, 명지대출판부, 1974.

-. 최영희·김호일,『애산 이인』, 애산학회, 1989.

-. 박성수,『조선의 부정부패 그 멸망에 이른 역사』, 규장각, 1999.

-. 류연석,『한국가사문학사』, 국학자료원, 1994.

-. 최송설당기념사업회,『최송설당의 삶과 민족교육 그리고 문학』, 2004.

-. 최송설당기념사업회,『송설당집』(Ⅰ)(Ⅱ), 명상, 2005.

-. 李王垠傳記刊行委員會,『英親王李垠傳』, 共榮書房, 1978.

-. 심재완,「최송설당의 시가」『국어국문학연구』3, 청구대, 1959.

-. 허철회,「최송설당의 시가연구」『국어문학연구』15, 동국대 한국문학연구소,
1992.

-. 許米子,「근대화 과정의 문학에 나타난 성의 갈등구조 연구」『인문과학연구』
12, 성신여대, 1992.

-. 리동윤,「조선조 여류시인 송설당의 문학세계」『한길문학』10, 한길사, 1991.

-. 김희곤,「최송설당(1855~1939)연구」『한국근대사연구』32, 한국근대사학회,
2005.

-. 김호일,「최송설당의 교육이념과 교육활동」『국학연구』11, 국학연구소, 2006.

3) 사진류

-. 김천중고등학교 전경사진(설립당시, 과거, 현재)
-. 송설당 관련 사진
-. 김천고보 설립을 위한 성명서, 포고서 등
-. 관련기사(사설 등)
-. 인물사진(촬영일시)
-. 여운형 등과 함께 한 사진(동상제막식 당시 1935년 11월 30일)
-. 개교5주년 및 교주동상제막식 기념사진(〃)
-. 교주 동상사진(과거)
-. 교주 동상사진(현재)
-. 신문에 보도된 교주 사진
-. 정걸재 전경
-. 일제강점기 김천 전경사진
-. 묘소
-. 비문
-. 문집 표지와 주요 가사
-. 청암사 입구 암각 글씨
-. 화왕산 도선암 암각 글씨
-. 속리산 암각 글씨
-. 금강산 암각 글씨
-. 북한산 암각 글씨
-. 석왕사 암각 글씨
-. 문화포장(발행처 행정자치부)
-. 문예지 표지(김천중 · 고교에서 발간)
-. 수업광경 사진
-. 체육대회 · 학예회 등
-. 김천고등보통학교 설립청원서
-. 졸업앨범

-. 입학식 · 졸업식 광경
-. 특별활동
-. 송설학원 교육 관련 사진
-. 일제강점기 김천 전경(김천시사 참조)

4) 기 타

-. 호적등본(서울 무교동, 김천 본정 등)
-. 화순최씨 족보
-. 김해 김천 창녕 등지의 토지대장
-. 『대구매일신문』 1998년 8월 5·12·19일 「최송설당 여사」.
-. 『세계일보』 1992년 3월 2일 「김천고」.
-. 『영남일보』 1975년 9월 3일 「최송설당(김천중고교 설립자)」.
-. 『한국일보』 1962년 5월 24일 「최은희, 잊지 못할 여류명사들」.
-. 『한국일보』 1981년 5월 24일 「한국서민열전, 격동의 근대를 살다간 偉大한
      韓國人들」.
-. 내고장 인물 ; 최송설당
-. 한국정신문화연구원, 『한국민족문화대박과사전』, 1992.
-. 김천시사편찬위원회, 『金泉市史』, 김천시, 1998.
-. 한국농촌경제연구원, 『농지개혁시 피분배주 및 일제하 대지주 명단』, 1992.

3. 과제와 전망

자료 수집현황에 나타난 바처럼, 대부분은 신문 기사이다. 이는 주로 행사에 참석하였거나 이를 널리 홍보하기 위하여 작성하였다. 목적은 최송설당의 숭고한 정신을 기리는 입장에서 비롯되었다. 그런 만큼 객관적인 서술보다는 여사의 당시 '현재적인' 위치를 부각시키는 데 초점이 모아졌다. 물론 활약상에 비

하여 기사 내용은 상당히 소략한 느낌을 준다.

이는 여성에 대한 편견이 상존하는 사회인식과 무관하지 않다. 현지 분위기도 이와 같은 인식에서 크게 벗어나지 않았다. 김천공립보통학교 남녀공학에 대한 현지 주민들 반발은 이를 반증한다.[27] 하지만 그녀의 육영사업에 대한 반응은 상당히 우호적이었다. 산전수전을 다 겪은 노파는 고향 도착 즉시부터 주민들로부터 열렬한 환영과 환대를 받았다. 김천역 광장은 그야말로 인산인해를 이루었다.[28] 아마 錦衣還鄉은 이를 두고 한 표현으로 생각된다. 곧 주민들 염원은 바로 시세변화에 부응한 중등교육기관 설립임을 의미한다.

현재까지 수집된 자료는 기존 발간된 신문·잡지와 김천고등학교에 보관 중인 학교 관련 서류 등이다. 이나마 대부분은 그동안 사실상 방치된 상태였다. 그녀는 갖은 풍파 속에서 스스로 운명을 개척한 여걸임에 틀림없다.[29] 하지만 불교에 심취한 '고부할매'인 한 노파일 따름이었다. 향후 '박제화·정형화'된 최송설당이 아닌 우리와 동시대를 살아가는 '인간 최송설당'을 되살리기 위한 일환으로 몇 가지 보완할 점을 개진하고자 한다.

첫째, 대부분 기록은 그녀의 회고에 지나치게 의존하고 있다. 본인 진술은 상당히 중요한 의미를 지닌다. 다만 육영사업이나 사회활동에 대한 찬양적인 차원에서 작성한 만큼 객관적인 검증 과정은 전무하다. 이를 사실 '그대로' 수용하기에 난해한 부분이 적지 않다. 인간은 기본적으로 자기보호라는 본능성을 발휘한다. 불미스러운 과거는 더욱 그러한 경향성을 강하게 드러낸다.

여성으로서 김천고보 설립은 너무나 '엄청난' 문제이자 '충격'이었다. '사회적인 책무'를 다한 이타적인 그녀의 삶은 이러한 부분까지 검증하기에 너무 무리였다고 생각된다. 하지만 객관적인 평가를 통한 '인간 최송설당'에 대한 재

27) 『동아일보』 1930년 3월 26일 「金泉公普校의 男女共學反對－學父兄의 物論 藉藉」.
28) 『조선일보』 1930년 6월 28일 「金泉 社會團體 崔女史 歡迎會 이십구일에 개최」, 7월 2일 「金泉公普校主의 崔女史 歡迎會 천여명이 모혀」.
29) 『중외일보』 1930년 5월 17일 「高普設立의 初志一貫 邁進, 당국의 실업교 설립 권유는 설립자측의 본의가 아니라 ◇金泉有志大會決議◇」.

평가는 물질만능 속에서 배회하는 오늘을 살아가는 우리에게 신선한 자극제로
다가올 수 있다. 미화와 찬양 일변도에 따른 '신격화'는 진정한 그녀의 참모습
을 捨象시킬 뿐이다.[30]

둘째, 청장년기 생활상은 거의 전무한 점이다. 최초 기사는 54세 때인 1908
년으로 이미 궁중을 떠난 시점이었다.[31] 혼인이나 자녀 관계 등은 70대를 전후
한 시점에서 부분적으로 언급하였다. 그런데 구체적인 사실은 거의 파악할 수
없을 정도이다. 다만 혼인한 사실만 알 수 있을 뿐이다.[32] 이러한 문제는 최송
설당의 인간적인 면모를 밝히는 데도 중요한 관건임에 틀림없다. 한시「즛슐
自述」은 가정사 일반과 스스로 노력을 기울인 부분에 대한 사실을 부분적이나
마 보여준다.[33]

셋째, 부를 축적할 수 있었던 요인과 서울로 상경한 배경에 대한 부분이다.
대부분은 갑오농민전쟁을 피하여 상경하였다고 한다.[34] 당시 어느 정도 재산
을 축적하였기에 농민군으로부터 괴롭힘을 당한 것으로 생각된다. 金山은 농
민전쟁시 농민군과 재지세력 사이에 치열한 전투와 심각한 갈등을 초래하였
다.[35] 그런데 농민군은 재지사족이나 부호가 아닌 경우에는 거의 공격을 하지
않았다. 최송설당이 농민군 공격을 받았다면 이미 어느 정도 재산을 축적한 것
으로 짐작된다. 과연 그녀는 어떠한 직업을 통하여 부를 축적할 수 있었을까.
일제강점기 김천지역 활동가인 김수길은 바느질과 상업으로 재산을 모았다고
한다. 그녀 자신도 악착 같은 바느질과 농사로 부를 축적한 사실을 회고하였다.

---

30) 최송설당,「창송 蒼松」·「빅셜 白雪」『최송설당집』.
31)『대한매일신보』1908년 1월 16일 잡보「부인의 유지」;『大韓每日申報』1908년
    1월 18일 잡보「文明女士」.
32)『조선일보』1930년 3월 5일「전재산을 밧처 학교를 세운 부인, 눈물겨운 그의 반
    생과 너걸다운 그의 긔염-金泉中學 設立한 崔松雪堂 女史 談」;『동아일보』
    1939년 8월 15일「故崔松雪堂 女史의 四十九祭를 當하야(3)」.
33) 최송설당,「즛슐 自述」『松雪堂集』.
34) 김수길,「崔松雪堂女史 一代記」, 49쪽 ;『한국일보』1981년 5월 14일「育英에
    淨財바친 金泉의 어머니-金泉中高 설립자 최송설당-한국서민열전(19)」.
35) 신영우,『갑오농민전쟁과 영남 보수세력의 대응』, 연세대박사학위논문, 1991.

최송설당 관련자료 분석과 전망 · 157

이는 현재까지 사실로서 인정되는 부분이다.36)

더욱이 여자 몸으로 단신 상경은 당시 상황에서 거의 불가능에 가까운 일임을 부인할 수 없다. 가문의 명예회복을 위한 활동과 상경에 이어 궁중생활을 하게 된 문제는 이와 불가분의 관계 속에서 이루어졌다.37) 혹시 동행자가 있었다면, 그는 누구일까. 李謀라는 인물은 그녀를 돌보아 주는 등 긴밀한 관계였다.38) 두 사람 관계는 정혼에 의한 정식적인 부부인지 '후견인'지를 알 수 없다. 호적상에는 전혀 이러한 문제가 나타나지 않는다.

넷째, 궁중생활에 대한 문제이다. 40대 중·후반에 입궐과 동시에 곧바로 영친왕 保姆로 발탁된 사실이다. 대부분의 기록은 당시 실세로 부상한 嚴尙宮 동생의 추천을 받았다고 한다.39) 복잡다단한 정세만큼 그러한 개연성은 존재한다. 연고가 전혀 없는 여자로서 상경은 결코 쉬운 일이 아니었다. 더욱이 왕실 실세에 대한 접근도 그리 간단한 문제일 수 없다. 이는 조상에 대한 명예회복과 집안 번영으로 직결되는 중대한 문제이기 때문이다.40) 또 궁중생활을 마감하고 야인으로 돌아온 시점도 중요한 사안 중 하나이다. 이는 개인사에 불과하나 일제침략사와 밀접한 연관성을 지닌다. 곧 궁내부 등을 포함한 황실기구에 대한 정리는 이러한 의도 속에서 비롯되었다.

다섯째, 재산을 축적하는 과정이다. 전혀 연고가 없는 김해·창녕·거창·무주 등지에도 많은 토지를 소유하고 있었다.41) 단순히 궁중에서 하사한 宮房

---

36) 『중외일보』 1930년 2월 26일 「유싱긔」 ; 『조선일보』 1930년 3월 5일 「전재산을 밧처 학교를 세운 부인, 눈물겨운 그의 반생과 녀걸다운 그의 긔염 — 金泉中學 設立한 崔松雪堂 女史 談」.

37) 『한국일보』 1981년 5월 14일 「育英에 淨財바친 金泉의 어머니 — 金泉中高 설립자 최송설당 — 한국서민열전(19)」.

38) 『동아일보』 1939년 8월 12~17일 「고최송설당 여사의 49일제를 당하여」 ; 박성수, 『조선의 부정부패 그 멸망에 이른 역사』, 규장각, 131~132쪽.

39) 李仁, 『半世紀의 證言』, 명지대학출판부, 1974, 114~115쪽.

40) 최송설당, 「숑운동운석 松雲洞運石」·「숑석틱지정쥬선쳔선묘봉심 送錫台之定州宣川先墓奉審」 『송설당집』.

41) 『조선일보』 1930년 3월 17일 「金泉 崔女史의 所有 高普校로 移動 동산과 부동산 전부를」 ; 최송설당, 「김희회고 金海懷古」 『송설당집』.

田이나 內藏田 등으로 본다면, 문제는 간단하다. 그렇게 볼 수 있는 개연성은 충분히 존재한다. 왕실에 대한 끊임없는 흠모는 이와 전혀 무관하지 않기 때문이다.[42] 이러한 사실은 '실마리'조차 파악할 수 없는 실정이다. 재산 취득도 대부분 1910년대에 집중되고 있다. 당시 관례상 그 이전 실제 소유자였으나, 토지조사사업 시행과 더불어 소유권이 정리되었다고 볼 수 있다. 사후 49제를 맞아 『동아일보』에서 특집한 기사는 이와 관련하여 많은 시사점을 던져준다.[43]

여섯째, 김천고보 설립과 인가 과정에 대한 부분이다. 조선총독부나 경북도청 당국자는 인문계 중등교육기관 설립에 대하여 처음부터 난색을 표명하였다.[44] 이는 실업교육에 중점을 둔 식민교육정책에서 크게 벗어나는 '심각한' 문제였다. 1920년대 실력양성운동 확산과 더불어 6년제 공립보통학교 승격문제는 중요한 사안이었다.[45] 군단위로 개최된 군민대회·시민대회는 교육기관 확충 등으로 귀결되었다. 노력과 달리 대부분은 실패로 돌아가고 말았다. 김천고보 설립인가는 그러한 점에서 시사점과 의문점을 동시에 내포하고 있다.

마지막으로 육영사업에 투신하게 된 배경 문제이다. 이는 김천고보 설립과 관련된 중요한 사안임에 틀림없다. 최송설당은 주로 사찰에 많은 재산을 施主하는 등 불교계 인사와 깊은 인연을 맺고 있었다. 신문·잡지 등에 게재된 말년 사진은 범상치 않은 불교신도임을 그대로 보여준다.[46] 韓龍雲은 그녀와 교류한 불교계를 대표하는 인물 중 하나였다. 그런데 왜 갑자기 육영사업에 전재산을 기부하였을까. 先妣 유언은 이를 결행하는 결정적인 계기였다고 한다. 또

---

42) 최송설당, 「감은 感恩」 『송설당집』.

43) 『동아일보』 1939년 8월 15일 「故崔松雪堂 女史의 四十九祭를 當하아(3)」.

44) 『매일신보』 1930년 10월 27일 「崔松雪堂 志願대로 金泉高普校 實現 校制는 二코쓰制 採用 不遠間 正式으로 認可」.

45) 박찬승, 『한국근대정치사상사연구 - 민족주의 우파의 실력양성운동론 - 』, 역사비평사, 1992, 240~248쪽.

46) 『조선일보』 1930년 2월 26일 「武橋町 崔松雪堂 女史 金泉에 中學 設立 고향에 학교를 위하야 二十餘萬圓 寄附」 ; 『동아일보』 1930년 2월 26일 「中等學校 設立費로 三十萬圓 巨財 提供, 재단법인을 방금 수속 중 崔松雪堂 女史 特志」 ; 김희곤, 「최송설당(1855~1939) 연구」, 22~24쪽.

한 육영사업에 열성이었던 엄상궁 영향도 적지 않았으리라 추측된다. 궁녀로
있을 당시 엄상궁은 직접 進明女學校를 설립하는 등 사립학교설립운동에 앞
장섰다.[47] 이러한 분위기는 최측근인 최송설당에게 일정 부분 영향을 미쳤으
리라 볼 수 있다.

1924년부터 김천지역 유지들은 김천고보 설립을 위한 다양한 노력을 경주
하였다. 활동가들은 군민대회를 개최하는 등 대대적인 활동에 나섰다. 금릉청
년회·김천청년회 등은 금릉학원·노동야학·강습소·유치원을 설립·운영
하는 등 계몽운동에 주력하고 있었다.[48] 이러한 단체는 운영비 부족으로 지속
적인 교육기관 운영을 이어갈 수 없을 정도였다. 운동노선을 둘러싼 갈등과 경
비 부족은 회원들 갈등을 증폭시키는 요인이었다. 그런데 최송설당 기부는 두
세 차례에 불과할 정도였다.[49] 그녀는 사회사업에 의연금을 기부할 뿐 육영사
업에 대한 언급이나 기부금 모금에 거의 동참조차 하지 않았다. 나아가 여사의
교육이념도 규명되어야 할 문제 중 하나이다. 마지막 유언인 "永爲私學 涵養
民族精神 一人定邦國 一人鎭東洋 克尊此道 勿負吾志"는 이와 관련하여
중요한 의미를 지닌다.[50]

---

47) 박용옥, 『한국근대여성운동사연구』, 한국정신문화연구원, 1984, 110~111쪽.

48) 『동아일보』 1924년 2월 9일 「金泉高普 計劃 期成準備會 組織」, 2월 19일 「高
普 期成에 活動 金泉高普期成會」, 4월 1일 「三十萬圓 豫算으로 金泉高普 計
劃」, 7월 25일 「高普 期成會 執行委員會」, 11월 17일 「金泉市民大會 準備委
員會 高普 期成問題로」, 1927년 3월 15일 「資金 三十萬圓의 金泉高普 運動期
成會 發起人會 開催하고 資金徵收 方法決定」, 7월 11일 「지방논단, 高普 期成
會를 보고」.

49) 『조선일보』 1926년 11월 26일 「國恩을 報答코자 社會事業에 投資, 자긔가 모혼
재산을 푸러 고아원 등을 설립하랴고, 崔松雪堂의 美擧」 ; 『동아일보』 1924년
3월 10일 「金陵靑年會 義捐」, 1929년 9월 18일 「崔松雪堂 女史」.

50) 『동아일보』 1939년 8월 15일 「故崔松雪堂 女史의 四十九祭를 當하야(3)」 ; 김
호일, 「최송설당의 교육이념과 교육활동」 『국학연구』 11, 국학연구소, 2006.
그녀 교육이념은 김천고보 설립 배경과 더불어 중요한 위치를 차지한다. 이에 대한
의미는 아직까지 크게 부각되지 않았다. 이러한 문제는 차후 반드시 규명되어야 할
과제이다.

이상과 같은 문제점에 대한 의문은 여전히 남아 있다. 이를 해결하는 방안은
여러 측면에서 모색되어야 한다. 기존 자료에 대한 철저한 검증은 방법 중 하
나이다. 부족한 자료나마 상호관계를 분석한다면, 보다 사실에 가까운 부분은
파악할 수 있다. 최송설당의 '인간적인' 면모는 이러한 문제 등을 해소할 때,
우리에게 보다 가까이 다가올 수 있지 않을까 한다. 獨也靑靑한 松雪이 아닌
만인과 더불어 사는 송설당으로서 말이다.

4. 맺음말

이상에서 최송설당 관련자료 수집 현황과 주요 쟁점 등을 살펴보았다. 대부
분 자료는 제3자에 의하여 기록·정리되었다. 이들은 그녀의 업적을 기리고
찬양하는 입장에서 서술하였다. 그런 만큼 여사의 인생 역정에 대한 사실적인
관계 등은 제대로 파악할 수 없는 한계성을 지닌다. 다만 부분적으로 언급된
기사에서 그녀의 '위대한' 삶의 궤적을 엿볼 수 있었다.

이제 우리는 '인간 최송설당'의 참된 모습을 사실대로 복원하는 문제에 봉착
하였다. 그녀는 시대를 앞서간 선각자임에 틀림없다. 흔히 "무엇처럼 벌어서
정승같이 쓴다"는 격언은 그녀에 대한 심한 언사일 수도 있다. '空手來 空手
去'를 실천한 표상으로서의 이미지는 그녀와 너무 잘 어울린다. 그녀가 우리에
게 전하는 메시지는 실생활에서 이를 실천하라는 문제로 귀결되지 않을까. 사
회적인 책무를 다한 삶은 그래서 더욱 아름답고 빛난다.

충실한 자료집 발간과 활용을 위하여 다음과 같은 점을 제안하고자 한다.
첫째, 김천중·고등학교 출신자 중 생존한 고령자를 통한 구술을 청취·수
록하는 문제이다. 비록 도시화로 김천지역은 많은 변화를 초래하였다. 그러나
이곳에서 생장한 분들은 최송설당과 관련된 구전되어 오는 많은 부분을 인지
하고 있다. 이는 문헌자료의 부족을 충분히 보완할 수 있는 생생하고 귀중한
자료로서 활용될 수 있다. 구술사의 중요성은 아무리 강조하더라도 결코 지나

치지 않다.

둘째, 자료를 보증한 후 자료집 발간은 추진되어야 한다. 일제강점기에 발간된 신문·잡지류 기사는 판독조차 하기 힘들다. 이를 그대로 영인할 경우에는 소수 연구자 전유물로서 전락할 수밖에 없다. 보다 많은 松雪人과 후세에게 손쉽게 다가갈 수 있는 방법은 원문을 입력하는 동시에 현대문으로 윤문하는 길이다(【부록 3】참조). 원문과 현대문 병행은 최송설당을 이해하는 데 관건 중 하나라고 생각된다. 빈번한 접촉은 그녀의 참된 모습과 삶의 지혜를 이해하는 지름길과 마찬가지이다.

셋째, 정보화시대에 부응하는 디지털 자료를 제작하는 문제이다. 이는 김천 중·고등학교 변천사와 함께 정리하는 방향으로 진행되었으면 좋겠다. 사진 자료의 적극적인 활용도 병행되기를 바란다. 시각적인 자료는 빈번한 변화 상황에 쉽게 접근하는 방안 중 하나임에 틀림없다. 주요 사찰 등지에 새겨진 글씨도 수집·정리할 필요성을 느낀다. 이는 그녀의 활동상과 관련하여 이를 파악하는 데 주요한 자료이기 때문이다.

마지막으로 기존 발간된 자료의 수집·발굴에 보다 적극적이고 많은 노력을 기울여야 한다. 국가기록원·국립중앙도서관 등지에는 아직까지 사람의 손길이 닿지 않은 자료가 산적해 있다. 최송설당과 관련된 부분도 적지 않으리라 짐작할 수 있다. 김천고보 설립과정은 새로운 자료 발굴을 통하여 보완되리라 본다. 이는 1930년대 김천지역 생활상을 복원하는 문제와 긴밀하게 연관된 문제이다.

【부록 1】

　　『매일신보』1914년 3월 24일 「五十石으로 救春窮, 최송설당의
　　　아름다온 일, 벼 오십셕으로 빈민구제」.

　　경성 서부 누룩골 사십오통 이호에 사는 최송설당(麴洞 崔松雪堂)
은 나이 륙십세의 로인으로 젊엇슬 째에 친정부모와 한가지. 경상북도
김천군 군뇌면 교리동(金泉郡 郡內面 校里洞)에서 거싱홀 쩍에 가세
가 빈한ᄒ야 근근 싱활ᄒ다가 병ᄌ(丙子) 흉년을 당ᄒ야는 거의 죽을
디경이라. 홀일업시 부모와 한가지 그 고을 금천면(金泉面)에 우거ᄒ
다가 송설당은 그후 경향 여러 사름의 동정과 ᄉ랑을 엇어 방금 경성
에서 부요ᄒ게 지뇌는 바 작년 셧달에 금천 본가에 나려와 민정을 솗
혀본즉 흉년긋헤 츈궁(春窮)을 당ᄒ야 형상이 믹우 물상ᄒ지라. 송셜
당은 녜젼 부모와 한가지 빈한ᄒ게 지뇌던 고향임으로 궁측ᄒ 마음과
감구지회를 금키 어려워 그 근쳐 빈궁ᄒ 사름을 일일이 됴사ᄒ야 졍죠
(正租) 오십륙셕을 난호아 쥬엇슴으로 일경에 칭숑이 자자ᄒ다더라.

【부록 2】

　　『동아일보』1930년 3월 1일 「崔松雪堂女史特志에 金泉人士 大
　　　歡喜, 유지들은 감사전보를 보내 ◇교육사업 후원회 발기」.

　　[김천] 경성 무교정(武橋町) 재산가 최송설당녀사(崔松雪堂女史)가
삼십만원이라는 거대한 재산을 내어 경북 김천(金泉)에 고등보통학교
를 설립하기로 작정하얏다함은 긔보한 바어니와 이 긔사를 본 김천인
사들은 열광적으로 환희하며 동녀사의 특지에 감사함을 이기지 못하야
관공리 기타 유지들은 녀사에게 감사의 축전을 발송하는 일방 좌긔 제
씨는 후원회를 발긔하야 회원을 모집하는 등 준비에 분망중이라 한다.

　　　　　後援會發起　沈相玟　黃義準　李春潭　李正得外　六人

【부록 3】

金壽吉, 「崔松雪堂女史 一代記 三十萬圓을 敎育에」『三千里』
   5월호, 삼천리사, 1930.

全朝鮮을 通하야서 敎育機關을 爲하야 만흔 努力을 한 이도 적지
안흐며 또한 自己의 財産을 기우려 敎育史業을 營爲하는 이가 잇다.
이를 들면 南北朝鮮에 잇서서 또는 서울에 잇서 여러 사람들의 偉大
한 業績이 嚴然히 잇는 터이다. 그러나 그中에도 普通男子卽 現社會
―經濟權을 獨占하고 잇는 그들이 모다 營爲하고 잇는 事業이라고
볼 수 잇스며 그中 特히 女子로서 公共事業에 『센세이슌』을 일어키
고 잇는 것은 平壤에 白善行女史 大邱에 金蔚山女史 徐寺媛女史
朴順道女史 等으로 우리는 列擧할 수 잇다.
   이제 그들을 우리가 한번 돌아볼 째 果然 그들은 暗夜와가튼 社會
에 欅火와가티 널리 그 光明을 비취우며 功效의 惠澤을 우리 民衆은
입고 잇다. 이를 우리 民衆은 어너 便으로 보아 賀禮하지 안을 수 업
스며 感謝하지 안을 수 업슴에 잇서서는 一般이 公認하는 것임으로
긴말을 避한다. 그러나 그들이 事業을 經營하고 잇슴에 對하야 적지
아니한 巨材를 犧牲하고 잇스나 그 全財産을 提供하야 敎育史業이
나 또는 公共事業을 經營하는 것이라고 볼 수는 업다. 그들은 自己生
活의 餘裕를 어썬 事業에다가 기우려 쓰는 것이다. 그러나 今般 慶北
金泉 崔松雪堂女史는 自己의 먹을 것을 남기지 안코 全財産 三十一
萬二千圓을 敎育史業에 쓰기로 내어 노앗다. 朝鮮經濟에 잇서서 三
十萬圓이라고 할 것가트면 都市 또는 農村을 通하야 巨大한 金額이
될뿐아니라 屈指할만한 富豪의 稱號를 드를 것이다. 그러나 그는 男
子와 도다른 女子의 몸으로 大勇斷을 나렷슴은 金泉地方에 잇서서
莫大한 幸福이거니와 이를 全朝鮮的으로 보아 慶事이다. 날로 疲弊
하여가는 朝鮮社會에 잇서서 또는 敎育機關에 잇서서 이와가튼 大特
志家 그들의 事業이 날로 繁昌하여지기를 忠心으로 빌거니와 그로부

터 자라나는 後世人物들을 養成할 社會에 巨大한 功獻이 잇기를 企待하며 坯는 事業家 自身도 幸福스럽기를 바라는 同時 이제 崔女史의 波瀾重疊한 그의 一生은 어써하엿는가? 이에 對하야 仔細히는 여러 가지 關係上 쓸수 업거니와 大概를 紹介하면 다음과 갓다.

氏는 去今 七十六年前 乙卯年 八月 二十九日에 慶北 金陵(現 金泉)에서 貧寒한 書生의 家庭에 태여나서 無男獨女로 길여나기 되엇섯는바 어러서부터 父母에 對하야 孝를 다하엿다는 評이 잇슬 쑌만아니라 直接 商路에 나서서 여러 방면으로 千辛萬苦를 하여서 남의 집 家勢에 讓步하지 안을 만큼 生活를 하게 되엇스며 父母의 遺言이든 先墓(京畿 平安 全羅 慶尙)들을 모다 治山을 遺憾업시 完全히 하엿섯든바 마침 朝鮮時局이 大變하야 朝鮮 各地에 東學黨이 일어낫슬 쌔 氏는 金陵서 同黨에게 無限한 困辱을 보게 되엇섯다(이하 생략).

[현대어 표기]

조선 전체를 통하여 교육기관을 위해 많은 노력을 한 이도 적지 않으며 또한 자기 재산을 기울여 교육사업을 영위하는 이가 있다. 예를 들면 남북조선이나 서울에 있어 여러 사람들의 위대한 업적이 엄연히 있는 터이다. 그러나 그 중에도 보통남자 즉 현사회 – 경제권을 독점하고 있는 그들이 모두 영위하고 있는 사업이라고 볼 수 있으며, 그 중 특히 여자로서 공공사업에 『센세이션』을 일으키고 있는 것은 평양에 백선행 여사, 대구에 김울산·서사원·박순도 여사 등으로 우리는 열거할 수 있다.

이제 그들을 우리가 한 번 돌아볼 때, 과연 그들은 어두운 밤과[暗夜] 같은 사회에 햇불[欅火]과 같이 널리 그 광명을 비추며 공효의 혜택을 우리 민중은 입고 있다. 이를 우리 민중은 어느 편으로 보아 축하하지 않을 수 없으며, 감사하지 않을 수 없음에 있어서는 일반이 공인하는 것임으로 긴 말을 피한다. 그러나 그들이 사업을 경영하고 있음에 대하여 적지 아니한 많은 재물을 희생하고 있으나 그 전재산을 제공하여 교육사업이나 공공사업을 경영하는 것이라고 볼 수는 없다. 그들은 자기생활의 여유를 어떤 사업에다가 기울여 쓰는 것이다. 그러나 이번 경북 김천 최송설당여사는 자기의 먹을 것을 남기지 않고 전재산 삼십일만 이천원을 교육사업에 쓰기로 내어 놓았다. 조선경제에 있어서 삼십만 원이라고 할 것 같으면 도시나 농촌을 통하여 거대한 금액이 될뿐 아니라 굴지할만한 부호의 칭호를 들을 것이다. 그러나 그는 남자와 또 다른 여자 몸으로 대용단을 결정한 사실은 김천지방에 있어서 막대한 행복이거니와 이는 전 조선적으로 보아 경사가 아닐 수 없다. 날로 피폐하여 가는 조선사회에 있어서 또는 교육기관에 있어서 이와 같은 대특지가 그들의 사업이 날로 번창하여지기를 충심으로 바라거니와 그로부터 자라나는 후세 인물들을 양성할 사회에 거대한 공헌이 있기를 기대하며 또는 사업가 자신도 행복스럽기를 바라는 동시 이제 최여사의 파란중첩한 그의 일생은 어떠하였는가? 이에 대하야 자세히 여러 가지 관계상 쓸 수 없거니와 대개를 소개하면 다음과 같다.

씨는 지금으로부터 칠십육년전 을묘년(1855년) 팔월 이십구일에 경북 금릉[現 金泉]에서 빈한한 서당훈장의 가정에 태어나서 무남독녀로 자라나게 되었는 바 어려서부터 부모에 대하야 효도를 다하였다는 평이 있을 뿐만 아니라 직접 장사에 나서서 여러 방면으로 많은 고생을 하여 남의 집 가세에 양보하지 않을 만큼 생활을 하게 되었으며, 부모의 유언인 조상묘[경기 평안 전라 경상]를 모두 치산을 유감 없이 완전히 하였던 바 마침 조선 시국이 대변하야 조선 각지에 동학란이 일어났을 때, 씨는 금릉에서 동학당에게 무한한 곤욕을 보게 되었다(이하 생략).

【부록 4】

申鉉中(권태을 역), 「松雪堂傳」『송설당集』, 간행위원회, 1922.

송설당은 성은 최씨요 본적은 和順이다. 장하면서도 순하고 엄하면서도 굳세며 너그럽고도 도량이 넓으며 강개하여 엄연한 대장부의 기

상이 있었다. 정정한 기상과 표표한 태도는 또한 靑松과 白雪에 비할
만하여 세인이 송설당이라고 호를 부르는 이유가 여기 있다.

시조는 고려조에 門下侍中平章事 하시고 烏山君을 봉한 世基요,
충절공 영유는 목사로서 홍건적난에 순절하셨고, 元之는 我朝에 들어
와 參議를 하셨고, 士老는 大司成을 하셨고, 漢禎은 參判을 하셨으
며 수우당 永慶은 曹南冥 문인으로 은일로 사헌부지평을 하셨는데 대
사헌을 증직 받았다. 天成은 무과에 급제하여 함흥부 中軍을 하셨고,
鳳寬은 무과에 급제하여 護軍을 하셨으니 이분들이 고조 증조 윗분이
시다.

祖는 翔인데 문무 양과에 급제하셨고 考는 枳南居士 昌煥인데 효
행으로 알려졌다. 비는 연안김씨인데 아들이 없고 비는 경주정씨로 매
우 부덕을 갖춘 분이었다. 어느 날 꿈에 한 노인이 黃鶴을 다고 하늘에
서 내려와 한 권의 붉은 畵書를 주거늘 이를 가슴에 품었다. 얼마 후
태기가 있어 달이 차 분만하니 곧 송설당이시다. 때는 철종대왕 을묘년
(1855) 8월 29일 巳時였다.

여사는 태어나면서부터 남다른 품성이 있었고 모습이 端淑하였으며
영오하고 투철하여 말을 배울 나이에 이미 글자를 알고 사물을 評하여
능히 文句를 엮었다. 부모님을 모신 자리에서는 명이 없으면 감히 앉
지 않았으며 놀 때에도 여느 아이들과는 다른 바가 있었다. 어머님을
모심에 남에게 음식물을 보일 때에는 그 후하고 박하며 정하고 거친 점
을 오래된 것이라도 반드시 고하였으며, 그 이롭고 해로우며 좋고 나쁜
점을 諫하여 치워 두고 마치 모르는 것같이 하였다. 철에 따라 나는 물
품은 먼저 입에 대는 일이 없었고 과실을 보면 품어 가 맛보시게 드렸
으니, 그 지극한 효성과 애친은 천성이 그러한 까닭에서였다. 부모는
항상 그 슬기롭고 재능있음을 칭찬하였으나 아들로 태어나지 못하였음
을 애석히 여기었다.

어렸을 때 뜰에서 부모님이 주고 받는 말을 들으니, "증조부 護軍公
이 守愚堂 선생 8세손으로서 순조대왕 신미년(1811)에 소인배들의 미
움을 받아 洪景來 옥사에 연루되어 돌아가셨고, 조부는 급제하였으나

연좌되어 古阜로 귀양 가 거기서 돌아가신 지가 몇십년이 지나 오늘에
이르렀으니, 생각하면 이 외로운 것[單子]이 모든 일을 극복하고 분신
하여 억울함을 鳴鼓치 않으면 어찌 祖先을 생각해 덕을 닦는다 하리
오. 다행히 잉태가 있어 꿈에 기이한 징조를 보여 오직 바란 바는 대를
이을 아들이었는데 낳고 보니 사내가 아니라, 우리 門族의 억울한 죄
를 어느 날에야 씻을까. 비록 살았으나 죽은 것이요 죽어도 눈을 감을
수 업소다"라고 하였다. 이 말을 듣고는 문득 놀래어 마음 속으로 두려
워하며 '내 남자로 태어나진 못했으나 어버이의 뜻을 이루지 못하랴.
선조를 위하여 원통함을 씻는데 어찌 남자 여자가 다르랴!' 하고, 親意
를 이루기로 맹세하였다. 시집갈 나이가 되매 스스로 경계하되, 만약
시집을 가면 그 일의 뜻을 이루기 어렵다고 다짐하였다.

　슬프다. 뜰에서 들은 말이 귀에 쟁쟁하여 회포가 되었으니 잠시나마
어찌 소홀히 하리오. 바느질로 직업을 삼아 어버이를 봉양하려니, 추위
가 물러가지도 않는데 주림이 다가오고, 주림이 물러나지도 않았는
데 추위가 오며, 주림과 추위가 물러가지도 않았는데 질병까지 또 오
니, 온갖 고생은 선천적으로 싸고 왔던가. 끼니를 잇지 못하니 살림을
늘릴 계책이 없구나. 그러나, 구구히 모으면 티끌모아 태산이 될 것이
요 쇄쇄히 모으면 홉되도 섬이 되리니. 반 오락 실 바람과 반낱 쌀알도
하늘의 물품 아닌 게 없으며 입고 먹는 것이 人君이 주지 않는 것이
없으니 감히 태만하고 소홀히 하랴. 人主나 서민이 쉬지 않는 공을 쌓
으면 家道는 곧 차차 康福해지련만 선조의 억울한 죄는 어이 하리오.
하늘을 부르고 구름에 하소연해도 다만 창창하기만 하고, 땅을 두드리
고 바다에 호소해도 또한 막막하기만 하다. 산은 첩첩하고 물은 오열하
니 나의 회포를 뉘 알아주랴. 兩庭을 오가며 일을 하니 기쁨과 두려움
이 날로 깊어만 갔다.

　임오년(1882) 봄에 재종제 光翼으로서 대를 잇도록 하고 서씨 문중
에 장가를 보내 부모님을 慰悅케 하고 뜰에 엎드려 명령을 기다렸으며,
하늘에 기도하여 장수를 빌며 뜻에 맞게 致養하고 志와 體에 맞게 정
성을 다 하였으되 오히려 誠과 효에 이르지 못할까봐 두려워하였다. 불

행히도 부친이 병이 있어 심히 급하니, 애써 神驗함을 구하고 백방으로 치성을 드렸으나 눈속의 죽순도 채소되기 어렵고 얼음속의 잉어도 소생시킬 약 되기 어려웠다. 끝내 大王[고종] 병술년(1886) 6월 19일에 喪故를 당하였다. 하늘에 사무치도록 통곡하고 피눈물로 울먹이며 말하되, "초년의 가난을 한탄하여 오늘날 봉양함에 어느 정도 만의 하나라도 갚는가 했더니 하늘이 어찌 돕지 않아 갑자기 이 지경에 이르게 하는가!"라 하고, 염하는 뭇 절차를 예를 좇아 유감없이 하고 반천리길에 상여하여 선영하에 장사지냈다(함평군 신광면 삼천동 안산 병좌). 안색은 수척하고 곡소리가 애절하여 인근 마을 사람들이 감동하고 행인조차도 울먹였다. 이후 편모를 효봉하되 그 뜻을 평안하게 하고 매양 肥羜케 하다가도 따스한 방에 앉으면 문득 눈물을 흘리며 목이 메어 부친이 계시지 않음을 한하였다.

　일상 거처함에는 몹시 정결하여 문이며 병풍 등 모든 기구에 한 점의 먼지도 없이 氷壺中에 있는 것 같았다. 무릇 용돈에서도 내 생활에는 검소히 하고 남 대접에는 후히 하였으며 말씀은 간략하고 默重하였으며 처사에 근엄하고 精祥에 두루 극진하였다. 어느 날 族黨의 젊은 이를 모아놓고 睦族하고 인적하는 도의와 농사하는 자는 농사하고 배우는 자는 배워야 한다고 戒告하여 이르되, "천지간의 만물은 균등하나 그래도 사람이 가장 영특함은 오륜이 있기 때문이다. 윤리를 밝히는 방도로는 글을 빼놓고 무엇으로 할 수 있으랴. 너희들은 힘써 경작하여 내 힘으로 식생활하고, 마땅히 부지런히 힘써 한편으로는 봉제사하고 한편으로는 養親하며 또 한편으로는 자식을 가르쳐 가문의 명성을 떨어뜨리지 말지어다. 우리 문족이 선현의 자손으로서 한적하고 드러나지 못함은 지난 辛未士禍 때문이다. 증조 호군공의 伸冤을 지금까지 이루지 못하였으니 나는 장차 雪冤을 도모하는 데 殞身할 것이니 너희들은 마땅히 여기에 종사하여 이 구구한 소망을 저버리지 말라"고 하였다.

　오직 선조의 신원을 못해 근심하고 두려워하며 조심하고 공경해서 40여 년을 지내오던 바 마침내 대왕 신축년(1901)에 하늘의 해가 두루

비치어 옛 억울한 죄를 통쾌하게 씻으니, 일반인은 말하기를 "하늘의 도움이요 사람의 힘이 아니다"라고 하더라.

정성이 지극하면 반드시 하늘이 돌보아 도우는 법. 송설당의 충효와 誠敬은 이 세상에 드물리라. 부인은 일찍이 痢症이 들어 승문에 들락거릴 정도로 아파도 조금도 병을 두려워하지 않고 오직 선조에 대한 사업을 마무리 못할 것만을 두려워하여 부르짖기 여러 번이었다. 실전했던 분묘를 찾아 성묘하였고 돌을 세워 표하였으며, 8세·7세·5세는 仕宦하여 원근의 제질들이 마을을 차려 살게 하고, 3품·6품 및 9품과 공시복에까지 비석을 세워 새롭게 하고 位田도 마련해 제행케 하였으며, 관혼에 어려운 사람을 돕는 데 재물을 기울이고 또한 절교한 처지에 있더라도 이불과 염포를 갖추어 도왔다. 노복에 대해서는 의리를 우선하고 이해는 뒤로 하여 은혜와 위엄이 병행하니 문중과 가정이 청숙하였다.

이 세상을 삶에, 그의 忠憤한 기개와 우국의 義志는 정성의 바른 데서 나온 것이라, 슬퍼하고 歎傷을 읊은 데서 홍분한 사조 약간 편이 있으니 感恩懷古가 그것이다. 시간이 흐르면 흐를수록 더욱 인멸될까 걱정하여 이 글들을 체계세워 닦아 保藏하고 살 곳을 점쳐 이에 살고 좋은 곳을 가려 집을 세우니, 드디어 명유 巨碩이 시를 지어 노래하고 글을 지어 기록하니 송설당의 전후사실은 가히 다음 세대에 徵文이 되리라.

栗峰 신중현은 이르되, 대저 사람이 선비될 자질은 갖추었으되 선비 노릇함에 독실치 못하면 어찌 양심에 부끄럽지 않으리오. 말하자면, 어버이 섬김에 효성을 다하고 나라 근심함에 충성을 다하며 선조의 일을 잇는데 그 정성을 다하고 일가끼리 화목하는 데 그 의리를 다하며 가르치고 깨우치는 데 그 도리를 다하는 일이 다 효에서 옮아가는 것이라. 효도하고 충성한 이가 바로 여사로다. 만일 타고난 효심이 없었더라면 어찌 선대의 억울한 죄명을 씻을 수 있으며 선묘를 찾아 수축하는 일을 할 수 있으랴. 사람이든 가문이든 효를 바탕으로 아니하고 이루는 일이 있으리오. 부인으로서 이같이 아름다운 일을 한 예는 옛날이나 지금이나 드물어 함께 짝할 이 없으리라. 뒷날 海東의 三綱編을 닦는 이는

마땅히 이 사실을 채록해야 할 것이오. 무릇 사람의 마음을 깨우침에도 송설당의 마음으로써 경계하여 떨어뜨림이 없이 하여 세세로 전수할 심법으로 삼아야 할 것이니, 최씨 문중이 어찌 창대하지 않으리오(平山 申鉉中 撰).

【부록 5】

　조선총독부, 『조선총독부시정25주년기념표창자명감』

　　이름　　　　　崔松雪堂
　　출신지　　　　京城府 武橋町(원적)
　　　　　　　　　기념표창자, 1005
　　현주소　　　　慶尙北道 金泉郡 金陵面
　　경력 및 활동
　　　1914년 5월 장학금으로 40원, 1918년 10월 건축비로 50원을 金泉公立普通學校에 기부
　　　1914년 5월 金泉郡 金陵面의 窮民救恤 자금으로 나락 78石 4斗를 갹출
　　　1929년 9월 金泉邑에 있는 사설학술강습회 金陵學院 및 金陵幼稚園에 장학금으로 각각 100원을 기부
　　　1930년 3월 私立高等普通學校를 설립하기로 결의하고 전재산 30만 2천 1백원으로 財團法人 松雪堂敎育財團을 설립하는 절차를 밟았음
　　　1930년의 한발 때에 한해 이재민 구제의연자금으로 나락 100석을 갹출
　　　1931년 2월 재단인가를 받고 3월에 金泉高等普通學校를 설립

【부록 6】

加納安正, 『金泉全誌』, 小杉養文堂, 1932.

第十五章 教育

第一節 内地人

教育は内地人と朝鮮人との二つに別れてゐる。何れも初等教育であつて、内地人は明治四十三年五月設立認可を受けた民團立小學校の延長したものである。公立となつて居るものを學校組合といふ、朝鮮の特種事情が生んだ、變態な組織の經營であるが、其の內容に於ては、内地の國民教育と變りはない。

現學級數八、敎員九名、生徒數三百三十一名である。此の外に主として内地人子弟のために設けられた二葉稚幼園がある。本願寺布敎所の經營に係るもので、園兒二十六名を收容してゐる。

第二節 朝鮮人教育

朝鮮人子弟の教育は專ら普通學校に於て行はれてゐる。目下の生徒數九百四十七名

八〇

であるが、尚入學難を叫ばれてゐる。學級十六、教員十七名、道內に於ける優秀校と
されてゐる。此の外私立校として金陵學院とキリスト教會に於て經營する聖義學院が
あるが、決して完全な教育機關とは言ひ得ない。前者は二百六十五名後者は六十名の
兒童を收容してゐる。金陵學院に附屬する金陵幼稚園は園兒六十三名を收容し、專ら
李正得氏の經營となつてゐる。

第二節　高普設立の由來

　金泉に中等學校を設立したいといふ希望は內鮮人間に一致してゐたが、內地人は實
業學校を、鮮人側では高等普通學校をといふ樣に異つてゐた。此の希望は內鮮共通に
して初等實業學校といふ樣な意見を內地人側で述べるに反して鮮人側は實業學校では
寄附もなく飽くまで高普で進まなければといふ意氣込みで大正十二年の夏の末に金泉
高等普通學校設置期成會といふのが設けられた。內地人側でも無論異存がない。會長
には高德煥氏が擧げられ、幹部には李漢驥氏外數氏があげられて直に其の實行運動に
當つた。其の頃會長の高德煥氏は金泉郡の各地主から相當額の寄附を申込ませ夫れを

三ケ年に徴收するといふ計畫を樹て幹部は手分けして運動を開始した結果相當額の寄

附申込者はあつたが現金の徴收は殆んど皆無であつた。財界の不況は農村を壓迫し、

旱害や何にやかで將に高普の設立はお流といふドン底にまで落ちたのである。

高普設立の議はかなり早く鮮人間に於て叫ばれ大正九年頃、李漢騏氏が其の主人と

も母とも敬つて居る女傑崔松雪堂女史が母の遺志に依つて中等學校を設立する意志を

抱いて居たことを知つてゐるので、期成會の意向を傳へて見た所が女史は「未だ金が

足らぬ」からの一言の外何事も言はなかつたし、期成會幹部としても女史一人の力に

賴るなどは素より考へてゐなかつた。唯女史の所有財産から相當額の寄附を得て之れ

を母體として他から寄附を集めるといふ考へから女史にお願したわけであつた。財界

不況は世界的となり今は到底高普の實現は覺束なく幹部一同は女史に對して懇々とお

願したが女史は「金が足らぬ」の一点張りである。幹部一同は其の努力の水泡に歸す

るを悲んでゐた折柄突如女史から李漢騏氏が呼ばれたのである。吉報？ 凶報？ 氏

は錯雜した感情を無理に平靜に押へて女史を訪ふと、自分の財産額の調査依賴である

氏は言はるるままに調べて見ると二十萬餘圓に達してゐた、女史は徐ろに李氏に言ふ

八二

「之れで高普設澄に不足か」と、李氏の胸は躍つた。早鐘の様に鳴る心臓の鼓動を押へて夢ではないかと自分が今女史と對座してゐるのも忘れて自失しかけたといふ十年の苦心將に酬ひられんとしてゐるのである。李氏は誠に申兼ねるが尚十萬圓程入要だと言ふや女史は傍のカバンから預金通帳四冊を出し「それでは是れを」と李氏の前に差し出し更に京城にある住宅をも賣り拂つて一切を寄附する旨を申出た。

三十餘萬圓! 女子は「金が足らぬ」と言ひ出してから粒々辛苦生活を節して蓄へた金が十萬圓となつてゐたのだ。

李氏は一同を召集して崔女史の義擧を告げ早速當局に對して認可の申請を提出したが當局は高普設立は賛成しなかつた。再三再四崔女史と交渉して實業學校に變更せしめ樣としたが女史は頑として之れに應じなかつた。女史は言ふ自分は全財産を投じて高普の設立を企圖したことは全く母親の遺言に依るものである、其の遺言を如何にして變更し得るやと言ふのである。當局も此の孝心と三十餘萬の寄附には敬意を表さざるを得ない。遂に其の設立を認可し昭和六年四月一日より金泉郡金陵面松雪堂女史の生地に於て開校する運びとなつた。女史は其の私財三十餘萬を投じ其の母の遺志を陳

べんとしたとき左の聲明書を發表した。其の末尾に「世敎風化の萬一に補せば」と言
ふてゐる。何んぞ其の謙讓なるや。

聲明書

金泉吾胎地也此郡蓋嶺之衝要而人物之盛作一大都會也余自京城有時住來於松亭見湖
山秀麗可知英材之鍾出有倍於嶠南列郡然敎育階級尙未免幼稚者實緣資金之難辨有志
者以是爲恨久矣噫吾先世不幸家禍孔慘余生而爲女子孤露終鮮不幸而又不幸也自髫齔
決志於爲祖伸雪誓不適人在親家養慈母眪勉財意報先經數十星霜矣至 光武辛丑
泣血叫閤獲親天日於覆盆之下快瀉宿冤幸遂初志因伐石而衛墓置田而奉香火庶效微
誠死無餘憾而環顧一世慨然與歎有不能自己者焉竆念社會之發展在於人材之敎育敎育
之擴張未必不係於財政之區畫今若緣於財絀其所當爲而未達其目的則是可曰社會急
務上盡其責者乎玆捐金三十萬二千一百圓(別表記載之財產)以助金泉中學校設立之資
務望 僉位亟圖成就俾有少補於世敎風化之萬一 (別表は省畧)

昭和五年二月二十三日

京城府鹿橋町九十四番地

崔　松　雪　堂

仰も世の富豪にして百萬或は二百萬或は夫れ以上の寄附を社會事業や其の他に出し
てゐる人は少くない三十餘萬圓也之れに比べる時は其の額に於て決して大きいもので

崔松雪堂女史

はない。然し其の財産、而かも現在の住居までも金
に代えて一切を高普設立に寄附するが如き行爲は其
額の多少を以て比較し得ないものがある。然も前者
には海老で鯛の類があるに反して崔女史には何等の
要求もない其處に女史の行爲の他を對照し得ざる尊
さがある。仰も此の崔松雪堂女史とは如何なる人であるか。
女史は安政二年八月二十九日を以つて金泉郡金陵面富谷洞に生れた。勿論生家は相
當の家柄で貲産もあつたので祐福に育てられ、七才から家庭にあつて漢學を修め、其
の後家事を督して業を奬め、女史の家は日に月に繁榮した。四十才頃、京城に出て官
女として嚴妃に仕へた。女史は孝心厚く嘗つて二十年以前十三ヶ所に点在する祖先の

八五

墓碑を建立し、更に三十六本山に對して佛具、燈籠等を献納するなど女史の信仰心を如實に物語つてゐる。而して女史は公共に對する出費は實に枚舉に遑なく、金陵學院、金陵幼稚園は勿論、金泉公普、金陵普校、金泉武德館等の建築費は更なり、明治二十六年以來、金品を以つて窮民を救濟せること實に十指を屈して尚あまりある。此の美舉は單り金泉地方に止まらず、京城に於ても同樣であつて、大正八年德壽宮因山奉悼會へ三百圓、大正十五年景福宮因山奉悼會に一千圓の寄進をするなど實に女史には數へ切れぬ美舉がある。女史や今齡七十八歳壯者を凌ぐ健康で其の熱烈なる奉公心は今に於て往時と異らない。全財産を舉げて學校設立に投じてゐるので女史の衣食は學校に於て之れを給することとなつてゐる。永年の希望此處に殘りなく達成した女史の心事や明月の如く淸朗なるものがあらう。

第十六章 神社及宗教

第一節 神 社

八六

金泉に大神宮が祠られたのは大正五年である。此の年奉賛會を組織し、神社建築を決議し、南山公園の勝景を撰んで莊嚴な社屋を新築した。星霜十有六年、今年春邑民の敎神觀念は又新に神殿改築を決議し、邑民の寄附約五千圓を得て玆に金泉神社の再建を見たのである。春秋二回の祭例あり、最近に於ては朝鮮人間に於ても崇敬する樣になつて來た。

第二節　宗　敎

宗敎は內鮮人共に佛敎徒が多い。寺院としては內地人側に於て、本派本願寺布敎所曹洞宗慶泉寺、眞言宗高野山の三寺がある。信徒一千三百餘人。朝鮮側に於て禪敎寺刹がある。信徒一千餘人と言はれてゐるが其の數は極めて曖昧である。其の他天理敎金光敎の布敎所も各一ヶ所あるが極めて振はない。朝鮮人側に於けるキリスト敎會は舊敎と新敎とがあり、信徒は約五百名である。其の他、普天敎等もあるが全く其の存在價値がない。

白水 鄭烈模의 생애와 어문민족주의

1. 머리말
2. 한글연구와 교육의 생평
3. 국어와 아동문학의 저술
4. 식민지시기 교육관과 어문민족주의
5. 맺는말

1. 머리말

白水 鄭烈模(1895~1967)는 식민지시기 국어학자와 교육자로 이름이 높던 인물이었지만, 6·25전쟁 이후 북한에서의 활동으로 일반에게는 널리 알려져 있지 않다. 그는 1920·30년대에 중등학교의 교원과 교장으로 재임하였고, 1940년대에는 조선어학회사건으로 수난을 당한 바 있었다. 해방 이후 두 곳 신설 대학의 학장을 역임하다가, 6·25전쟁 이후 북한에서 대표적인 국어학자로 鄕歌 연구에 진력하였다.

---

* 서강대학교 사학과 교수.

따라서 식민지시기 정열모의 활동은 조선어학회와 교육계에 국한되어 그 폭이 넓은 것은 아니었다. 오늘날에도 간혹 국어·국문학계에서 정열모가 논의되는 것은 국어학이나 향가 연구와 관련해서이다.[1] 필자는 산일되어 있는 정열모의 저술을 모으다가 거의 알려지지 않은 그의 관심분야를 확인할 수 있었다. 그것은 그가 1920년대에 이름 있는 아동문학가였다는 사실이다. 그가 색동회와 같은 아동문학단체에 관여하지 않았고, 또 뒤에 북한에서 활동하였기 때문에 잘 알려지지 않았지만, 아동문학사에 이름이 올라 있는 아동문학가였던 것이다.[2]

필자는 정열모의 국어학 연구를 제외하고, 식민지시기 그가 아동문학과 국어학 연구로 추구하고자 하였던 관심에 주목하고자 하였다. 먼저 그의 생애를 소개하고, 확인할 수 있는 범위에서 그의 저술을 정리하고자 한다.

2. 한글연구와 교육의 생평

정열모 자신의 자서전이나 그의 생애를 다룬 글은 따로 남아 있지 않지만, 그 이력의 대개는 알려져 있다.[3] 그는 長鬐를 본관으로 한 鄭海潤의 3자로

---

1) 국어학계에서의 연구는 정기호, 『정렬모 말본 연구』, 육일문화사, 2001 ; 여찬영, 「백수문법에 대하여」(1)『肯浦趙奎卨教授 華甲紀念國語學論叢』, 螢雪出版社, 1982 ; 呂燦榮, 「백수문법의 문장론」『韓國傳統文化研究』8, 1993 ; 한영목, 「정열모의 단어관」『연산 도수희선생 화갑기념 논총』, 박이정, 1994 ; 여찬영, 「백수문법서의 비교 고찰」『曉星語文學』1, 1993 ; 한영목, 「정열모 문법의 몇 문제」『한글』240·241, 1998 등이 있고, 향가에 관해서는 최철, 「정열모『향가연구』에 대한 견해」『인문과학』66, 1991 등이 있다.
2) 李在徹, 『韓國現代兒童文學史』, 一志社, 1978, 104쪽.
3) 유목상, 「백수 정열모 선생」『얼음장 밑에서도 물은 흘러』, 한글학회, 1993. 중앙대 국어국문학과 柳穆相 명예교수는 정열모가 교장직에서 물러난 뒤 김천중학교에 입학하였지만, 정열모의 이력을 상세하게 조사하였다. 유 교수는 정열모의 아들인 서울대학교 법과대학 鄭熙喆 명예교수(현재 캐나다 거주)의 도움으로 이력을 확인하였다고 한다. 그 내용은 상당히 정확한 것으로 보이는데, 이력사항에서 별도

1895년 11월 1일 충북 懷仁郡 읍내 向上社洞에서 태어났다.[4] 그의 가계에 대해서는 확인하지 못하였으나, 유학자 집안이 아닐까 짐작된다. 회인보통학교를 거쳐 경성고등보통학교를 졸업하였다고 하는데, 그 학교를 졸업했는지는 모르겠다.[5] 아마도 1911년경 회인보통학교를 마치고 상경하여,[6] 경성고등보통학교나 다른 학교에 적을 두면서 周時經이 주도하던 조선어강습원에 참여하여 1912년 3월 중등과(제5회)를, 1914년 3월에 고등과(제2회)를 수석으로 수료하였다.[7] 1915년 3월 경성고등보통학교 교원양성소(제2종)를 수료하고,[8] 그해 4월 평안북도 慈城普通學校 교원으로 발령을 받았다. 이어 1919년 義州普通學校 교원으로 전임하였다가, 1920년 6월 뚝섬보통학교로 옮겨 근무하였다.[9]

1921년 3월부터 1925년 3월까지 만 4년간 정열모는 早稻田大學 고등사범

의 각주가 없으면 이 글을 인용한 것이다.

4) 유목상, 「백수 정열모 선생」, 191쪽에는 충북 보은군 회북면 중앙리 120-3을 출생지로 밝혔다. 李奎榮 편, 『한글모 죽보기』, 1917 필사본 ; 金敏洙 편, 『周時經全書』6, 塔出版社, 1992, 426쪽에는 충북 회인군 읍내 향상사동으로 기재되었다. 1914년 조선총독부의 행정구역 개편으로 회인군은 보은군 회북면이 되었다.

5) 유목상, 「백수 정열모 선생」, 191쪽. 『京畿七十年史』, 경기중고등학교, 1970의 졸업생 명단에는 정열모라는 이름은 없다. 다만 1915년(제11회) 졸업생 가운데 鄭聖謨가 있는데, 혹 정열모일 가능성이 있다.

6) 鄭烈模, 「봄!」 『新少年』 7월호, 1928, 6쪽에는 18세 되던 해 봄에 고향을 떠났다고 하였는데, 1912년에 조선어강습원을 수료하는 것으로 보아 1911년이 아닐까 한다.

7) 이규영 편, 『한글모 죽보기』, 433쪽, 438쪽.

8) 유목상, 「백수 정열모 선생」, 191쪽. 『京畿七十年史』, 79쪽에 따르면 1913년 4월부터 경성고등보통학교 부설 임시교원양성소는 제1부에서 한국인 보통학교 교원을, 제2부에서 일본인 교원을 양성하게 되었는데, 제1부가 바로 사범과로 전환된 것으로 기술되어 있다. 사범과에는 고등보통학교 졸업생을 입학시켜 1년 교육시켰다.

9) 국사편찬위원회 한국사데이타베이스 '직원록자료' 및 '한국근현대인물자료'. 『青春』 제13호(1918.1)에 독자문예로 3편의 시조가 실렸는데 필자가 '慈城 鄭烈模'였고, 『曙光』 제6호(1920.7)의 현상문예에 '義州 鄭烈模'가 나오고 있는 점도 그러한 사실을 확인해 준다.

부 국어한문과에 재학하여 졸업하였다.[10] 재학중인 1922년 7월에는 유학생들로 교육과 실업을 중시한 교육실업단을 조직하여 방학기간 중 국내에서 순회강연을 하였는데, 정열모는 '우리의 살 길'이라는 강연을 한 적도 있다.[11] 동시에 그는 후술하는 대로 일본에서 『朝鮮日報』와 『新少年』에 동화·동시나 교양·수필 등을 보냈는데, 그 양이 적지 않았다.

일본 유학을 마친 직후 1925년 4월 1일자로 중동학교의 조선어 교원으로 부임하여,[12] 1932년 초 신설된 김천고등보통학교로 옮길 때까지 재직하였다. 그리고 이 시기에 조선어학회의 전신인 조선어연구회에 참여하였으며, 1927년 2월에 창간된 동인지 『한글』의 동인으로 활동하며 그 다음해까지 9호를 간행한 바 있다. 그리고 조선어연구회·조선어학회에서 추진한 각종 연구발표회·강연회·강습회에 적극 참여하였고, 조선어사전 편찬위원(1929.10), '한글맞춤법통일안'의 제정위원(1930.12), 표준어 사정위원(1935.1) 등으로 활동하였다.[13] 1920·30년대의 정열모는 한글운동과 떼어서는 이해하기 어려울 만큼 열심이었지만, 김천으로 내려간 뒤에는 서울에 있을 때만큼 적극적이기는 어려웠을 것이다. 그는 함께 한글을 연구하던 金枓奉·申明均·權悳奎·張志暎·李秉岐·李奎榮·崔鉉培 등과 가까웠던 것 같은데,[14] 특히 신명균을 선배로 가깝게 모셨다.[15] 그리고 1928년 6월에는 조선교육협회의 이사로 선임되었다.[16]

---

10) 鄭烈模 편, 『現代朝鮮文藝讀本』, 殊芳閣, 1929, 135쪽에 따르면 早稻田大學 고등사범부 출신으로 소개되었다. 국어한문과와 재학기간은 유목상, 「백수 정열모 선생」, 191쪽에 기록되어 있다.

11) 『東亞日報』 1922년 7월 23일 「敎育實業團永同着」.

12) 유목상, 「백수 정열모 선생」, 191쪽에는 1926년 6월 4일자로 중동학교에 부임한 것으로 되어 있는데, 『大倧敎重光六十年史』(大倧敎總本司, 1971), 861~862쪽에는 '乙丑 4월 1일'로 되어 있다. 대종교 자료는 정열모가 제출한 이력서를 바탕으로 하였을 것으로 짐작되어, 이를 따랐다. 뿐만 아니라 鄭烈模, 「所感一端」『敎育研究』 1, 1926, 56쪽에도 "學窓을 나와 敎壇에 선 지 半年이 되오니"라는 표현이 있는데, 이 글은 1925년 10월 18일에 쓴 것으로 되어 있다.

13) 한글학회 50년사 편찬위원회, 『한글학회 50년사』, 한글학회, 1971, 155쪽, 198쪽, 266쪽.

14) 鄭烈模, 「周先生과 그 周圍의 사람들」『新生』 9월호, 1929, 9~10쪽.

1931년 4월 정열모는 金泉에 설립된 사립 김천고등보통학교의 교무주임(교감)으로 자리를 옮겼다. 당시 경상북도의 인문계 중등학교는 대구에 공립으로 대구고등보통학교와 사립으로 啓聖高等普通學校가 있을 뿐이었다. 김천에 인문계 사립고등보통학교의 설립은 英親王의 보모 출신인 崔松雪堂의 재산기부로 가능하였는데, 인문계 학교의 설립인가가 쉽지 않았었다.[17] 교장은 그와 중동학교에 함께 근무하던 이름난 수학 교사 安一英이었는데, 실제 그는 교무주임으로 연만한 교장을 대리하는 역할을 하였으며, 조선어와 조선사, 修身을 강의하였다.[18] 특히 조선사의 교재로는 權悳奎의 『朝鮮留記』를 사용하였던 것 같다.[19] 1932년 1월 그는 김천고등보통학교의 제2대 교장에 취임하였는데, 김천에서 그는 '泉'자를 파자하여 '白水'로 자호하였다. 그는 경성부 수송동에서 김천읍 남산정으로 주거를 옮기고, 1936년에는 다시 김천읍 대화정(평화동)으로 옮겼다.[20]

교장으로 만 10년 넘게 재임한 그는 학교 일에 정성을 다했으며,[21] 사투리를 교정하며 표준어 교수에 열심이었다.[22] 특히 개교 직후였기 때문에 교사의

---

15) 정열모는 『신편고등국어문법』, 한글문화사, 1946을 신명균에게 바친다고 했으며, 그를 추모하는 시조를 수록하고 「머리에 두는 말」에서 그와의 관계를 회고하였다.

16) 『中外日報』 1928년 6월 17일.

17) 이에 관해서는 『松雪六十年史』, 松雪同窓會·金泉中高等學校, 1991, 253~266쪽 참조.

18) 『朝鮮日報』 1931년 9월 20일자 「鄕土敎育을 高調하는 金泉高普를 차저」 上 ; 金漢壽, 「創校 60年을 돌아보며」 『松雪六十年史』, 368쪽 ; 鄭烈模, 「十年」 『朝光』 9월호, 1941, 28쪽.

19) 金漢壽, 「創校 60年을 돌아보며」, 368쪽에 권덕규의 『朝鮮史』를 언급하였는데, 『조선사』는 『조선유기』 상·중권(상문관, 1924·1926)을 해방 이후에 합본하여 정음사에서 간행한 것이다. 崔起榮, 「崖溜 權悳奎(1891~1949)의 생애와 저술」 『于松趙東杰先生停年紀念 韓國史學論叢 2 ; 韓國史學史硏究』, 나남출판, 1997 참조.

20) 유목상, 「백수 정열모 선생」, 192쪽.

21) 정열모가 학교 일에 진력한 것은 鄭烈模, 「十年」 『朝光』 9월호, 1941에서 잘 나타난다.

22) 鄭烈模, 『朝鮮日報』 1932년 1월 2일 「方言矯正에 努力이 必要」.

건립을 비롯하여 과학관·기숙사·교내 풀장 등 학교시설의 확보가 시급하였는데, 모두 그가 교장으로 재임한 시기에 이루어졌다.[23] 따라서 1920년대 국어학과 아동문학에 뚜렷한 업적을 내던 정열모는 학교운영의 책임을 맡은 1930년대에는 별다른 업적을 낼 수 없었다. 그러나 그는 김천중학교 교장직을 1943년 3월 7일자로 사임하고 말았다.[24] 그것은 자의와는 무관한 일로 이미 그는 조선어학회사건으로 囹圄중이었으며, 김천중학교는 일제의 강요로 이때 사립에서 공립으로 전환되었다.[25]

1942년 10월 일제는 조선어학회사건을 일으켰다. 10월 1일 李克魯·李允宰 등 11명을 구속하면서 시작된 이 사건은 학회의 주도적 인물들과 후원자들을 대대적으로 검거하였다. 정열모는 10월 20일 김천에서 검거되어 함경남도 홍원경찰서에 유치되었으며, 다른 관련자들과 함께 갖은 고문을 받았고 억지 자백을 강요받았다. 조선어학회사건의 관련자는 모두 33명이었고 취조를 받은 사람은 48명에 이르렀는데, 일제는 이극로·정열모 등 16인을 치안유지법 위반으로 기소하여 예심에 회부하였다. 예심에 넘어갔던 이윤재와 韓澄은 옥사하고, 정열모와 張志暎은 1944년 9월 30일 공소소멸로 석방되었다. 나머지 11인은 6년부터 2년까지의 실형을 받았고, 1인은 무죄판결을 받았다.[26] 이들이 공판에 회부된 이유서를 보면, 일제는 국어운동을 독립을 위한 실력배양운동으로 파악하며 조선어학회가 그 중심에서 민족주의의 아성을 사수한 것으로 인식하였음을 알 수 있다.[27] 석방된 정열모는 김천읍 多壽洞의 농가에서 칩거하

---

23) 『松雪六十年史』, 283~286쪽.

24) 『松雪六十年史』, 299쪽.

25) 『松雪六十年史』, 299쪽.

26) 조선어학회사건에 관해서는 『한글학회 50년사』, 12~19쪽과 사건 당사자들의 기록이 남아 있어 참고가 된다. 金允經, 「朝鮮語學會受難記」『한글』11-1, 1946 ; 「조선어학회 수난사건」『한결金允經全集』1, 670~673쪽 ; 李熙昇, 「朝鮮語學會事件」『一石李熙昇全集』2, 서울대학교출판부, 2000 ; 정인승, 「조선어학회사건」, 『건재 정인승전집』6, 박이정, 1997.

27) 「朝鮮語學會事件 豫審終結決定文」『文湖』6·7(건국대 한국고유문화연구소, 1971) ; 『한글학회 50년사』, 17~18쪽.

였으며, 생활이 어려웠다고 한다.[28] 본인은 이때를 "밭 갈고 나무하는" 생활이 었다고 언급하였다.[29]

해방이 되자 1945년 8월 18일 정열모는 조선건국준비위원회 김천지방위원 장으로 추대되었으며,[30] 곧 상경하여 우선 10월 숙명여자전문학교 문과과장으로 취임하였고, 이어 1946년 3월 국학전문학교의 초대 교장을 맡았다.[31] 1947년 6월에는 弘文大學館의 관장에 취임하였는데, 1948년 8월 홍익대학관으로 교명이 바뀌었다가 1949년 6월 홍익대학으로 개편되자 초대 학장이 되어 1950년 2월까지 재임하였다.[32]

그리고 속간된 조선어학회 기관지 『한글』에 몇 편의 글을 쓰며, 1949년 10월 조선어학회가 개칭되어 한글학회가 되자 이사로 선임되는 등 국어연구의 길을 계속 가고 있었다.[33] 그는 1929년 『現代朝鮮文藝讀本』이라는 중등용 독서자습서를 간행한 바 있는데, 1946년 2월 이 책을 다시 조판하여 『한글문예독본』이라는 제목으로 재간하였다. 그리고 그해 6월에는 같은 제목으로 '담권'을 발행하였다. 제2권이라는 뜻으로 생각되는데, 이들 서적은 한글문화보급회가 저작자로 신흥국어연구회가 발행자로 되어 있었다. 이러한 단체는 정열모가 회장으로 주도하였는데, 이는 해방 이후 그가 한글 보급운동에도 적극적으로 참여하고 있었음을 알려주고 있다. 그리고 『한글문예독본』을 발행한 한글

---

28) 金漢壽, 「創校 60年을 돌아보며」, 376쪽.
29) 정열모, 「머리에 두는 말」 『신편고등국어문법』.
30) 안소영, 『8·15직후 경북지방 인민위원회의 조직과 활동』, 영남대학교 대학원 정치외교학과 박사학위논문, 1995, 121~123쪽.
31) 『大倧敎重光六十年史』, 862쪽에는 1945년 9월 1일부터 숙명여자전문학교 교수로, 1946년 2월 15일에 국학대학 창설학장이 되었다고 기록되어 있다. 1946년 6월에 간행된 국학전문학교 교지 『國學』에는 교장이 정열모였다. 金敏洙, 「정열모(1946), 『신편고등국어문법』」 『周時經學報』 4, 1989, 201쪽 참조.
32) 「연혁개요」 『圖說 弘益三十七年史 : 1946~1983』, 弘益大學校出版部, 1983, 25쪽. 홍문대학관은 1946년 4월 설립되어 초대 관장에 梁大淵이 취임하였다가, 1947년 6월 대종교가 인수하면서 정열모가 관장에 취임하였다고 한다. 그러나 『大倧敎重光六十年史』에는 이에 관한 기록이 없다.
33) 『서울신문』 1949년 10월 6일.

문화사의 대표로도 활동하였다.[34]

정열모는 교육계에서만 활동한 것은 아니었다. 정치활동에도 부분적으로 참여하였는데, 건국준비위원회 김천지방위원장을 맡은 것을 비롯하여 1945년 9월 8일 한국민주당의 발기에 참여하여 임시정부지지 성명서에 서명하였고,[35] 9월 9일 고려청년당의 고문으로 추대되었으며,[36] 12월 31일에는 재경 비정치인들이 좌우정당의 즉시 합작을 요구한 統一政權促成會에도 참여하였다.[37] 그러나 그의 정치활동이 활발한 것은 아니었다. 그럼에도 1948년 그는 단독정부 수립이 구체화되자 조국의 자주독립과 통일을 염원하여, 金九와 金奎植이 주도한 남북협상을 지지하고 나섰다. 즉 그해 4월 14일에 발표된 문화인 108인의 남북협상 지지성명에 동참하였던 것이다.[38] 그리고 1949년 5월 民族自主聯盟 서울시연맹 부위원장에 선임되었다. 민족자주연맹은 1947년 10월에 金奎植·洪命憙·李克魯·尹琦燮 등이 주도하여 민주주의 민족통일을 내건 중간파 조직이었는데,[39] 1948년 4월 남북협상에도 참여한 바 있었다. 따라서 정열모도 일찍부터 민족자주연맹에 참여하고 있었을 것이다. 아마도 이런 관계 때문인지, 그는 1949년 12월 22일 서울지방검찰청 수사과에 구속수사를 받기도 하였다. 특히 그의 혐의가 국가보안법이었고, 담당검사가 사상검사로 이름 높던 吳制道였다는 점에서 주목된다.[40] 1950년 2월 홍익대학장을 사임한 것도 이와 무관하지 않을 것으로 짐작된다.[41]

---

34) 유목상, 「백수 정열모 선생」, 192쪽. 다만 유 교수는 한글문화사가 1946년 이후 동방문화사로 개칭되어 1949년 1월까지 계속되었다고 하였는데, 동방문화사의 대표는 柳子厚로 나오고 있다. 유자후가 1947년 간행한 『李儁先生傳』에서 확인된다. 그렇지만 정열모가 동방문화사에 관여하였을 가능성은 크다.

35) 『資料大韓民國史』 1, 국사편찬위원회, 1968, 63쪽.

36) 『資料大韓民國史』 1, 75쪽.

37) 『資料大韓民國史』 1, 950~951쪽.

38) 『白凡金九全集』 8, 대한매일신보사, 1999, 395~397쪽.

39) 『東亞日報』 1947년 12월 20일.

40) 『朝鮮日報』 1950년 1월 1일 「鄭烈模氏被檢」.

41) 『圖說 弘益三十七年史 : 1946~1983』, 25쪽.

1950년 5월 제2대 국회의원 선거가 실시되었다. 정열모는 김천시에서 출마하였다가 차점으로 낙선하였다.[42] 알려지기로는 그가 김천 시민의 열렬한 요청으로 국회의원에 입후보하였으나 정적의 간계와 경찰의 강압으로 선거 직전에 출마를 포기하였다고 한다.[43] 이러한 점으로 미루어 보면 정열모의 정치활동은 크게 활발하지 않았으며, 대체로 중도우파의 정치노선을 따른 중간파로 이해되지만 그는 정치가라기보다 역시 학자이며 교육자로 평가된다.

동시에 정열모는 大倧敎의 대표적인 신자 가운데 한 사람이었다. 대종교측의 기록에 의하면, 그는 1922년 4월 15일에 대종교에 입교하여 1925년 11월 敎秩이 參敎가 되었는데, 그와 가깝게 지냈던 신명균과 권덕규 역시 대종교를 신봉하였던 것에 영향을 받았을 것으로 보인다. 해방 이후 국내에서 대종교 활동이 재개되면서 1945년 11월 知敎, 1946년 3월 尙敎가 되었고, 1949년 1월 正敎의 지위에서 大兄의 敎號를 받았다. 1946년 4월 이후 총본사 典講, 倧理研究室 贊修, 총본사 典理·典講 등의 교직을 맡았고, 1950년 5월에는 원로원 參議가 되었다.[44] 1949년에는 大倧敎重興會의 교화부장과 중앙집행위원으로 활동하였다.[45] 대종교총본사의 전리는 총무 업무를, 전강은 교리·교육·편찬 업무를 책임지는 직책이었다. 해방 이후 대종교에서 나온 敎籍들이 정열모의 명의로 발행된 것은 그가 총본사 전강직에 있던 까닭에서였다.[46] 1949년 4월 檀君聖蹟護維會의 고문을 맡은 것도 그가 대종교를 신봉한 것과 무관하지 않았다.

1950년 6월 6·25전쟁이 발발한 뒤, 정열모는 납북되었다. 납북 이후 그의 행적은 잘 알 수 없지만, 1955년 10월 김일성종합대학 언어학 교수, 1958년 4월 과학원 언어학 연구실 교수, 1964년 4월 과학원 후보원사, 1965년 1월 사회

---

42) 『歷代國會議員選擧狀況』, 中央選擧管理委員會, 1971, 140쪽.
43) 金漢壽, 「創校 60年을 돌아보며」, 368쪽.
44) 『大倧敎重光六十年史』, 862~863쪽.
45) 『大倧敎重光六十年史』, 623~624쪽.
46) 예컨대 1949년에 출간된 『神檀民史』·『한검바른길』·『譯解倧經四部合編』 등의 편수 겸 발행인이 모두 정열모이다.

과학원 언어학연구실 교수, 후보원사 등으로 활동하였음은 알려져 있다.[47) 또 저술로도 『신라향가주해』(국립출판사, 1954), 『향가연구』(사회과학원출판사, 1965), 『조선어 고어 역사』(고등교육도서출판사, 1965)를 간행한 바 있고, 공 저로 『국어문법』 인민학교 제2·3학년용(교육도서출판사, 1957)이 있다. 그리 고 사회과학원 언어학연구소 기관지인 『조선어문』에 10여 편의 논문과 논설을 발표하였다.[48) 사회과학원의 후보원사였다는 사실은 그가 북한의 국어학계에 서 상당한 대접을 받았다는 것을 알려준다.

1967년 8월 14일, 그는 향년 73세로 사망하였다고 한다.[49)

3. 국어와 아동문학의 저술

정열모는 국어학자였으므로 국어에 관한 글이 많다. 뿐만 아니라 동요·동 시·동화 등 아동문학 작품이 상당수 있다. 적지만 시나 시조도 남아 있으며, 수필·번역 등도 몇 편 찾아진다. 먼저 그의 명의로 된 단행본을 정리하면 <표 1>과 같다.

〈표 1〉 정열모의 단행본

번호	제목	출판사	발행일	비고
1	바이올린 天才	新少年社	1928.	번역동화
2	現代朝鮮文藝讀本 권1	殊芳閣	1929.4.	독서자습서, 편저
3	愛國者	中央印書館	1930?	1의 게재
4	童謠作法	中央印書館	1930?	3판
5	한글문예독본 첫권	신흥국어연구회	1946.2.	2의 수정판
6	한글문예독본 담권	신흥국어연구회	1946.6.	
7	신편고등국어문법	한글문화사	1946.10.	
8	초급국어문법독본	고려서적주식회사	1948.9.	

---

47) 『最新北韓人名辭典』, 北韓研究所, 1996, 729쪽.
48) 유목상, 「백수 정열모 선생」, 196~197쪽.
49) 유목상, 「백수 정열모 선생」, 192쪽.

9	고급국어문법독본	고려서적주식회사	1948.9.	
10	신라향가주해	국립출판사	1954.8.	
11	국어문법 : 인민학교 제2학년용	교육도서출판사	1957	
12	국어문법 : 인민학교 제3학년용	교육도서출판사	1957	
13	향가연구	사회과학원출판사	1965.11.	
14	조선어 고어 역사	고등교육도서출판사	1965	

<표 1>을 보면 정열모는 김천고등보통학교로 내려가기 이전인 1928~1930
년에 3종 4권의 단행본을 간행한 것을 알 수 있다. 그러나 현재 『現代朝鮮文
藝讀本』을 제외하고는 책을 확인하지 못하였다.

『바이올린 天才』는 『新少年』 1925년 7월호부터 1929년 9월호까지 모두
11회에 걸쳐 연재한 동화로 제1차 세계대전 중 유태계 출신 러시아 소년의 종
군담이었다. 이 동화가 신소년사에서 출간되었다가, 1930년에는 『愛國者』라
는 제목으로 재간되었던 것이다. 『신소년』은 신명균이 주간을 맡고 정열모나
이병기 · 沈宜麟 등 조선어연구회 관여자들이 여럿 참가하여 발간한 소년잡지
였다. 그런데 초기에는 민족의식을 강조한 색동회 주도의 『어린이』에 비하여
일본문학의 영향을 크게 받고 일본어 사용의 작품이 산견되는 등 민족의식앙
양에는 거리가 있다가, 1926년 이후에는 색동회와 교류하며 적극적인 민족주
의 경향을 보인다.[50]

『現代朝鮮文藝讀本』은 "모든 中等程度學校 生徒의 自學自習으로 因한
讀書力을 養成하기 爲하야 平易한 文字로 된 趣味記事를 만히 取"한 것이
었다.[51] 정열모는 중동학교의 조선어 교원으로 조선어와 작문 등을 지도하였
는데,[52] 아마도 작문 부교재로 만든 것이 아닌가 생각된다. 그의 계획으로는

---

50) 李在徹, 『韓國現代兒童文學史』, 104~105쪽.
51) 鄭烈模, 「凡例」 『現代朝鮮文藝讀本』.
52) 鄭烈模, 「봄!」 『新少年』 7월호, 1928, 5쪽에 "이것은 내가 作文을 가르치는 처지
　　에 잇스므로 우리 생도에게 보여주기 위하야 지어본 것"이라고 한 것으로 알 수
　　있다.

5권까지 발간하여, 제1권 童心, 제2권 自然鑑賞, 제3권 人文, 제4·5권 문예·사상을 중심으로 하고자 하였으나,[53] 제1권만 간행되었던 것 같다. 동시·동요·동화를 포함하여 시·시조와 위인 이야기·史話·논설·극본 등 총39편의 글을 수록하였다. 吉再·元天錫·朴彭年·李滉 등의 역대 시조를 비롯하여, 申瑩澈·方定煥·高漢承 등 아동문학가와 權悳奎·李光洙·朱耀翰·金東鳴 등 문사의 글, 그리고 본인의 번역동화 및 동시 등도 실었다. 또 아미치스(Edmondo De Amicis)의 『사랑의 학교』를 비롯하여 일본인의 글까지도 포함되었다. 그런데 국어 자체에 대하여 언급한 글은 없었다.

『童謠作法』은 신명균이 운영한 中央印書館에서 간행하였는데, 1930년 현재 3판이 간행되었다. 그렇다면 당시 널리 읽힌 책이었을 것이고, 초판의 간행 시기도 1920년대 말이었을 것이다. 현재 그 목차는 알 수 있다.[54]

1. 童謠는 대체 무엇이냐
2. 童謠는 아무나 질 수 잇나
3. 童謠를 질 쌔는 엇더한 맘을 가질가
4. 唱歌와 童謠의 區別
5. 詩와 童謠의 區別
6. 童謠는 읽을 것이냐 부를 것이냐
7. 童謠는 긴 것이 조냐 짜른 것이 조냐
8. 童謠는 엇더한 말을 쓸가

1920년대에 정열모는 주로 아동문학과 문학 수업을 위한 저술을 남겼는데, 1930년대 이후에는 아동문학에 관심을 두지 않았다. 그것은 아마도 신설 학교인 김천고등보통학교의 발전에 진력할 수밖에 없던 처지와 무관하지 않을 것으로 보인다.

그리고 그는 다시 해방 직후인 1946년 2월에 『한글문예독본』이라는 제목으로 『現代朝鮮文藝讀本』을 거의 그대로 간행하고, 곧이어 6월에 제2권을 편

---

53) 鄭烈模, 「凡例」 『現代朝鮮文藝讀本』, 殊芳閣, 1929.
54) 『新少年』 11월호(1930) 광고.

찬하였다. 일제강점기에 나온 『現代朝鮮文藝讀本』은 수록된 글의 필자를 밝히고 있었으나, 해방 뒤에 나온 두 책은 수록논설의 필자가 명기되어 있지 않다. 언뜻 제2권에 수록된 「조선에서 배태된 지나의 문명」은 권덕규가 『東光』 1926년 1월호에 게재하였던 글이라는 점이 확인되지만, 그 밖의 글들은 어디에서 선택하여 수록하였는지 현재로서는 확인하지 못하였다. 내용은 제1권에 비하여 다양하고 깊은 주제로, 종교·독서·철학·음악·미술·문학 등이 포함되어 있다. 본문은 한글로만 되어 있고, 각주의 형식으로 본문에서 알아두어야 할 한자를 병기하는 형식이었다.

그리고 1946년 10월에 『신편고등국어문법』을 간행하고, 이어 1948년 9월에 『초급국어문법독본』과 『고급국어문법독본』을 동시에 간행하였다. 『신편고등국어문법』은 일본 國學院大學 교수인 松下大三郎의 일본어문법에 영향을 받은 저술로 5품사(명사·동사·관형사·부사·감동사) 문법체제를 주장하였다.[55] 정열모는 그의 국어 연구가 주시경에게서 싹트고 김두봉에게서 뼈가 생겼으며, 신명균에게서 살이 붙었음을 밝히고 있었다.[56] 『초급국어문법독본』과 『고급국어문법독본』은 중등학교의 초급과 고급반을 대상으로 한 것인데, 『신편고등국어문법』을 풀어 설명한 문법서였다.

1950·60년대 북한에서 정열모의 관심은 문법과 향가였다. 특히 그는 1947년 초 『한글』에 「새로 읽은 향가」를 발표한 이후 향가의 해독에 진력하였는데, 1954년 『신라향가주해』를 간행할 수 있었다. 『신라향가주해』가 말 그대로 주해라면, 『향가연구』는 본격적인 향가 연구서로 이해하면 될 것이다.

국어에 관련된 글은 <표 2>로 정리하였다. 국어학에 관한 본격적인 논문은 1927년에 창간되어 그 다음해까지 간행된 동인지 『한글』에 주로 발표하였고, 1932년에 창간된 『한글』에도 2편을 발표하였다.

---

55) 『신편고등국어문법』에 대해서는 金敏洙, 「정렬모(1946), 『신편고등국어문법』」을 참고할 것.
56) 정열모, 「머리에 두는 말」 『신편고등국어문법』.

〈표 2〉 정열모의 국어 관련 저술

번호	발표일자	제목	발표지	필명	비고
1	1926.5.	正音頒布八回甲을 當하야	新民 13	鄭烈模	정음반포 기념강연
2	1926.11.	우리글 普及은 敎育으로부터	新民 19	鄭烈模	우리 文字의 普及策
3	1926.11.13	經濟上으로 본 우리글	朝鮮日報	鄭烈模	가갸날 기념 강연/4의 축약
4	1926.12.	文化上으로 본 우리말	新民 20	鄭烈模	
5	1927.2.	音聲學上으로 본 正音	한글(동) 1-1	鄭烈模	
6	1927.3/4.	朝鮮語研究의 正體는 무엇?	한글(동) 1-2/3	鄭烈模	2회
7	1927.4/5· 6/8/11 1928.1/10	朝鮮語文法論	한글(동) 1-3/4/6/7/ 2-1/2	鄭烈模	6회
8	1927.5·6/ 7/8/11	言語와 文人字	한글(동) 1-4/5/6/7	鄭烈模	4회
9	1927.5.	安廓君에게 與함	東光	鄭烈模	
10	1927.7.6	우리 글을 옳게 적자는 주장을 가지고	東亞日報	鄭烈模	
11	1927.10.24	이날을 긔렴하야	朝鮮日報	鄭烈模	
12	1927.12.	한글 정리반대자를 위하여	別乾坤	鄭烈模	
13	1928.1.	國語와 方言	한글(동) 2-1	鄭烈模	
14	1929.8.	한글 綴字 原理에 對하야	新民 52	鄭烈模	綴字法改正 原案批評
15	1929.9.	周先生과 그周圍의 사람들	新生 2-9	鄭烈模	
16	1930.11.19	이날에 간절히 늣기는 바	朝鮮日報	鄭烈模	
17	1930.11.19	辭典編纂에 注力하자	東亞日報	鄭烈模	한글 研究家 諸氏의 感想과 提議
18	1932.1.2	方言矯正에 努力이 必要	朝鮮日報	鄭烈模	한글 普及의 具體案
19	1932.1.2	全廢主張共同調査	東亞日報	鄭烈模	漢字制限程度 와 實現할 具體的 方法
20	1933.3.	대명사에 대하야	한글 7	鄭烈模	

21	1935.6.	「아니」의 格位는 무엇?	한글 24	鄭烈模	
22	1946.	우리말	한글 94	정열모	
23	1946.4.	한짜폐지에 대하여	大潮 1-2	정렬모	
24	1947.1·2·3.	새로 읽은 鄕歌	한글 12-1	정열모	
25	1947.11.	여성과 한글	새살림 1-7	정열모	
26	1956.12.	조선어 문법에 대한 주시경 선생의 견해	조선어문 1956-6	정렬모	
27	1957.4.	체언술어에 나타나는 '이'의 성격	조선어문 1957-2	정렬모	
28	1958.1.	조선어의 '토'들 1	조선어문 1958-1	정렬모	
29	1958.3.	조선어의 '토'들 2	조선어문 1958-2	정렬모	
30	1959.1.	문장론에 제기되는 몇 가지 문제	조선어문 1959-1	정렬모	
31	1959.5.	고전 해독에서 주체성을 살리자	조선어문 1953-3	정렬모	
32	1959.7.	조선어에 복합문이 있는가?	조선어문 1959-4	정렬모	
33	1960.3.	조선어에 침투된 한자어에 대한 문제	조선어문 1960-2	정렬모	
34	1960.11.	조선어의 문장론에서 론의되는 '구'의 구조적 기능적 특성과 복합문의 류형	조선어문 1960-6	정렬모	
35	1960.9.	상황어의 구조 및 어순	말과 글	정렬모	
36	1961.12.	탁월한 언어학자 주시경 선생	말과 글	정렬모	
37	1962.8.	언어학적 측면에서 본 『향약집성방』	조선어학 1962-3	정렬모	
38	1963.5.	조선어 문장론에 제기된 몇 가지 문제의 력사적 고찰	조선어학 1963-2	정렬모	
39	1963.8.	진술성	조선어학 1963-3	정렬모	
40	1963.11.	통합 관계와 그 성분	조선어학 1963-4	정렬모	
41	1964.8.	'말쓰기'에서 표현성을 찾기 위하여 제기한 이런저런 문제	조선어학 1964-3	정렬모	

그 밖의 글은 한글운동과 관련되거나, 『訓民正音』이나 주시경에 관한 논설들이었다. 그리고 북한에서의 국어 연구는 과학원 언어학연구소의 기관지『조선어문』과 그것이 게재된『조선어학』을 중심으로 이루어지고 있었다.[57] 시기적으로 본다면 그의 국어 연구는 1920년대에 집중되었으며, 그 결과가 1946년『신편고등국어문법』으로 간행되었던 것이다. 그리고 노년기인 1950·60년대에 북한에서 집중적으로 국어 연구가 재개되었다.

정열모는 동인지로 발간된『한글』에「朝鮮語研究의 正體는 무엇?」을 두 차례 발표하였는데, 그 말미의 '附記'를 보면,

> 나는 이 一文을「朝鮮語學概要」라 한 論文의 序說로 쓴 것이다. 以下 各號에서 本論의 各 部門에 對한 意見을 쓰려하거니와 이 論文을 써 감에 恩師 安藤氏 意見을 多數히 參酌함이 있음을 特別히 말하여 둔다.[58]

고 하였다. 그가 이어『한글』에「言語와 文人字」를 4회 연재하고「國語와 方言」등을 발표한 것은 바로「朝鮮語學概要」의 서론격이었던 것 같다. 그리고 그 구상은 와세다(早稻田)대학 교수 安藤正次의 영향을 받은 것이었다.[59]

「朝鮮語文法論」은 동인지『한글』에 6회 연재되었다. 동인들의 권고로 쓰기 시작한 이 논문은 "나의 獨創的 偏見이 안이라 內外 文法學을 參互하여 그 合致된 精神을 取한 것"이라고 밝혔는데,[60] 기본적으로 松下大三郎의 문법체계를 따른 것이었다고 한다.[61] 그러한 면에서 정열모의 국어 연구는 주시경·김두봉·신명균 등의 영향을 받으면서도, 그가 유학한 일본 언어학계의 영향이 크게 나타난 것으로 보인다. 물론 국어 연구의 한 방법론으로 그의 견해와 부합된 일본 문법론을 수용하였다는 의미이다.

---

57) <표 2> 가운데 북한에서의 연구목록은 유목상,「백수 정열모 선생」, 196~197쪽을 참고하였다.
58)『한글』(동인지) 1-3, 1927, 3쪽.
59) 金敏洙,「정렬모(1946),『신편고등국어문법』」, 202쪽.
60) 鄭烈模,「朝鮮語文法論」『한글』(동인지) 1-2, 1927, 12쪽.
61) 金敏洙,「정렬모(1946),『신편고등국어문법』」, 202쪽.

정열모는 국어에 관한 관심과 함께 1920년대에는 문학, 특히 시·시조 작품을 10여 편 남기고 있었으며, 아동문학 작품이 상당수 있다. <표 3>은 그의 시와 시조 목록이다. 그는 1930년대 김천에서 활동하며 '白水'라는 호를 사용하였지만, 1920년대에는 '살별'과 '醉夢'이라는 호를 사용하였다.[62]

<표 3> 정열모의 시·시조

번호	발표일자	제목	발표지	필명	분류	비고
1	1918.1.	秋色	靑春 12	鄭烈模	시조	慈城(독자문예)
2	1918.1.	萍況	靑春 12	鄭烈模	시조	慈城(독자문예)
3	1918.1.	偶咏	靑春 12	鄭烈模	시조	慈城(독자문예)
4	1920.7.	統軍亭	曙光 6	鄭烈模	시	義州(현상문예)
5	1925.7.13	憧憬	時代日報	살별	시조	
6	1925.8.24	述懷	時代日報	살별	시조	
7	1925.8.24	벙어리 身勢	時代日報	살별	시조	
8	1925.10.25	마지막 입(葉)	每日申報	醉夢	시	
9	1925.11.15	가을(詩三篇)	每日申報	醉夢	시	
10	1925.11.22	내가 네 사랑! 네가 내 사랑!	每日申報	醉夢	산문시	
11	1926.1.1	눈물	每日申報	醉夢	시	
12	1926.2.21	大氣에는	每日申報	醉夢	시	
13	1926.2.14	PO에게	每日申報	취몽즁	시	취몽?
14	1926.4.18	矢필 날	每日申報	醉夢	시	
15	1926.4.25	봄바람	每日申報	醉夢	시	
16	1946.5.	네 분을 생각함	한글 95	정열모	시조	백수
17	1946.10.	애긋는 마음	신편고등 국어문법	정렬모	시조	

그의 글이 처음 문자화된 것은 崔南善이 주재한 『靑春』 1918년 1월호에 독자문예를 통해서였다. 3수의 시조가 실렸고, 이어 1920년 7월 『曙光』에 「統軍亭」이라는 시가 현상문예에 당선되어 실렸다. 그리고 1925·6년 집중적으로 『時代日報』에 시조가 살별이라는 필명으로, 『每日申報』에 시가 醉夢이라는

---

62) 그것은 『現代朝鮮文藝讀本』, 1쪽에 '살별 鄭烈模 撰'이라고 하고, 135쪽에 "號 살별 或 醉夢"이라 한 것에서 확인된다. 「談話室」 『新少年』 3월호, 1926, 57쪽 에도 "살별 先生님은 鄭烈模 先生님 이올시다"라고 하고 있다.

필명으로 게재되었는데, 일본에서 귀국한 직후의 일이었다. 1925년에 『東亞日報』에 '白水'라는 필명으로 발표된 시와 수필이 여러 편 보이지만, 이때 정열모는 백수라는 호를 사용하기 전이었다. 또 필자가 당시 25세인 것으로 미루어 정열모의 작품이 아닌 것으로 판단하였다.[63) 아무튼 정열모의 시와 시조의 작품성은 아직 논의된 적이 없는 것으로 보인다. 전문적인 문학가로보다는 1920년대에 10여 편의 습작을 남긴 정도로 이해되는 것이 아닌가 생각된다.

<표 4>는 1920년대 정열모가 발표한 동요·동시이다. 이 시기까지 동요와 동시의 구별이 모호하였던 것으로 보이는데, 그는 동요로 표기하였지만 내용으로 보아서는 동시라고 보는 것이 나을 성싶다. 현재 확인되는 동요·동시는 모두 『新少年』에 발표된 것이다. 『新少年』은 1923년 10월호로 창간되었는데,[64) 그는 신명균이 주재한 이 잡지에 동요와 동화를 1920년대 말까지 자주 발표하고 있었다. 그런데 1993년 평양의 문학예술종합출판사에서 간행한 『현대조선문학선집』 중 '1920년대 아동문학집 1'은 동시선집으로, 여기에 정열모의 동시 10편이 수록되어 있다. 모두 『신소년』에 게재된 것으로 밝혀져 있는데,[65) 북한에서는 그를 1920년대 대표적인 아동문학가의 한 사람으로 인정하고 있다고 보아도 좋을 것 같다.

〈표 4〉 정열모의 동요·동시

번호	발표일자	제목	발표지	필명	분류	비고
1	1923.10.	어린 동무들	新少年	정열모		
2	1925.2.	이쁜 송아지	新少年	鄭烈模	동요	
3	1925.3.	아버지 보고 지고 1	新少年	정렬모	동요	

---

63) 『東亞日報』 1925년 5월 20일 「이 봄을 보내며」(白水). 백수라는 필명으로 시 3편과 시조 2편, 수필 1편이 『東亞日報』에 실린 바 있다.
64) 『新少年』은 현재 雅丹文庫와 서울대학교 중앙도서관 가람문고에 상당수가 소장되어 있지만, 결호가 많다.
65) 『新少年』의 게재 호수가 잘못된 경우도 있다. 예컨대 「낯선 길」의 경우 1925년 12월호라고 했으나, 현재 남아 있는 그 호수에는 「가랑잎」만 실려 있다. 또 「달마중」은 1926년 2월호에 실렸는데, 6월호로 기록되었다.

4	1925.3.	아버지 보고 지고 2	新少年	정렬모	동요	
5	1925.7.	金붕어	新少年	정열모	동요	
6	1925.8.	여름을!	新少年	정열모	동요	
7	1925.9.	七夕	新少年	정열모		
8	1925.10.	다람쥐	新少年	정열모	동요	아동문학집
9	1925.11.	날대가리 무첨지	新少年	鄭烈模	동요	
10	1925.12.	가랑닙	新少年	鄭烈模	동요	아동문학집
11	1926.2.	달마중	新少年	鄭烈模	동요	아동문학집
12	1926.3.	버들 눈	新少年	鄭烈模	동요	아동문학집
13	1926.4.	개나리	新少年	鄭烈模	동요	아동문학집「나리꽃」
14	1926.6.	자라는 나라	新少年	鄭烈模	동요	아동문학집
15	1926.7.	길 써난 동무	新少年	鄭烈模		아동문학집
16	1926.8.	백일홍	新少年	鄭烈模	동요	아동문학집
17	1926.10.	단풍	新少年	鄭烈模	동요	
18	1926.11?	전등	新少年			아동문학집
19	?	낯선 길	新少年			아동문학집
20	?	새해에	新少年			문예독본

* 비고난의 '아동문학집'은 『현대조선문학전집』 18 : 1920년대 아동문학집 1(평양 : 문학예술종합출판사, 1993)에 수록된 작품임.
** '문예독본'은 『現代朝鮮文藝讀本』 권1, 殊芳閣, 1929 수록 작품.

동화 역시 1920년대 정열모가 주력한 부분이다. 『朝鮮日報』 1922년 12월 17일자에 실린 「이상한 나그네」가 그가 발표한 첫 번째 동화로 생각된다. 『朝鮮日報』는 1922년 12월부터 1923년 6월까지 매 일요일 '日曜家뎡'이라는 난을 배치하였는데, 정열모가 그 난을 맡아서 교양적인 내용과 동화를 게재하였던 것이다. 처음에는 정열모로 기명하다가, 곧 '살별'을 필명으로 사용하였다. 그리고 『新少年』에도 동요와 함께 동화를 발표하였는데, 특히 「바이올린 天才」는 1년 여를 연재하여 뒤에 단행본으로 발간되었다. <표 5>에 정리된 것이 그의 동화 목록이다. 1920년대 아동문학가들의 상당수가 일본어역의 세계동화를 번안 또는 번역하였던 것처럼, 그 역시 창작도 있으나, 일역된 세계동화를 번안 또는 번역한 것으로 보인다. 동화의 배경이 이탈리아·독일·프랑스·러시아·인도·중국·페르시아 등 국내보다 외국이 많다는 것이 그러한 경우를 알려준다고 하겠다.

특기할 것은 『朝鮮日報』와 『新少年』에 발표된 동화나 동시 등의 상당 부분이 그가 일본에서 유학하던 시기에 이루어졌다는 점이다. 그는 1921년 초부터 1925년 초까지 와세다(早稻田)대학 고등사범부 국어한문과에 재학하고 있었다. 그가 발표한 동화가 일본어역을 중역하였으리라는 점은 여기서도 짐작된다. 아무튼 일본에서 국내의 신문·잡지에 주로 아동문학 작품이지만, 상당량을 발표하였다는 사실은 그가 그만큼 아동문학에 애정을 가지고 있었다고 할 것이다.

그렇다고 해서 그의 작품이 높은 문학성을 가진 것으로 평가되는 것 같지는 않다. 북한에서도 그의 동요를 1920년대 대표적인 아동문학에 포함시켰지만, 방정환 등 일제강점기에 사망한 작가는 제외하더라도 남한에서 계속 활동한 尹克榮·李元壽·韓晶東·尹石重 등의 작품을 높이 평가하면서도 그의 작품은 전혀 언급하지 않고 있다.[66] 동화의 경우는 한 편도 선정되지 않았는데, 馬海松·田榮澤 등의 작품은 포함되었다.[67] 그의 작품이 1920년대 유행한 哀傷的 感傷主義에 빠져 있었다는 지적이 있다. 즉 그의 동요는 哀調를 담은 가락이 특징이라고 평가된다.[68]

〈표 5〉 정열모의 동화

번호	발표일자	제목	발표지	필명	분류	비고
1	1922.12.17	이상한 나그네	朝鮮日報	정렬모	동화	
2	1922.12.24	돌말	朝鮮日報	정렬모	동화	
3	1922.12.31	해골(髑髏)의 노리	朝鮮日報	정렬모	동요	동화
4	1923.1.7/14	일허버린 바이요린	朝鮮日報	정렬모	(동화)	2회
5	1923.1.21	돈 업는 나라	朝鮮日報	살별	동화	
6	1923.1.28/2.4	파리한 소	朝鮮日報	살별	동화	2회

---

66) 리동수, 「근대아동문학사의 력사를 더듬으며」 『1920년대 아동문학집』 1, 문학예술종합출판사, 1993 참조.
67) 『1920년대 아동문학집』 2, 문학예술종합출판사, 1993 참조.
68) 李在徹, 『韓國現代兒童文學史』, 104쪽.

7	1923.2.11/ 18	파-란 『샏-트』	朝鮮日報	살별	(동화)	2회
8	1923.3.25/ 4.1/8/15	무서운 도적 (大盜賊)	朝鮮日報	살별	(동화)	4회
9	1923.4.22/ 29/5.6	별(星)이 된 벗을 아들 삼은 이약이	朝鮮日報	살별	(동화)	3회
10	1923.5.13/ 20/5.27	큰 허풍	朝鮮日報	살별	(동화)	3회
11	1923.6.3	말하는 새	朝鮮日報	살별	(동화)	2회 이상?
12	1923.11.	물사람	新少年	정열모	동화	
13	1925.7~ 1926.9?	바이올린 天才	新少年	살별	(동화)	11회? 長篇事實 小說
14	1926.10.	長靴 신은 고양이	新少年	醉夢	동화	
15	1927.1.	첫눈	新少年	살별	(동화)	
16	1927.3/4	째놋친 『찟바이』	新少年	살별	(동화)	少年小說
17	1928.8·9.	信實한 庫直이	新少年	鄭烈模	(동화)	독본
18	1928.11.	거미줄	新少年	鄭烈模	(동화)	독본
19	1929.1.	이약기 三篇	新少年	鄭烈模	(동화)	독본

　정열모는 외국소설도 번역하였는데, <표 6>에서 보이듯 동인지 『한글』에 발표하였다. 즉 그는 프랑스 모파상의 단편을 번역하여 「薔薇」라는 제목으로 3회 연재하였고, 일본 中山議秀의 「貧民回歸」라는 작품을 5회 연재하였던 것이다. 모파상의 작품도 일역본의 중역이었을 것이다. 「貧民回歸」는 1925년 5월에 동인지 『眞砂』에 「鐵路」라는 제목으로 실렸다가, 1926년 9월 『早稻田文學』에 다시 게재되면서 「貧民回歸」로 게재된 작품이었다.[69) 정열모는 『早稻田文學』을 보고 있었다고 생각되는데, 발표된 지 1년도 되지 않은 시기에 번역하였다는 점으로 미루어 이 작품에 크게 감동되었던 것은 아닌지 모르겠다. 이 시기 中山議秀는 빈민이나 농촌생활자에 큰 관심을 보이며 작품활동을 하였는데, 「貧民回歸」는 남편이 철로에서 죽은 미망인이 빈민촌에서 생활하다가 전염병으로 자식들을 잃고 결국 철로에서 죽는다는 내용이었다. 아직 문

---

69) 日本近代文學館 편, 『日本近代文學大事典』 2, 講談社, 1977, 545쪽. 中山議秀 (1900~1969)는 뒤에 義秀로 개명하였다.

명을 얻지 못한 20대 신진작가의 글을 번역하여 소개한 것은 정열모도 빈민문
제에 일정하게 공감하였기 때문일 것이다.

〈표 6〉 정열모의 번역소설

번호	발표일자	제목	발표지	원작자	번역 필명	비고
1	1927.3/4/5·6.	薔薇	한글(동) 1-2/3/4	佛國 모-팟산	조선 살별	3회/ 短篇小說
2	1927.7/8/11/ 1928.1/10	貧民回歸	한글(동) 1-5/6/7/ 2-1/2	日本 中山議秀	朝鮮 살별	5회/ 短篇小說

<표 7>은 논문과 수필, 그밖에 정열모가 발표한 글의 목록이다. 1921년 재
일유학생 잡지인 『學之光』에 실린 「隨感隨錄」은 '醉夢生'이라는 필명으로
발표되었는데, 이 시기에 그가 일본에 유학중이었으므로 그의 글로 생각된다.
그는 1920년대에 『朝鮮日報』와 긴밀한 관계를 맺고 있었던 것 같다. 이미 언
급한 '日요家뎡'과 곧 언급할 '한글' 등의 난을 그가 맡기도 하였고, 1921년과
1923년에는 장문의 논문을 게재하기도 하였다. 즉 「蟹步」와 「中國文學史와
哲學史를 紹介흠」은 모두 10여 회에 걸쳐 신문에 수록된 논문이다.

〈표 7〉 정열모의 논문·수필·기타

번호	발표일자	제목	발표지	필명	비고
1	1921.6.	隨感隨錄	學之光 22	醉夢生	
2	1921.11.?~12.6	蟹步	朝鮮日報	醉夢	16회
3	1922.12.3	유전(遺傳)이란 무엇?	朝鮮日報	정렬모	日요家뎡
4	1922.12.10	가뎡에서 쥬의할 女子 교육	朝鮮日報	정렬모	日요家뎡
5	1923.2.25/3.4	사람 싱긴 래력	朝鮮日報	살별	2회 / 日요家뎡
6	1923.3.11/18	우리의 자랑	朝鮮日報	살별	2회 / 日요家뎡
7	1923.5.6~5.25	中國文學史와 哲學史 를 紹介흠	朝鮮日報	鄭烈模	16회
8	1926.1.	所感一端	敎育硏究 1	鄭烈模	재일본 조선교육연구회

9	1926.11/12/ 1927.1.	南鮮旅行記	新少年	鄭烈模	3회
10	1927.2.20	한담(閑談)	朝鮮日報	烈	한글난
11	1927.2.21	정적(靜寂)	朝鮮日報	烈	한글난
12	1927.3.22/23	등불과 달	朝鮮日報	烈	2회 / 한글난
13	1927.2.24/25	참된 일	朝鮮日報	烈	2회 / 한글난
14	1927.5.7/9/10/ 11/13	不死鳥	朝鮮日報	烈	5회 / 한글난
15	1927.5.14/15/17	理想	朝鮮日報	烈	3회 / 한글난
16	1928.7.	봄!	新少年	鄭烈模	感想文
17	1929.12.	新聞의 三大連載	新生	鄭烈模	앙케이트
18	1930.1.	말과 일이 쪽 갓게	新少年	鄭烈模	
19	1930.8.	學生에게 對한 希望	新民 60	鄭烈模	學生夏休 利用問題
20	1932.1.8.	金泉高等普通學校 校歌			
21	1935.1.1	育英과 나의 信條	東亞日報	鄭烈模	앙케이트
22	1935.11.30	崔松雪堂 銅像 銘文			
23	1937.1.	各學校新年計劃	朝光	鄭烈模	앙케이트
24	1941.2.	投資를 기다리는 文化 事業 ; 科學研究所	朝光	鄭烈模	
25	1941.3.	설문	朝光	鄭烈模	
26	1941.4.	설문	朝光	鄭烈模	
27	1941.9.	十年	朝光	鄭烈模	
28	1946.1·2.	정치인들에게 보내는 말	白民	정렬모	
29	1946.5.	화랑도	한글 94	백수	
30	1946.6.	국학이란 무엇인가	國學 1	정렬모	
31	1964	화전놀이	민족놀이	정렬모	

* 민족놀이 :『조선의 민족놀이』, 과학원 고고민속학연구소, 1964.

「蟹步」는 '天下 父母에게 警告ᄒ노라'와 '惡德惡習養成法'이라는 주제로, '조흔 일을 실허ᄒ는 習慣을 養成ᄒ는 法'·'억척꾸럭이를 養成ᄒ는 法'·'不平家를 養成ᄒ는 法'·'懶怠한 者를 養成ᄒ는 法'·'訓戒를 蔑視ᄒ는 惡習'·'虛飾을 조와ᄒ는 人物을 養成ᄒ는 法'·'偏狹한 人物을 養成ᄒ는 法' 등을 제시한 글이었다. 재미있는 것은 각기 그 해결방안으로 '秘訣'을 소개한 것이었다. 즉 "善行을 ᄒ려는 動機를 틀어 막으라"·"兒童의 希望

ᄒ는 바를 물리치라 그러나 ᄭᅳᆺᄭᅡ지 希望혀여 말지 안커는 이를 採用하라”·
“兒童으로 혀여금 事物의 缺點만을 觀察히게 하라”·“兒童으로 혀여금 부
럼성이 만케 하라”·“일하는 괴로움과 노는 질거움과를 올게 하라”·“無時
로 訓戒를 하야 兒童의 感覺을 遲鈍케 하라”·“兒童에게 對하야 不公平한
待遇를 하라”·“兒童의 希望하는 바를 물리치라 그러나 ᄭᅳᆺᄭᅡ지 希望혀여
말지 안커는 이를 採用하라” 등이 그 방안으로 정열모가 제시하고 있었다. 결
국 「蟹步」는 아동들을 바르게 키울 수 있는 방안을 역설적으로 내세운 것으로
이해된다.

그리고 「中國文學史와 哲學史를 紹介ᄒᆞᆷ」은 먼저 '中國文學史와 哲學史
를 紹介하기 前에 所感을 몬져'를 싣고, 이어 '序論'으로 “文學의 時代的 特
色과 地方的 特色”·“貴族的 文學과 平民的 文學”·“文學과 文字”·“文
學과 學校”·“文學과 科擧”·“文學과 儒敎, 佛敎及道敎”·“文學史上의
時代區劃”을 서술하였다. '本論'으로는 “上古文學의 總論”을 전개하다가 연
재가 중단되었다.[70] 정열모는 이러한 주제의 필요성을,

> … 新文化建設에 汲汲한 目下 大勢로 보면 時代錯誤가 아닐가 하는 疑
> 訝가 잇섯다. … 우리는 우리 生命이 잇는 날ᄭᅡ지는 努力하여야 할 것이다.
> 改造運動을 高唱하는 所以가 거긔 잇다. 그러면 改造의 先行手는 무엇으로
> 비롯하여야 하느냐. 몬져 져를 알아야 한다. … 何如間 우리의 過去는 中國
> 文化에 醉하여 全生活을 들어 그네가 되지 못함을 恨하엿다. 그리 自稱 小中
> 華라 하여 自己를 忘却함으로 가장 큰 名譽를 삼앗섯다. 그러면 우리의 過去
> 를 알자면 그네의 文化를 硏究할 必要가 잇다. 그네를 縮小한 것이 우리 生
> 活이던 ᄭᅡ닭이다. 그러나 不幸히 우리나라에서는 그네 文化에 心醉한 ᄭᅳᆺ헤
> 오즉 追從하기에 唯恐不及하엿고 조금도 批判的 眼目을 가지지 못하엿섯다.
> 그 流毒은 只今도 오히려 除△되지 못한 모양이다. …[71]

---

70) 정열모는 『朝鮮日報』 1923년 5월 6일자의 연재 시작에서 “事勢에 依하야 몬져
그 文學史를 紹介하고 그 담에 哲學史로 들어가게 되겟다 그런듸 工夫하는 餘暇
에 조고만 틈을 타서 하는 일이기 ᄶᅥ믄에 가다가 무슨 障碍가 싱길 지도 모르니
그 點은 特別히 容恕하기 바란다(!)”라고 하여, 연재가 경우에 따라서는 중단될 수
있음을 내비쳤다.

라고 하여, 우리의 개조를 위해서는 우리가 오래 영향을 받은 중국문화를 이해하여 반성의 자료로 삼아야 한다는 뜻으로 설명하고 있었다. 정열모가 중국문학사를 소개한 것은 우리 문화에 중국의 영향이 많으므로 그것을 비판적으로 이해하기 위해서는 먼저 그 내용을 알아야 한다는 관점을 가지고 있었기 때문으로 생각된다.

1927년에 발표된 글 가운데 '한글난'에 실린 것이 8종 17회나 된다. 이것은 『朝鮮日報』가 1927년 1월부터 7월까지 설치한 난으로, 소리나는 대로 쓰고 있던 한글을 바로 쓰게 하기 위하여 모범이 될 수 있는 글을 게재하여 한글의 표준을 만들고 문법을 세운다는 목적이 있었다.[72] 사실 조선일보사에서는 이 난을 통하여 한글을 장려하며 애용·보급하여 문맹타파의 신기원을 삼고자 하였던 것이다.[73] 그런데 설치 직후 이 난에는 동화나 사화가 무기명으로 실리다가, 2월 20일자 「閑談」부터 필자가 '烈'로 나오고 있다. 5·6월에 이르면 '가람'과 '鉉'이라는 필명이 보이는 것으로 미루어, 한글난은 정열모·이병기·최현배 등이 맡아 집필하였음을 짐작할 수 있다. 그렇지만 무기명의 글이 많았는데, 그 대부분이 동화나 사화, 외국 위인 이야기 등이었다. 그 상당 부분이 정열모의 글로 짐작되지만, <표 7>에는 '烈'이라는 기명의 글만을 포함시켰다. 그리고 수필과 잡지사의 앙케이트 등에 답변한 단문 등이 있다.

정열모의 국어학과 아동문학에 대한 관심은 1920년대에 집중되고 있지만, 한글보급운동과 무관하지 않았던 것으로 생각된다.[74] 한글의 연구와 통일은 조선어연구회·조선어학회의 주도로 이루어지고 있었다.[75] 한글보급운동은 학교교육을 비롯하여 강습회와 야학, 신문·잡지 등 언론매체를 통한 계몽, 그

---

71) 鄭烈模, 『朝鮮日報』 1923년 5월 6일 「中國文學史와 哲學史를 紹介하기 前에 所感을 몬져」.
72) 『朝鮮日報』 1927년 1월 1일 「한글欄에 對하야」.
73) 『朝鮮日報』 1927년 1월 6일 「한글欄 創設」.
74) 정열모와 한글보급운동의 관련에 대해서는 연세대학교 국학연구원 이준식 연구교수의 敎示에 힘입은 바 크다.
75) 이준식, 「일제침략기 한글운동 연구」 『사회변동과 성·민족·계급』, 문학과지성사, 1996 참조.

리고 문학활동 등을 통하여 가능하였다. 특히 아동이나 학생들에게 한글을 올바르게 쓸 수 있고록 가르치는 일이 중요하였다. 정열모는 한글의 연구와 통일에도 직접 관여하면서, 그 보급에 깊은 관심을 가지고 있었던 것이다. 그가 학교교육에 참여하면서 신문이나 잡지에 국어에 관한 글을 발표하는데 그치지 않고, 아동문학에 적극 나섰던 것이 그러한 관심의 발로였다. 그가 『現代朝鮮文藝讀本』을 편집한 것도 같은 맥락에서 이해된다. 다만 그가 1930년대에 신설 중학교의 책임자로 자리를 옮긴 뒤에는 시간적으로 한글보급운동에 전념할 수 없었던 것 같다. 즉 1930년대에는 김천고등보통학교라는 국한된 공간에서 그러한 관심을 실천하였지만, 결코 중단되었던 것은 아니었다. 그가 해방 직후 한글문화보급회를 조직하고 『한글문예독본』을 간행하는 등 다시 본격적으로 한글보급운동에 앞장서기 때문이다.

4. 식민지시기 교육관과 어문민족주의

정열모는 국어학과 아동문학에 상당한 글을 남겼지만, 그 부분을 제외하면 그 스스로의 견해를 밝히는 글을 많이 남기지는 않았다. 비슷한 시기에 활동한 국학자들이 국어와 국사 또는 문학에 관심을 가지고 많은 글을 쓰며 민족주의적 경향을 그대로 드러낸 것과는 달리, 그는 국어학에 있어서도 이론적인 체계를 갖춘 문법론을 시도하였던 점에서 더욱 그렇게 생각된다. 물론 그렇다고 정열모가 민족주의적인 경향을 보이지 않았다는 의미는 아니다. 그가 비록 일본 학계의 연구성과를 국어학에 적용시키고자 하였다는 평가를 받는다 하더라도, 그것은 기본적으로 국어학의 체계화를 위한 방법론의 수용이고 차용이었던 점에 주목해야 할 것이다.

먼저 정열모는 민족의 앞날을 짊어질 아동·소년들에 대하여 그 누구보다 관심을 두고 있었다. 특히 일본유학 중에 그는 아동문학에 경도되었으며, 마침 같은 관점에서 『新少年』이라는 소년잡지를 발행하던 선배 신명균과 아동문학

운동을 전개하였던 것이다. 1925년 귀국하여 중동학교의 교원으로 교육의 현
장에서 그가 밝힌 소년에 대한 사랑을 보면,

> 萬一 실갓흔 希望을 우리 前途에 둔다면 자라나는 우리 少年이 한갓 慰安
> 거리가 안인가 합니다. 果然 우리 少年에게 나는 바람이 만습니다. 그래 그런
> 지 우리 少年은 아무모로 보아도 사랑스럽습니다. 그네를 對할 째는 웃음이
> 절로 남니다. … 우리의 將來를 囑望하는 우리 少年을 對할 째에 사랑스러운
> 마음이 생기는 것은 事實이엿습니다. 그만큼 그네를 對할 째에 敬虔한 마음
> 이 생기는 것도 事實이 올시다. 싸라서 그들의 불으레한 얼골을 볼 째 우리의
> 모든 落望이 스러저 바리는 것도 事實이 올시다. …76)

라고 하여, 소년이 '우리'의 희망이라는 점을 강조하였다. 소년을 통하여 사랑
과 웃음이 생기고, 낙망이 사라진다고 밝힌 것은 민족의 미래가 바로 이들 자
라나는 소년에 있다는 뜻이었다. 따라서 소년의 교육이 지니는 중요성에 대하
여 그가 달리 표현하지 않았어도 짐작되는 일이다. 정열모가 1920년대에 아동
문학에 경도되고 식민지시기에 20년 가깝게 초등·중등교육에 진력한 것도 그
러한 이유였으리라 짐작된다.

1935년 1월 1일자『東亞日報』신년호에는 '全朝鮮中等校長抱負'라는 제
목으로 '育英과 나의 信條'라는 앙케이트가 실렸는데, 김천고보의 교장으로
그는

> 剛毅△訥하고 務實力行하는 사람─邊幅을 不飾하고 意志堅實하야 自己
> 使命을 徹底히 履行하는 사람을 養成하려는 것이 나의 信條이다.

라고, '무실역행'의 인물양성을 교육의 신조라고 밝혔다. 또 1940년대 초 정열
모는 다음과 같이 교육관의 일단을 술회한 바 있다.

> … 내가 後進에 嚴禁하는 바는 失望이다. 焦燥와 輕擧다. 妄動이다. 그리

---

76) 鄭烈模,「所感一端」『敎育硏究』1, 56~57쪽.

고 바라는 바는 信念이다. 希望이다. 忍耐다. 持久다. 나는 知識도 없다. 德
行도 없다. 그러면서도 남을 가르치는 자리를 敢히 더럽힌 所以는 오직 그 네
가지 德을 共勵하겠다는 決心을 가진 데서 이었고 일 것이다. 無限히 發展할
將來를 가진 어린이를 앞에 놓고 꾸짖고 나물하고 罰하고 空疎한 自己의 過
去 現在 將來를 돌아보고, 생각하고 내다볼 때 얼마나 부끄럽고 우습고, 두려
운 일이랴. 그러나 나의 所信이 나를 단속하고, 남을 바로 잡는 길인 以上 또
그것이 確實한 사람의 길이기 때문에 敎權의 神聖을 自信한 것이다. 그것 아
니고 空疎한 十年을 보낼 수 있었을 것이랴. …77)

   학생들에게 실망·초조·경거·망동을 엄금하고, 신념·희망·인내·지
구를 격려한 그는 그 자신의 자격이 되지 못하지만 그러한 교육의 실현을 위하
여 진력하였음을 밝혔다. 아마도 그것이 오랫동안 교직을 천직으로 알아온 그
의 지기고백일 것이다. 그가 조선어·작문·조선사·수신 등의 과목을 교수
하면서 학생들에게 강조한 것이 바로 이러한 원칙이었고, 따라서 그것이 현실
사회에서 제대로 적용되지 않는다는 제자의 편지에 "生校는 修道場이다. 世
上이 惡하기 때문에 그것을 바로 잡으려고 애쓰는 데가 學校다. 學校는 學活
方便만을 가르치는 데가 아니다"라고 답변할 수 있었다.78) 사실 1920년대 일
본유학 중에 정열모는 자녀교육을 논하며 '복종에서 자유로 전진'·'선악의 표
준을 분명히 하라'·'가둬두는 주의 교육의 폐기'·'발육하는 순서와 동무와
의 유회'·'뿔을 잡아서 소를 죽이지 말라' 등의 교육법을 소개한 바 있다.79)
자녀에 대하여 부모가 강제하기보다는 자유롭게 교육하면서도, 무리 없는 절충
을 제시한 내용이었다. 그는 부모에게 자유교육으로 점진적인 변화를 권하였지
만, 학생들에게는 원칙적인 덕목을 통한 인격완성을 강조하며 결국 민족의 희
망이 그들에게 달려있음을 강조하지 않았나 한다. 1930년에 그는 「말과 일이
쏙 갓게」라는 제목으로 '소년에 대한 바람'을 언급한 바 있다.

---

77) 鄭烈模, 「十年」, 27쪽.
78) 鄭烈模, 「十年」, 28쪽.
79) 정렬모, 『朝鮮日報』 1922년 12월 10일 「가뎡에서 쥬의할 女子 교육」. 이 기사
    내용이 자녀교육인 것으로 미루어 '女子 교육'은 '子女 교육'의 오식이다.

우리는 하고 십은 일이 만습니다. 그리고 하야 할 일도 만습니다. 그러나 모든 일에 着手하기 前에 우리가 먼저 생각하여야 할 것은 自己 自身을 완전한 사람을 만들어야 한다는 것입니다. 그리고 굿센 사람이 되어야 한다는 것입니다. 그리하야 말과 일이 쏙 가터야 한다는 것입니다.[80]

소년들에게 완전하고 군세면서 말과 행동이 일치되어야 한다는 요구였다. 이러한 관점에서 그는 학생들에게 신념·희망·인내·지구를 권고하고 실망·초조·경거·망동을 엄금하였을 것이다. 아마도 그가 1937년 김천고등보통학교 교훈으로 立志·勸學·敬身·愛人·建成을, 1941년에는 입지·권학·愛物·居敬·盡忠報國으로 제정한 것도 같은 맥락에서 이해된다.[81] 1941년의 교훈 가운데 '盡忠報國'은 일제가 요구하던 구호임이 쉽게 짐작되는데, 전체적으로 인격완성을 위한 고전적인 덕목의 함양을 강조한 것이었다. 학생들에게 그같은 덕목을 강조한 만큼 그는 출장여비를 반납할 정도로 그 자신에게도 엄격하였다고 한다.[82] 아무튼 그는 학교교육을 자유교육의 형태로 지향한 것은 아니었고, 주입식으로라도 덕목 함양으로 全人教育이 이루어져야 한다는 엄격한 교육관을 지니고 있었다. 더욱이 그가 계속 인문계 중등학교에 재직하였기 때문에 전인교육에 대한 관심이 고조되었는지도 모르겠다. 물론 이러한 교육관이 당시 정열모에게만 국한되지는 않았다. 해방 이후에도 오랫동안 교육의 목적을 덕목 함양에 두었던 것이 한국교육의 현실이었기 때문이다.

아무튼 정열모는 문자전수나 출세주의의 고취와 같은 기존교육이 지식습득의 자유경쟁을 가져왔고, 결국 그것은 도덕의 파산을 초래하였다고 파악하였다. 따라서 그는 "學校에서 가르친 道德과 世間處身과의 矛盾에 있어서는 안 된다"고 천명하였던 것이다.[83] 그런데 현재 정열모의 교육관으로 여성교육에 대한 관심이 별로 나타나지 않고 있음도 주목된다. 그는 남학교에 재직하고 아들

---

80) 『新少年』 1월호, 1930, 23~24쪽.
81) 『松雪六十年史』, 50쪽.
82) 金漢壽, 「創校 60年을 돌아보며」, 376쪽.
83) 鄭烈模, 「十年」, 28쪽.

이 여럿이어서인지, 여성교육에 대하여 논급한 글이 찾아지지 않는다. '사내다움'을 강조한 점으로 미루어,[84] 그의 관심은 소년에게만 있었을는지 모르겠다.

그러나 그가 교육을 통하여 추구한 것은 인간 완성에 그치지 않았다. 그가 1929년 『現代朝鮮文藝讀本』을 펴내면서 예문으로 수록한 입학치하의 편지를 보면,

> … 무엇을 한다 하더라도 爲先 첫재 훌륭한 朝鮮 사람이 되어야 할 거시외다. 朝鮮은 아프로 世界各國의 文明을 吸收하여 한 새로운 文明을 建設하여야 합니다. 이거슨 朝鮮社會의 重大한 責任인 同時에 愉快한 事業일 거시외다. 훌륭한 朝鮮 사람은 社會를 爲하여, 이 事業의 一部를 써마터야 합니다. …[85]

라고 하였다. 훌륭한 조선사람은 새로운 문명을 건설하고, 사회를 위하여 활동해야 한다는 것이었다. 이러한 생각은 1940년대에도 마찬가지였다.[86] 그 과정에서 그는 조선에 대한 자부심을 키우며 국어 사랑을 내세웠다. 그는 식민지시기에 국어를 전공한 교사였다. 더욱이 국어 연구 자체가 민족운동의 한 양상으로 인식될 수 있던 시기였다. 그는 대종교의 신자이기도 하였는데, 조선에 대한 자부심의 전제에는 민족이라는 주제가 배경으로 있었음은 쉽게 짐작된다. 그는 한국문화를 백두산을 중심으로 한반도 만주를 어우르는 고대문명권으로 상정하고, 황하·인도·메소포타미아·이집트문명과 같이 세계 고대의 5대 문명으로 설명하며, 단군의 치적을 소개하고,

> … 우리는 직접으로 하느님의 가르치심을 밧고 하느님의 피를 바든 사람들이니 예젹부터 다른 나라 사람들이 우리를 하늘 빅성이라 하고 이것이 모다

---

84) 烈, 『朝鮮日報』 1927년 2월 20일 「閑談」.
85) 鄭烈模, 『現代朝鮮文藝讀本』, 8쪽.
86) 1942년 김천중학교 입학시험시 한 수험생은 구술시험에서 "장래 무엇이 될 것인가"라는 정열모의 질문에 "훌륭한 조선 사람이 되겠다"고 대답하였는데, 임학후 수신시간 뒤에 따로 불러 가장 훌륭한 답이었다고 칭찬하였다고 한다(金麟坤, 「잊지 못할 母校生活」 『松雪六十年史』, 390쪽).

싸닭업은 소리가 안이니 우리는 우리의 자랑거리를 이져버리지 말고 싱각하여
서 과연 하느님의 자손인 무슨 포적을 들어 매사에 미쳐야 할 것이올시다.[87]

라 하였다. 조선에 대한 자부심으로 나타나는 대종교적 선민사상을 일찍부터
가지고 있던 그가 일본문화에 한국문화가 영향을 끼친 것을 문자의 창제와 연
결시켜 설명한 것은 당연한 일이기도 하였다.

　　… 일즉이 다른 文化의 獨創이 만흔 우리로, 가장 切實한 要求인 文字의
創造가 업서서 될 말 일가 보냐. 萬一 模倣에 長한 朝鮮이더면, 日本이 使用
假名에 不滿을 가지는 以上의 苦痛을 우리는 이미 늣기엿슬 것이요 今日에
우리말의 片影을 接하기 어려웟슬 것이다. 이에 한 가지 생각나는 것은, 日本
文化와 朝鮮文化의 根本的 差異 그것이다. 日本文化는 모래밧(沙田)文化요
우리 文化는 팔밧(火田)文化다. 그럼으로 日本은 文化的 枯渴을 늣기면 늘
肥料都家를 생각하게 되엿고 朝鮮은 文化的 沈滯가 잇슬 째마다 새 天地를
찻게 되엿다. 過去의 日本에 時代를 딸아 韓, 唐의 色彩가 번갈어 들엇던 것
과 現代日本이 歐美化한 것이 그것이요, 革命後 朝鮮에 그 째 쪽쪽 새 文化
가 建設된 것이 그것이다. 數에 否泰 잇스며 時에 隆替잇슴이 當然한 일이
라, 우리 歷史 쏘한 그러하거니와 獨創的 天才를 내는 民族的 血統은 連綿
히 흘럿스니 우리 正音의 創造가 엇지 偶然한 것이랴. …[88]

일본을 외래문화가 스며드는 모래에 비유하면서, 한국문화의 독창성을 내세
운 그는 문화는 높은 곳에서 낮은 곳으로 흐른다는 사실을 강조하였다. 그리고
그러한 예로 그는 한글을 예시하였던 것이다.

　　… 대체 文化란 것은, 높흔 데서 낫은 데로 흐르는 것인줄은 누가 모르겟습
니가. 더구나 그 文化란 것은 다른 民族을 同化시키기에 武力보다 힘이 잇는
것이니 … 그러면 朝鮮文化가 얼마만한 影響을 日本의 그것에 씨쳤느냐 하
는 것은 알에 말슴할 것과 갓거니와. 그것으로 우리는 空然히 妄自尊大하자는
것이 아니라, 우리말이 그만큼 文化上 價値가 잇다는 것을 말슴하고저 함이
올시다. …[89]

---

87) 살별, 『朝鮮日報』 1923년 3월 18일 「우리의 자랑」.
88) 鄭烈模, 「正音頒布八回甲을 當하야」 『新民』 13, 1926, 22~23쪽.

한국이 일본에 문화적으로 영향을 끼쳤다는 사실을 내세우며, 특히 문자문제를 강조한 것은 바로 민족주의의 다른 모습이었다.

국어학자인 정열모는 국어 자체의 우수성이며 탁월함을 기회가 되는 대로 지적하였지만, 오히려 국어의 발전은 국어학자에게 있지 않고 문학자에게 있음을 여러 차례 강조하였다. "조선말이 인류문화를 돕는 한 가치 있는 그릇이 될" 수 있는 것은 "문학의 힘을 빌어서만" 가능하고, "조선말을 살릴 사람은 문법자가 아니라 문학자인 것을 우리는 깨달어야 할 것"이라 한 바 있었다.[90] 결국 국어를 발전시키고 국어에 혼을 담는 일은 문학을 통하여 가능하다고 믿었던 것이다. 洪命憙의 『林巨正傳』을 "朝鮮에 일즉 짝이 없든 巨編인 同時에 첨으로 朝鮮 냄새나는 文學에 接觸한 듯 늣김이 있읍니다"라고 한 것이 바로 그같은 예가 아닐까 한다.[91] 일찌이 그가 시와 시조를 짓고, 아동문학에 관심을 보이고 해방 직후에 『한글문예독본』부터 간행한 것 역시 그러한 관점에서 이해된다. 그가 한글보급운동에 적극적이었던 것도 같은 이유에서였다.

해방 이후 그는 한글 전용으로 글을 쓰고 있었다. 그것이 자주독립의 완전한 표상이라고 인식하였기 때문이다.

> … 남이야 어찌 보든지 우리 자신으로서 자주독립의 완전한 표상으로 이 기회에 기어코 국문만 국자만 순용하도록 힘써야 할 줄 압니다. 이것은 결코 배타주의에서가 아니라 자주주의에서 올시다. 혹 이것을 국수주의라고 비난합니다. 제 것으로 제 살림을 하자는 것이 무엇이 나쁜 일인가요. …[92]

그는 한글전용을 국수주의가 아니라 자주주의로 이해하고 있었다. 동시에 그는 국어나 국사에 국한하지 않고 국학 전반에 관심을 가져야 한다고 촉구하였다. 그가 국학전문학교의 초대 교장으로 있으며,

---

89) 鄭烈模, 「文化上으로 본 우리말」 『新民』 20, 1926, 42~43쪽.
90) 鄭烈模, 『朝鮮日報』 1930년 11월 19일 「이날에 간절히 늣기는 바」.
91) 鄭烈模, 「新聞의 三大連載」 『新生』 12월호, 1929, 19쪽.
92) 정렬모, 「한짜폐지에 대하여」 『大潮』 1-2, 1946, 127~128쪽.

　… 민족정신은 그 대부분이 언어를 통하여 발로되는 것이요 그 정신 발노의 전통적 역사를 통하여 엿볼 수 있는 것이기 때문에 국학이라 하면 얼른 국어 국사를 연구하는 것으로 알지마는 실상은 국어 국사는 국학연구의 기초가 되고 입문이 되는 것이지 국어 국사 연구가 국학의 전체는 아니다. 정치·문학·공예 심지어 의복 음식까지 모두 민족사상의 발로이기 때문에 그 모두가 국학 연구의 대상이 되는 것이다.

　… 국학 연구하는 것은 다만 옛 것을 찾자는 것이 목적이 아니라 옛 것을 알아서 새 길을 찾고 아름다이 하려는 것이 목적인 것이다.[93]

라고 학생들에게 국학을 규정해 주었던 것이다. 따라서 그는 국어나 국사를 국학의 기초·입문으로 보고, 민족정신·민족사상의 발로로 생각되는 국학 전반을 통하여 옛 길에 머물지 않고 새 길을 가야한다는 점을 중시하고 있었다. 그렇지만 기본적으로 정열모는 국어가 민족정신을 드러낼 수 있다고 믿었고, 국어는 문학을 통하여 가꾸어지고 가치와 사명을 다하는 것으로 이해하였던 것이다. 일제가 민족말살정책의 일환으로 국어운동을 탄압하고 1942년 조선어학회사건을 일으킨 것도 바로 국어가 민족정신의 발로라는 인식 때문이었다.

　정열모는 조선어학회사건으로 검거되어 미결수로 2년이나 수감되었다가 공소소멸로 1944년 9월 말 겨우 석방될 수 있었다. 동지들의 대부분은 여전히 수감되어 있었다. 그런데 그가 조선어학회사건으로 검거되기 1년 전 김천중학교 교장으로 재임하면서 잡지에 기고한 수필 한 편이 있다. 1930년대 두 편의 논문을 『한글』에 게재한 것과 앙케이트 같은 단문을 제외한다면 거의 10년 만에 쓴 글이었다. 김천에서 학교 일에 진력한 지 10년이 된 사실에 감개무량하면서 그 소감을 「十年」이라는 제목으로 『朝光』에 발표하였던 것이다. 그는 사립중학교의 교장으로 일제의 간섭을 계속 받아오며 외형적으로 일제에 협조적이어야 할 부분이 없지 않았을 것이다. 예컨대 민중적 오락의 지도방안을 묻는 앙케이트에 "高尙하고 優雅하고 勇敢하고 簡單한 것을 擇하여 國民總力聯盟을 中心으로 實施하면 어떠할지"라는 답변은 그렇게 이해될 수도 있었다.[94]

---

93) 정렬모, 「국학이란 무엇인가」 『國學』 1, 1946, 3쪽.
94) 『朝光』 4월호, 1941, 165쪽.

仁山弘道라 창씨개명한 것도 일제의 강요 때문이므로 그만의 일은 아니었다. 조선어학회 관여자들의 대부분도 창씨개명을 할 수밖에 없었고,[95] 더욱이 그는 사립중학교 교장이었기 때문에 더욱 운신하기가 어려웠을 것이다. 그런데 「十年」이라는 글은 그와는 성격을 달리한 것으로 보인다.

> … 時局은 切迫하다. 우리의 一段 覺悟가 必要하다. 共榮圈 確立! 이 얼마나 반가운 고마운 소리냐. 그 理想의 內包를 良心껏 討究한다면 蔣介石의 抗戰이 얼마나 어리석은 行動이냐. 人間의 善이 한 걸음 完域에 達하려는 設計에 對한 返逆이다. 聖戰의 眞意를 沒却한 無知莫知한 行動이다. 아마 共榮圈이란 字義를 모르기는 蔣介石뿐이 아니다. 內鮮一體의 精神이 事象만 보고 語自語我自我의 態度를 가져서는 안 된다. 우리는 흔히 閃電을 보고 無心하다가 雷聲을 듣고서 비로소 놀라는 滑稽가 있다. 閃電과 雷聲은 放電이란 한 現象에 不過하냐. 東亞共榮은 東亞一體란 말과 交瓦하여도 無妨하도록 所信을 가져야 한다. 그리고 努力하여야 한다. 十年 靜觀의 透影畵는 바햐흐로 實線化하려 한다. 國內局外를 勿論하고 過去의 自由主義가 얼마나 사람의 精神과 勞力을 浪費시켰나. 가진 者 或은 가지려는 者 때문에 가지지 못한 者의 안타까운 焦燥가 얼마만하였냐. 宿命的이른지 모르지만 생각하면 몸서리칠 일이다. …[96]

내용 가운데 동아공영과 內鮮一體를 지지하고 자유주의의 폐해를 언급한 이 글이 단순히 강제에 의한 국책지지의 경우라고만 생각되지는 않는다. 이 글이 일제에 의하여 강제로 발표될 성질의 것이었는지는 알 수 없다. 사립 인문중학교에 대한 일제의 감시와 간섭은 집요하였을 것이고, 정열모가 조선어학회 사건에 관여되자 곧바로 김천중학교를 폐교조치하고 공립으로 전환시킨 것을 보아도 그 간섭이 짐작되는 일이다. 그렇다면 그러한 간섭이 이미 1940년대 초부터 계속되었을 것이므로 정열모가 학교를 유지하기 위하여 일제의 국책을 지지하는 글을 발표한 것인지도 모르겠다.

하지만 오랫동안 국어 연구와 민족정신의 발현에 진력하고 한국문화의 우수

---

95) 「朝鮮語學會事件 豫審終結決定文」.
96) 鄭烈模, 「十年」 『朝光』 9월호, 1941, 27~28쪽.

성을 일본문화에 대비하며 지적해 온 그로서는 어떠한 이유에서였든지 쉽게
이해받을 수 있는 부분은 아니라고 믿어진다. 여전히 '훌륭한 조선 사람'을 기
대하고, 그를 통하여 학생들이 민족의식을 깨닫기도 하였지만,[97] 어떻든 일제
강점 말기에 일제의 허망한 주장을 따르는 모습을 남긴 것은 오점이 아닐 수
없다. 원칙론을 내세우면서도 "우리는 사람답게 겸손하게 현실ㅅ적으로 그날
그날 살아가면 그것이 좋지 아니 하겠느냐"고 한 그가 젊은 시절 발표한 어느
짧은 글의 한 부분이 다시금 떠오르는 것은 어쩔 수 없다.[98]

5. 맺음말

정열모는 국어학자이면서 아동문학가로 그리고 교육자로 일제강점기를 보
냈다. 해방 이후에는 국어학자·교육자·종교인으로 널리 활동하면서 정계에
도 종종 얼굴을 내비치기도 하였다. 1920년대에 그는 국어학 연구에 진력하면
서도, 문학에 깊은 관심을 가지고 시와 시조를 발표하였으며 동요와 동시를 남
겼다. 그러나 1930년대 초 김천고등보통학교로 옮긴 이후에는 학교운영에 적
극적으로 관여하며 국어학이나 문학에서 어느 정도 비껴 있게 된다. 그렇지만
인간 완성의 덕목을 강조하면서, 민족정신의 발현을 위한 노력은 계속되었다.
일찍부터 민족적 자부심을 가지고 대종교적 선민사상을 가지고 있던 그는 일
본문화에 대한 한국문화의 우위를 주장하였고, 특히 문자의 창제를 그 예로 제
시하곤 하였다. 뿐만 아니라 민족정신의 발현은 국어 연구보다 문학의 발전에
서 찾아야 할 것을 지적한 바 있다. 한글보급운동에 진력한 것도 그러한 이유
였다. 1942년 10월 조선어학회사건으로 구속되어 2년의 수감생활을 겪기도 하
였다. 그러나 일시 일제의 대동아공영권과 내선일체에 순응하는 모습도 보인
바 있었는데, 명확하게 규명되지 못하였다.

---

97) 崔夏鎭, 「母校에서 '民族의식' 세례 받아」『松雪六十年史』, 386쪽.
98) 鄭烈模, 『朝鮮日報』 1927년 5월 15일 「理想」 (二).

정열모의 저술은 10여 권이 되지만, 대개 국어학 관련서적이다. 그리고 문예독본과 번역동화 등이 있다. 시와 시조, 그리고 동요·동화·번역소설 등이 적지 않으나 문학적으로 크게 인정받지는 못하였다. 그리고 문학활동은 주로 1920년대에 집중되고 있었다.

국어학자와 교육자로 일평생을 보낸 그는 해방 이후 한글학회 이사와 국학전문학교·홍익대학의 책임자로 활동하다가 제2대 국회의원에 입후보하였으나 성공하지 못하였다. 납북 이후 오히려 국어학자로 다시 돌아갈 수 있었다. 그의 본연은 국어학자였다. 오늘날 간혹 정열모가 논의되는 것도 바로 그의 국어학에 있어서의 업적 때문이다.

최송설당 연표

김 창 겸*

1811. 12.	洪景來의 난 발생.
1850.	송설당 아버지 崔昌煥, 전라도 고부에서 金山으로 이주.
1855. 8. 29.	송설당, 金山郡 郡內面 文山里(김천시 문당동)에서 아버지 崔昌煥(본관 : 和順, 守愚堂 崔永慶의 후손)과 어머니 鄭玉瓊(본관 : 慶州, 鄭在成의 女) 사이에서 無男三女의 장녀로 출생.
1860~1870	아버지로부터 한학과 한글 수학.
1863. 12. 8.	高宗 즉위.
1876. 2. 22.	조일수호조규(강화도조약) 체결.
1882. 3. 10.	再從弟 崔光翼(할아버지 崔翔文의 아우 崔鬻文의 손자, 즉 최학문의 아들인 崔昌福의 아들)을 系子로 들여 대를 잇게 함.
1886. 6. 19.	아버지 최창한 별세, 咸平 新光面 三泉洞까지 운구하여 장례 지냄.
1894. 3.	동학농민운동 시작.

* 한국학중앙연구원 책임연구원.

1894.	上京하여 積善洞에 거처하며 불교에 귀의.
1896. 2. 11.	고종, 러시아공사관으로 이거(아관파천).
1897. 2.	고종, 러시아공사관에서 慶雲宮(덕수궁)으로 환어.
1897. 10.	嚴妃와 가까워지고 황태자 李垠(영친왕)이 탄생하자 입궐하여 保姆가 됨.
1901. 11.	고종황제로부터 沒籍의 復權이 내려 선조의 명예 회복.
1907. 9. 17.	고종황제 퇴위, 순종 즉위.
1907. 11. 27.	궁내부 신관제 발표.
1907. 12. 5.	영친왕, 渡日 위해 京城 출발.
1908. 1.	송설당, 궁궐에서 나와 누룩골(鞠洞 : 武橋洞) 거주. 大韓每日申報社에 『共立新報』의 연금 4월 전달.
1908. 5.	親墓를 修築立石하고 花樹會를 열어 원근 宗親에게 田畓과 學資金을 줌.
1910.	조선토지조사사업 시작.
1911~1912	金海에 500石직이 토지 매입, 전국 30개 본사 사찰에 많은 시주함.
1912. 8.	京城 武橋洞 94번지에 저택을 건립하고 屋號를 松雪堂이라 현액(뒤에 송설당이 號, 이름으로 굳어짐).
1913. 7.	엄비 묘소 永徽苑 참배.
1914. 3.	송설당, 벼 50석을 희사하여 金山 校洞 주민 빈민 구제. 칭송 자자.
1914. 5.	金泉公立普通學校에 장학금 40圓 기부.
1915.	京城婦人會에 巨金을 기부하고 日本赤十字社 특별회원이 됨. 창녕 화왕산 道成庵 아래 바위에 '崔松雪堂' 각자.

1917.	어머니 鄭玉瓊 별세. "淨財를 育英에 써라" 유훈. 金泉公立普通學敎에 기부금, 金陵幼稚園·金陵學園 등에 유지비 기부.
1918. 10.	金泉公立普通學校에 건축비 50圓 기부.
1919.	김천에 古阜齋室 '貞傑齋' 지음(6·25전쟁시 소실).
1920.	김산군 금릉면 부곡동 고성산록에 假墓를 설치함.
1922. 12. 1.	『松雪堂集』 3권 3책 발간, 세계 각국 도서관 배부.
1923. 1.	김천에서 고등보통학교설립기성회 논의 시작.
1924. 1. 17.	김천고등보통학교기성준비회 조직.
1925. 3.	鄭烈模, 일본 와세다(早稻田)대학 졸업
1925. 4. 1.	정열모, 中東學校 조선어교원 부임.
1926. 6.	6·10만세운동.
1926. 11.	"國恩에 보답코자 사회사업에 투자" 재산을 풀어 고아원·유치원 설립.
1928. 3. 29.	김천고등보통학교기성회 창립총회.
1929. 5.	한해 이재민 구제의연금으로 나락 100石 갹출.
1929. 8.	재산을 寄附採納하기 위해 李漢騏에게 정리 의뢰.
1929. 9.	사설강습소 金陵學院과 金陵幼稚園에 각각 장학금 100圓 기부.
1929말~1930	이한기·高德煥 등, 송설당에게 김천고등보통학교 설립 요청, 韓龍雲과 李仁, 조력.
1930. 2. 23.	송설당과 이한기 사이에 계약.
1930. 2. 26~3. 5.	『동아일보』·『조선일보』·『중외일보』등 전국 주요 일간지에 학교 설립을 위해 전재산 희사할 취지의 聲明書와 관련기사 보도(1차 기부).

1930. 3. 28.	김천고등보통학교 설립허가원을 경상북도에 제출.
1930. 4. 1.	김천고등보통학교후원회 조직.
1930. 5. 1.	金壽吉, 『三千里』初夏號, "崔松雪堂女史一代記 — 三十萬圓을 敎育에—" 특집기사.
1930. 5~7.	일제는 실업계 학교 강요, 송설당은 인문계 학교 설립 투쟁 전개.
1930. 6. 29.	김천으로 금의환향. 김천시민단체 환영회 개최(1981년 '松雪路' 명명).
1930. 11.	『조선일보』(1930.11.14.) · 『동아일보』(1930.11.12) 등 주요일간지 송설당의 민족교육과 사회사업 칭송.
1931. 1.	종녹부, 고등보동학교 규정 일부 개징.
1931. 2. 5.	재단법인 송설당교육재단 인가.
1931. 2. 10.	송설당, 동아일보사 방문.
1931. 2. 11.	송설당, 조선일보사 방문.
1931. 3. 17.	사립 인문계 김천고등보통학교 설립인가(총독부 고시 제145호), 校章 제정.
1931. 3. 27~28.	김천고등보통학교 첫 입학시험 실시.
1931. 3. 30.	초대 교장 安一英 취임. 鄭烈模 교무주임(교감)
1931. 5. 9.	김천고등보통학교 강당 낙성. 수업 시작. 입학식 거행(개교기념일).
1932. 1. 8.	김천고등보통학교 교가 제정(작사 : 정열모, 작곡 : 현제명).
1932. 1. 15.	한글학자 鄭烈模 제2대 교장 취임.
1932. 6. 2.	李光洙, 『東光』1932년 6월호, 최송설당 찬양 글 게재.
1932. 8. 31.	김천고등보통학교 本館校舍 신축 낙성.

1934. 6.	상해 발행 계간지 『무궁화』에 애국지사 呂煥玉이 송설당을 칭송한 수필 「松雪頌」 게재.
1934. 12. 1.	金東秀, 『開闢』 제2호, 최송설당 예찬 글 게재.
1935. 5. 9.	교기 靑松白雪旗 제정. '김천고등보통학교 교주 최송설당여사 기념동상건설기성회 발기준비회' 결성.
1935. 5. 23.	'김천고등보통학교 교주 최송설당여사 기념동상건설기성회 발기준비회' 11인 실행위원회 결성.
1935. 11. 30.	교주동상 제막식 거행(제작 : 金復鎭). 宋鎭禹(『동아일보』 사장), 呂運亨(『조선중앙일보』 사장), 方應模(『조선일보』 사장), 李仁 등 축사, 白南薰·崔奎東 등 전국 각지 유명인사 1,000여 명 참석, 金性洙·韓相龍·曹萬植·張利郁·兪億謙 축전. 송설당, 식장 치사에서 특별교실(과학관) 건축비 희사 공표(제2차 희사).
1935. 11. 30.	『조선일보』 사설 "김천고보의 盛事".
1935. 12.	『동아일보』(12.1.사설 "거룩한 최송설당"), 『조선일보』(12.2.사설 "최송설당 여사의 장거", 1935.12.5~8. "최송설당여사 동상제막식 소감" 특집기사 연재). 『조선중앙일보』·『매일신보』 등 송설당의 민족교육사업 대서 특필.
1938. 4. 1.	김천고등보통학교를 金泉中學校로 개칭.
1939. 5. 30.	유언 "永爲私學 涵養民族精神 一人邦定國 一人鎭東洋 克遵此道 勿負吾志".
1939. 6. 16.	최송설당 작고.
1939. 6. 22.	교주 송설당 학교장 거행.
1939. 6. 24.	교주 소유 동산·부동산 등 나머지 전재산을 학교에 편입한다고 공증 증서된 유언장 공표(제3차기부).
1939. 8. 12~17.	『동아일보』 "고송설당여사의 49제를 당하야" 제목 4부 특집연재.
1941. 12.	태평양전쟁 시작.

1942. 10. 20.	조선어학회사건으로 교장 鄭烈模 피검.
1943. 3. 7.	교장 정열모 퇴임.
1943. 4. 1.	일제, 사립 김천중학교 강제 폐교. 공립으로 전환.
1944. 9. 30.	정열모, 법원 예심 종결로 석방.
1945. 6.	일제, 송설당 동상을 강제 공출.
1945. 8. 15.	광복.
1945. 8. 18.	정열모, 조선건국준비위원회 김천지방위원장 추대.
1945. 10.	정열모, 숙명여자전문대학 문과과장 취임.
1946. 3.	정열모, 국학전문학교 초대 교장 취임.
1948. 8. 15.	대한민국정부 수립.
1949. 6.	정열모, 홍익대학 초대 학장 취임.
1949. 5.	정열모, 민족자주연맹 서울시연맹 부위원장.
1950. 6. 16.	김천중학교 동창회, 교주 송설당동상 재건.
1950. 6. 25.	6 · 25전쟁 발발. 정열모 납북.
1951. 9. 22.	사립 김천고등학교 설립 인가.
1953. 4. 1.	공립 김천중학교를 사립으로 환원.
1955. 10.	정열모, 북한 김일성종합대학 언어학교수 부임.
1958. 4.	정열모, 북한 과학원 언어학연구실 교수 부임.
1963. 8. 15.	대한민국 정부, 송설당에게 민족정신의 배양을 위하여 교육사업에 기여한 공으로 정부로부터 '대한민국 문화포장 (제95호)' 추서.
1967. 8. 14.	정열모 작고.
1981. 5. 9.	김천중고등학교 동창회, 교주 송설당 흉상 건립.

2001. 3. 17.   송설역사관 건립 추진 위원회 조직 현판식.

2001. 5. 8~13.   송설 역사 사진전 개최.

2001. 5. 13.   송설역사관 기공식 거행.

2002. 12. 25.   인터넷 'DAUM'에 웹 카페 'songsuldang' 개설
(주소 http://cafe.daum.net/songsuldang)

2003. 3. 15.   최송설당 기념사업회 창립.

2004. 6. 26.   최송설당 기념 학술대회 개최(성균관대학교 600주년 기념관).

2005. 12. 1.   최송설당기념사업회, 『松雪堂集』 Ⅰ · Ⅱ 출간.

찾아보기

자

〈필자 소개〉

김 희 곤 金喜坤

경북대학교 사학과 졸업, 동대학원 졸업(문학석사, 문학박사)
독립기념관 한국독립운동사연구소장 역임
현재 안동대학교 사학과 교수, 국사편찬위원회 대한민국임시정부자료집편찬위
　　원회 위원장, 백범김구선생기념사업협회 이사, 경상북도 문화재위원회 위원,
　　안동독립운동기념관장

■ 대표논저

『안동사람들의 항일투쟁』(지식산업사, 2007), 『봉화군의 독립운동사』(봉화군,
2007), 『영양의 독립운동사』(영양군, 2006), 『이봉창의거의 진실과 왜곡』(이봉
창기념사업회, 2006), 『대한제국기 지방사람들』(어진이, 2006), 『순절지사 이중
언』(경인문화사, 2006), 『조선공산당 초대 책임비서 김재봉』(경인문화사, 2006),
『대한민국 임시정부 연구』(지식산업사, 2004) 등 다수

김 호 일 金鎬逸

중앙대학교 사학과 졸업, 단국대학교대학원 졸업(문학박사)
국사편찬위원회 편사연구관, 독립기념관 한국독립운동사연구소장, 중앙대학교
　　교육대학원장 역임
현재 중앙대학교 사학과 명예교수, 안중근의사기념관장, 국학학술원장

■ 대표논저

『다시 쓴 개항전후사』(중앙대학교 출판부, 2001), 『한국의 향교』(대원사, 2001),
『한국 근현대이행기 사회운동』(신서원, 2000), 『아시아의 근대화와 대학의 역
할』(한림대 아시아문화연구소, 1999), 『일제하 학생운동』(독립기념관, 1991), 『애
산 이인』(애산학회, 1989) 등 다수

한 석 수 韓碩洙

서울대학교 국어교육과 졸업, 고려대학교대학원 졸업(문학박사)
상주대학교 교수, 충북대학교 중원문화연구소장 역임
현재 충북대학교 국어국문학과 교수

■ 대표논저

『환상소설』(제이앤씨, 2006), 『금강행일록』(한솔, 2005), 『몽유소설』(2003), 『천곡선생집』(청주시, 2001), 『최치원 전승의 연구』(계명출판사, 1989) 등 다수

권 태 을 權泰乙

명지대학교 국어국문학과 졸업, 대구가톨릭대학교대학원 졸업(문학박사)
김천과학대학 교수, 상주대학교 교수·산업대학원장 역임
현재 상주대학교 명예교수

■ 대표논저

『송설당집』Ⅰ·Ⅱ(최송설당기념사업회, 명상, 2005), 『문학의 이해와 작문』(영한, 2002), 『상주한문학』(상주문화원, 2001), 『정죽선생유고』(문창사, 1999) 등 다수

김 형 목 金亨睦

중앙대학교 사학과 졸업, 동대학원 졸업(문학박사).
현재 독립기념관 한국독립운동사연구소 선임연구원

■ 대표논저

『대한제국기 야학운동』(경인문화사, 2005), 『한국 근대 초등교육의 발달』(교육과학사, 2005), 『노백린의 생애와 독립운동』(독립기념관, 2003), 『독립유공자증언자료집』(국가보훈처, 2002) 등 다수

최 기 영 崔起榮

서강대학교 사학과 졸업, 동대학원 졸업(문학박사)
한국근현대사학회 회장, 한국교회사연구소 연구실장 역임
현재 서강대학교 사학과 교수, 백범학술원 운영위원

■ 대표논저

『헤이그특사100주년 기념자료집 1』(독립기념관, 2007), 『한국근대 계몽사상 연구』(일조각, 2003), 『식민지시기 민족지성과 문화운동』(한울, 2003), 『한국근대 계몽운동 연구』(일조각, 1997), 『대한제국시기 신문연구』(일조각, 1991) 등 다수

〈편저자〉

김창겸 金昌謙

영남대학교 국사학과 졸업, 성균관대학교대학원 졸업(문학박사)
한국정신문화연구원 선임편수연구원・고대문화연구실장 역임
현재 한국학중앙연구원 책임연구원, 신라사학회 회장

■ 대표논저

『한국고전사-고대편』(육군본부, 2007), 『백제유민들의 활동』(충청남도역사문
화원, 2007), 『신라속의 사랑 사랑속의 신라-삼국시대편・통일신라편』(경인
문화사, 2006・2008), 『한국사연표』(한국정신문화연구원, 2004), 『남북 사회문
화교류와 북한의 한국학』(백산서당, 2004), 『신라 하대 왕위계승 연구』(경인문
화사, 2003), 『신라 최고의 사상가 최치원 탐구』(주류성, 2001) 등 다수

한국 육영사업의 어머니 최송설당   정가 : 13,000원

2008년 3월 15일   초판 인쇄
2008년 3월 25일   초판 발행

                편   자 : 김 창 겸
                발 행 인 : 한 정 희
                발 행 처 : 경인문화사
                편   집 : 한 정 주
                         서울특별시 마포구 마포동 324-3
                         전화 : 718-4831~2, 팩스 : 703-9711
                         http://www.kyunginp.co.kr | 한국학서적.kr
                         E-mail : kyunginp@chol.com
                등록번호 : 제10-18호(1973. 11. 8)

ISBN : 978-89-499-0550-1 93810
ⓒ 2008, Kyung-in Publishing Co, Printed in Korea
※ 파본 및 훼손된 책은 교환해 드립니다.